그때 그곳에서

▪ 이 도서의 국립중앙도서관 출판예정도서목록(CIP)은
서지정보유통지원시스템 홈페이지(http://seoji.nl.go.kr)와
국가자료공동목록시스템(http://www.nl.go.kr/kolisnet)에서 이용하실 수 있습니다.
(CIP제어번호: CIP2017011619)

그때 그곳에서

제임스 설터

이용재 옮김

마음산책

옮긴이 **이용재**

음식 평론가, 건축 칼럼니스트, 번역가. 한양대학교와 미국 조지아공과대학에서 건축
및 건축학 석사 학위를 받고 애틀랜타 소재 건축 회사 tvsdesign에서 일했다. 『한식의
품격』, 『외식의 품격』, 『일상을 지나가다』를 썼고, 『신비 스푼』 『작가의 집』 『킹비 버거』
『철학이 있는 식탁』 『식탁의 기쁨』 『뉴욕의 맛 모모푸쿠』 『완벽하지 않아』 『모든 것을
먹어본 남자 1, 2』 등을 옮겼다.

그때 그곳에서

1판 1쇄 발행 2017년 6월 15일
1판 4쇄 발행 2020년 8월 10일

지은이 | 제임스 설터
옮긴이 | 이용재
펴낸이 | 정은숙
펴낸곳 | 마음산책

등록 | 2000년 7월 28일(제13-653호)
주소 | (우 04043) 서울시 마포구 잔다리로 3안길 20
전화 | 대표 362-1452 편집 362-1451   팩스 | 362-1455
홈페이지 | http://www.maumsan.com
블로그 | maumsanchaek.blog.me
트위터 | http://twitter.com/maumsanchaek
페이스북 | http://www.facebook.com/maumsan
인스타그램 | http://www.instagram.com/maumsanchaek
전자우편 | maum@maumsan.com

ISBN 978-89-6090-319-7 03840

* 책값은 뒤표지에 있습니다.

살았고 살아갈 날.
어떤 날들은 이만큼 좋을 수도 있겠지.

■ 일러두기

1. 외국 인명·지명·독음 등은 외래어표기법을 따르되 관용적인 표기와 동떨어진
   경우 절충하여 실용적 표기를 따랐다.
2. 옮긴이 주는 글줄 상단에 맞추어 작게 표기하였다.
3. 원문에서 이탤릭체로 처리한 인용문의 일부는 고딕 글씨로 표시했다.
4. 신문·잡지·공연·노래 등의 제목은 〈 〉로, 단편과 기사 제목은 「 」로, 장편과
   책 제목은 『 』로 묶었다.
5. 본문 사진은 원서에 없으며 한국어판에만 실었다.

서문

1946년 초, 제2차 세계대전 직후 나는 수백 명의 전우와 군용선 편으로 샌프란시스코를 떠났다. 침몰한 배들의 돛대와 굴뚝이 수면 위로 떠올라 피처럼 흘린 녹에 갈색으로 물든 광활한 항구를 천천히 헤쳐 마닐라에 도착했던 것을 기억한다. 도시는 절반이 폐허였지만 생기로 가득했고, 일본군 방어 전력이 전사한 어느 동굴처럼 파괴된 요새에서는 여전히 낯설고 역겨운 냄새가 났다.

나는 수송기 중대로 배치받았다. 고작 우체국 하나 남은 오키나와의 현청 소재지 나하로 비행기를 타고 갔다. 그러고 타버린 나무와 원시적 위생 시설이 냄새를 풍기는 도쿄로 다시 날아갔다. 역시 황폐했다.

도쿄에서 다시 하와이의 다른 중대로 전출되었다. 주둔 2년 동안 태평양을 가로질러 비행했다. 길고 얼핏 움직임 없는 비행, 비행기는 그다지도 느렸다. 나는 멜버른, 시드니, 콰절린, 과달카날, 뉴칼레도니아, 괌 등 가본 곳 이름이 새겨진 은색 빔샛집을 가지고 있었다. 목록은 그럴싸했지만 득득하지는 않았다―모두가 여기저기 다니던 시절이었다.

상하이에서 우리는 장제스의 가옥 한 군데에서 머물렀다. 안방 목욕탕과 비데가 딸렸고 이발 의자도 설치되어 있었다. 국민당과 공산당의 내전이 한창이었다. 인플레이션이 중국을 휩쓸어 신문은 매일 위안화 대 달러의 비율을 새롭게 찍어냈다. 일곱 자리의 숫자가 하룻밤 새 5만 단위로 뛰었다. 호텔 식당의 식탁보는 흰색이었고, 웨이터는 신선한 딸기를 가져다주었다. 바깥 먼지 낀 광장엔 릭샤 무리가 버려진 듯 놓여 있었다. 처음에는 확실하지 않았지만, 밤이든 낮이든 호텔 계단 꼭대기에 서서 내려다보면 움직임이 분명히 눈에 들어왔다. 평생 이름을 알게 될 리 없는 남자들이 릭샤 밑에서 자고 있다가도 하루 1달러에 고용하면 일어나 긴 막대 사이에서 종종걸음으로 움직여 어디든, 심지어 도시 바깥으로도 데려다줄 준비가 되어 있었다.

이 모든 경험이 여행의 취향을 계발했는지 나는 이제 모르겠다. 씨는 뿌렸으리라 짐작한다. 나는 오랫동안 여행의 기회를 되는대로 거머쥐었다. 몇 년 뒤 유럽에 처음 발을 디뎠다. 세계를 향한 문이 열렸다.

다른 나라로! 주문과 같은 이름으로! 부에노스아이레스, 타히티, 파고파고! 후줄근한 가게와 술집과 경찰서가 한데 모인 좁은 거리가 다였던 파고파고는 빼야 할지도 모르겠다. 그곳은 아주 작고 외진 섬으로 바다를 가로질러 한참 날아간다. 얼핏 착륙 지점이 없어 보이는, 낮고 둥근 산이 마침내 모습을 드러낸다. 마침내 채 1킬로미터가 안 되는 활주로가 야자수 사이로 나타난다. 쿵쿵 철컹거리는 소리를 내며 착륙한다. 나무 아래 사람들이 기다린다. 골판지 상자에 짐을 담은 승객들. 일부는 미국으로 돌아가는 학생들.

당신은 이름을 들어본 곳으로 여행을 떠난다. 나는 폴 볼스 Paul Bowles, 1910~1999. 미국 소설가이자 작곡가로 아프리카를 소재로 글을 썼다를 읽고 탕헤르에 갔다. 물론 탕헤르는 책에서 말하는 그런 도시가 아니었다. 나에게는 백사장의 모래마저 더러워 보이는, 지저분한 도시였다.

잉글랜드를 놀라운 속력으로 헤치고 지나가는 스코틀랜드행 기차는 완전히 다른 세계다. 푸른 들판의 갈매기. 운하에서 낚시하는 남자. 시속 150킬로미터로 철이 노래하고, 노반은 유리처럼 매끈하며, 밭두렁들이 쏜살같이 지나간다. 겨울 일몰의 푸른 잉글랜드. 시커메진 돌로 쌓은 낮은 벽. 차창의 빛이 나무, 둑, 갑자기 나타나는 집들의 벽을 거쳐 바다인 양 고요한, 갈아놓은 어둑한 밭을 건너 달아난다. 홀로 불 밝힌 창들. 저녁 고속도로의 차들이 떠밀려 돌아온다. 기차는 어두운 마을로 미끄러져 들어간다. 온화하고 바랜 하늘에 별 하나가 빛난다.

내가 아는 어느 부유한 이탈리아 여인은 언제나 같은 무리의 사람들, 친구들과 함께 여행한다고 말했다. 물론 재미있는 사람들이다. 아니면 무슨 의미가 있을까? 하지만 여행은 종종 혼자가 되는 것을 의미한다. 즐거울 수도, 그렇지 않을 수도 있다. 가끔씩 찾아오는 불안을 극복할 수 있다면 관광버스에 탄 사람들이 보는 것과 같지민 지빌릭인 고독으로써 징화된 흥미로운 것을 볼 수 있다. 어떤 경우라도 호텔에 머물러선 안 된다. 취약해지는 유일한 장소다.

바위 뒤로 깊고 진한 바다가 누워 있다. 파도가 모래톱에 부서진다. 허리까지 발가벗은 소녀가 물에 들어간다. 날씬한 갈색 피부의 소녀, 바닷물이 나체에 반짝임을 덧입힌다. 이교도 같은 삶. 행복에 관한 고대의 꿈. 야자나무가 열매와 그늘을 선사한다. 단순한 삶이다. 일요일 예배에 남자들이 라바라바에 흰 재킷과 셔츠, 넥타이 차림으로 나선다. 여자는 하얀 드레스를 입고 몇몇은 굽 높은 신을 신는다. 합창단이 찬송가를 부르는 가운데 야자 잎으로 엮은 부채가 느리게 움직인다. 창밖으로 파도가 하얗게 부서지고 태양이 깊은 녹색 바닷물에 반짝거린다.

보르도에서 호텔은 번화가를 벗어나 자리 잡고 있다. 로비엔 오래된 잡지와 음식 냄새가 들어차 있지만 방은 넓고 괜찮게 꾸며놓았다. 대리석 벽난로, 거울, 책상과 의자, 별관 같은 목욕탕까지. 교회 종이 15분마다 가볍게 울린다. 밤이면 벼룩이 돌아다닌다.

차를 끌고 메도크Médoc에 가보았다. 아름다운 포도밭, 햇빛에 바랜 건물. 골목마다 나무가 빼곡한 마고Margaux는 어느 방향으로나 긴 녹색의 포도밭이 펼쳐져 있다. 흔들리지 않는 번영, 몇 천 년의 부유함. 사유지는 나라와 같고 바다의 거대한 선박과 같다.

사실일까? 에덴 같은 장소가 존재할까? 옛날 호텔이? 레인 메이커 산이? 관광객이 들이닥치기 전이라면 그랬을까? 돈에 잠식당하기 전이라면? 앞선 작가들이 알았던 세계. 스티븐슨은 바다가 보이는 넓은 베란다의 훌륭한 집에서 살았다. 시칠리아의 피란델로는 그의 집을 지나 있는 곳에 묻혔는데 그곳에선 멀리 아프리카가 보인다. 어쩌면 여행 속에는 늘 우리가 무의식적으로 찾아 헤매는, 이미 우리 안에 각인된 무언가에 관한 융의 생각이 들어 있을 것이다. 때로는 그리 무의식적이지 않게.

차 례

서문　7

신고 물품 없음　17

유럽　21

공동묘지　57

파리　70

사이렌의 노래　77

왕들의 프랑스　89

프랑스의 여름　109

바젤의 저녁　123

스키 타는 삶　130

고전적인 티롤　153

유럽의 최장 코스　161

불멸의 나날　170

승리 아니면 죽음　185

잘 안 가는 길　195

미시마의 선택　215

트리어　224

다운스 걷기　233

포마노크　248

옮긴이의 말　253

진짜 호사는

가로지를 순 있지만 가질 순 없는 땅 위에,

바람 소리만 남은 고요함 속에,

저무는 태양을 제외한 영구함 속에 있다.

신고 물품 없음

물론 제지당하리라 생각하지 않았다. 사람들은 세관을 그냥 지나치고 있었다. 나는 가방 하나와 반입 물품란에 아무것도 쓰지 않은 신고서를 들고 있었다. 세관원이 신고서를 들여다보았다.

"얼마나 나가 계셨다고요?"

"여드레요."

그가 신고서를 읽고는 "프랑스만 다녀오셨다고요?" 하고 물었다.

"아, 영국을 거쳐 입국했소."

"여기엔 안 쓰셨습니다."

"그저 몇 시간 체류했을 뿐이오." 나는 대답했다. "기차를 탔소."

"알겠습니다. 여행의 목적이 뭐라고요?"

"그냥 개인 여행이었소."

"그런데 여행 중에 아무것도 안 사셨다고요?"

"신문은 샀소이다." 나는 대답했다.

세관원들이 농담을 좋아하지 않는단 걸 나는 알고 있었다.

"가방 좀 열어주시겠습니까?"

그는 내가 가방을 열 때까지 기다리고는 손을 옷 더미 가장 자리와 밑에 넣어 훑으며 말도 없이 뒤지기 시작했다.

"이건 뭡니까?" 그가 물었다.

봉투였다.

"아무것도 아니오." 내가 대답했다. "글 쪼가리요."

"전부 말입니까?"

"궁금하면 열어보시오."

"책을 쓰십니까?"

"당장은 아니오." 나는 대답했다. "그저 끄적인 것들이오."

"어떤 종류의 글입니까?"

"그걸 물어보다니 어이없구려. 전부 개인적인 기록이오."

"호기심이 일어 그럽니다. 예를 좀 들어주세요."

"아, 어쩌란 말이오. 이를테면 케도르세Quai d'Orsay 호텔에서 보낸 며칠 밤의 기록 같은 것이오."

엄청난 가치의 글 쪼가리라고 말할 수 있었고, 세월이 흘렀지만 아직도 가지고 있다. 봉투의 내용물이 쏟아져 나왔더라면 발밑에 재물이 깔리는 셈이라고도 말할 수 있었다. 파리나 보르도의 다른 호텔과 달리 케도르세는 이제 존재하지 않는다. 몽바르 역 맞은편에 작은 호텔이 있었다. 노르망디 전투에 참전했던 요리사가 주인이었다. 한밤중에 엄청나게 빠른 급행 열차가 쏜살같이 지나는 소리를 들을 수 있었다. 니스와 본, 제임스 존스James Jones, 1921~1977가 8년인가 10년을 살았던 생 루이 섬Île Saint-Louis의 집이며 밤늦게 승차해 저녁을 먹고 침 대에 몸을 누이면 아침에 지중해에 이르는 트랭블루Train Bleu. 호화로운 프랑스 야간열차로 1886년부터 2003년까지 운행했다도 기억한다.

프랑스 밖에서는 읽을 수 없었던 나보코프, 돈리비J. P. Donleavy, 1926~, 베케트, 폴린 레아주의 책이며 시릴 코널리Cyril Connolly, 1903~1974가 묘사한 남쪽으로 향하는 도로, 소굴이었 던 오래된 레스토랑 쿠폴La Coupole, 작가의 이름을 붙인 거리, 돈이 없을 때 살을 에던 겨울의 추위, 그 모두의 경이로움과 비참함, 같은 사물을 완전히 다르게 묘사하는 종종 어지럽던 말들, 어느 밤 몬테카를로의 스포팅몬테카를로의 유명 카지노에서 만난 여자, 계단 꼭대기에 있던 날개 달린 승리의 여신도 모두 기억한다.

그 밖에도 마음속에 품고 꿈꾸고 이르게 만드는 아주아주 많은 것이 있다. 나는 프랑스 여기저기에서 한 달씩, 1년이나 그보다 넘게 살았다. 여자가 되고 싶지 않은 것만큼 더는 프랑 스인이 되고 싶은 생각도 없었다. 프랑스는 변함없이 다르고 고풍스럽고 멋지고 아름답고 이상했다. 전혀 질리지 않았다— 나는 다른 나라 사람이었고, 거기서 태어나 영어가 진짜 모국 어였으므로 언제나 집에 돌아갔다.

그는 옷을 가방에 눌러 담고 신고서에 내가 볼 수 없는 표 시를 했다.

"됐습니다." 그는 손을 저으며 나를 통과시켰다.

물어볼 여지도 없었다. 어차피 신고 물품도 없었으니까.

유럽

파리 첫 방문 때 우리는 바로 호텔로 향했다. 창 너머로는 그저 10미터쯤 떨어진 길 건너편 건물의 암울함만 눈에 들어왔다. 겨울 오후였다. 이후에 차를 몰고 몽마르트의 암시장에 가서 환전을 시도했다.

코트와 스웨터 차림으로 들락날락하는 아랍인 무리를 상대로 바의 뒤편에서 환전했다. 침묵과 논쟁이 있었고, 그는 진짜로 프랑화를 지닌 윗사람에게 확인하고자 계속 들락거렸다. 불확실함과 혼란이 팽배한 분위기였다. 그들은 환전 동의 전에 위폐 확인을 위해 100달러를 20달러짜리로 바꿔 전문가에게 가져가야 한다고 말했다. 프랑화를 보증금 조로 놓고 갔다가 돌아와서는 진폐라며 만족해했다. 하지만 몇 분 뒤 오해를 했는지 100달러 화폐를 다시 돌려줬다. 공책 종이 같은 느낌이었다. 얼핏 들여다봐도 맡겼던 돈이 아닌 위폐였다. 그들은 같은 돈이라 주장하며 자리를 뜨려 했다. 우리는 문을 막아섰다. 그들은 덩치가 더 작았지만 싸움 좀 한다는 평판을 달고 다녔다. 경찰을 부를 거요, 우리는 말했다. 불러보시지, 그들이 받아쳤지만 결국 돈을 돌려주었다. 환전에 실패하고 차를 몰아 나왔으나 세상 물정에 밝아진 느낌이었다.

몇 년 뒤 비슷한 일을 겪고 차를 잃고 말았다. 러시아계라 소개한 싹싹한 남성—이름도 기억한다. 기비였다—이 잠재적 구매자였다. 대화가 너무 흥미로운 나머지 그는 나를 믿게 되었다고, 전혀 다른 문제지만 자기가 고용하려는 남자가 하나 있는데 의견을 구하고 싶다고 말했다. 카페의 바에 사적인 거리를 지키고 서서 그는 테라스에 앉아 있는 지원자를 가리켰다. 딱히 믿을 만해 보이지 않는다는 느낌을 받았다. 공교롭게도 내 판단이 맞았다. 누구라도 알아차렸겠지만, 그가 나를 보려고 카페에 들른 것이지 내가 그를 평가하는 자리가 아니었다. 그날 저녁 호텔을 나섰을 때 그는 길 건너편에 숨어 내가 없는 틈을 탈 준비를 마쳤다. 자정에 돌아오니 호텔 입구 가까이에 세워두었던 차가 없어졌다. 다시는 차를 볼 수 없었다. 이후 별일은 없어서, 파리 첫 방문에서 쌓였던 불신은 누그러졌다.

하지만 이 모든 일이 유럽 여정의 시작은 아니었다.

일행은 패리스와 나, 차주인 비스바덴에서 온 클럽 직원까지 셋이었다. 우리는 아침 일찍 길을 나서 빈 도로를 달렸다. 나의 첫 유럽 방문이었다. 1950년이었으니 유럽도 가난했다. 벽에 바른 석회는 갈라지고 커튼은 해졌다. 담배를 갑 단위로 다시 팔기 시작한 것도 불과 1, 2년 전이었다. 필사적인 분위기를 눈으로도 확인할 수 있었다. 구식 전화기, 후진 자동차, 추레한 옷. 하지만 즐거움이나 격을 지키는 여유만은 잊히지 않은 채였다.

나는 패리스를 잘 알았다. 우리는 급우고 전우였으며 3년 동안 함께 주둔했다. 한창 잘나가던 그는 스물일곱쯤이었으며 유럽은 초행이었고 쓰러진 집들 근처 슈바르처보크Schwarzer Bock 호텔에 편히 머무르고 있었다.

때로 길거리에서, 또는 비행기에 오르면 죽은 이를 볼 수 있다. 후광에 둘러싸여 있거나 창백하지 않아 가까이에서 들여다보기 전까지 알아볼 수 없는, 죽었거나 거의 그런 사람. 하지만 패리스는 그렇지 않았고 닮은 이도 보지 못했다. 그런 면만 놓고 보자면 그는 흉내 낼 수 없는 사람이었다. 갈기 같은 검은 머리, 시원시원한 걸음, 짙고 광채 어린 눈까지 그는 거의 말 같은 느낌을 풍겼지만 소유할 수는 없는 사람이었다. 그는 복종하지만—사실 의무감 넘치는 이였다—소유당하지 않는 사람이었다. 나는 그를 존경했고, 말을 사랑하듯이, 최선을 다하지 않으면 내동댕이쳐질 듯이 좋아했다.

나는 미지의 회색 외곽 지역을 달리며, 수송선 갑판처럼 넓은 데다 차가 드문드문 다니는 샹젤리제조차 파리를 개선할 수 없다는 어설픈 인상을 가졌다. 파리는 어둡고 다소 불명예스럽게 전쟁에서 살아남은 도시로 보였다. 기념물이나 석재 건물의 외관은 검은색이었지만 재난의 연기가 아니라 때가 껴 있었다. 프랑스는 첫 침공에서 항복했고 수도 파리를 지켰다.

신중함이라는 미덕을 따랐지만 다른 미덕인 용기는 무시한 결과였다.

나는 학창 시절의 관어플인 프랑스 말을 할 줄 알았다. 인치 않는 공부의 규율을 즐기지는 않았지만 그에 가까운 교육을 받았다. 불어에 까막눈이면서도 집게손가락으로 책장을 넘겨가며 생텍쥐페리가 쓴 『우연한 여행자』의 일화를 읽었다. 사람, 장소 또는 사물의 개념이 남성형이거나 여성형인 데 아무런 이유가 없어 보였고, 프랑스 말을 쓰는 건 믿기 힘든 일처럼 보였다. 춤을 배우는 것처럼 그저 또 다른 장애물일 뿐이었다.

그날 밤 어디를 갔고 무엇을 마셨는지 모른다. 어느 새벽, 여자 여섯 명을 우리의 옆과 무릎 위에, 접어 내린 자동차 지붕 위에 앉히고 돌아다닌, 마호메트의 낙원 같았던 기억은 진짜다. 꽃길을 달리는 기분이었다. 모든 결함과 싸구려 활력, 지저분한 레스토랑과 상점 일체까지 모든 것에 순수함을 깃들이는 이른 햇살에 몽마르트는 거칠어 보였다. 파리는 빅토르 위고가 쓴 튈르리 정원의 카트린 드메디시스, 오텔드빌Hôtel de Ville의 앙리 2세, 앵발리드Invalides의 루이 14세, 팡테옹의 루이 16세, 그리고 방돔 광장Place Vendôme의 나폴레옹으로 존재한다. 하지만 다스리지 않는 자, 즉 시인과 몽상가 들의 파리도 있고, 우리는 헨리 밀러의 파리를 달렸다. 아직 그를 읽지 않았던 때지만, 타이를 매지 않은 낡은 코듀로이 정장 차림으로 취하고 발광하며 모두를 증오하는 마음으로 걸어 집에 돌아오다가 또 어느 순간에는 그 모든 걸 포용하는 그를 볼까 기대했다. 아니면 그의 책을 읽고서 며칠의 끝내주는 밤, 지울 수 없는 밤을 보낸 뒤 취한 채 깨는 곳, 주머니는 비어 있고 마지막 남은 구겨진 돈과 더불어 기억 또한 바닥에 나뒹구는 곳이 파리임을 확인하는 기쁨에 젖었던지도 모른다. 패리스와 나는 각각 여자 셋씩을 데리고 방으로 올라갔고 클럽 직원은 차에서 잤다.

파리. 이른 아침. 놀랍도록 신선한 도시의 차가운 숨결. 우아하고 오래된 거리, 언제나 엄청난 물가. 이른 아침의 차량 소리. 티끌 하나 없이 너른 하늘. 그림이 말을 넘어선 감동을 주는 사랑의 갤러리 어디엔가는 빛, 신성, 절대적 침착함, 헝클어진 침대에서 속삭임으로 맞는 아침, 삶이 펼쳐져 있고, 난 여기 어디에선가 완전히 친숙한 패리스의 형상을 마주치는데 그의 헐벗은 팔은 장 폴 마라의 그것처럼 침대 밖으로 늘어져 있다. 이때 다른 모든 순간처럼 그는 신 같거나, 신이 가끔 모든 수사슴과 토끼에게는 부여하지만 그다지 많은 인간이 누리지는 않는 우아함을 지녔다. 그러더니 이러한 광경과 어딘지 모를 방이 떨리기 시작한다. 행복은 이룰 수 없어 가치가 있으니 누군가는 속삭이고, 누군가는 웃고, 밖에는 차가 달리고, 물소리가 방을 흐른다. 모두가 내가 찾아 헤매던 어른 세상의 게임이었다. 한 시간 뒤 우리는 다시 거리로 나갔고, 지난밤은 과거로 돌아섰다.

몇 해 전 어느 밤, 생라자르 역 근처 바벨에서 많이 파이고 색이 바랜 드레스 차림의 훤칠하고 아름다운 모습으로 고객을 기다리는 여인을 보았다. 엘렌 베주호프『전쟁과 평화』의 등장인물랑 너무 닮았는데 그녀 아니야? 그는 일행에게 물었다. 〈전쟁과 평화〉의 우아한 여인으로 출연했대도 쉬이 믿을 만했다. 그 첫날 밤에 파리는 그랬다. 네게 더 빼어난 존재를 싱기시켰디. 1950년대의 파리는 우리에게 물러지 않았다. 우리는 여전히 잘생겼고 대접받았으며 사람들은 우리에게 미소를 지으며 길을 꺾었다. 방은 싸늘했지만 면적은 괜찮았으며, 익숙한 방해 없이 다른 삶, 성스러운 삶의 흔적이 느껴졌고, 혼자인 사람을 위해 진화한 박물관과 유람지가 존재했다.

*

샹젤리제, 오페라 거리, 1구의 엄숙함, 백화점, 전철역으로 처음 맛본 파리는 친절하지 않았다. 나는 주머니에 첫 가이드 북이랄 수 있는 서너 장의 인덱스카드를 지녔었다. 워싱턴에서 함께 공부했던, 큰 키에 삼촌처럼 친절하며 유혹적 매력을 품은 남자 허셜 윌리엄스가 쓴 것이었다. 어린 시절 그는 처음 사교계에 진출하는 상류층 여성을 옹위하며 인기 희곡을 썼고, 제대로 방문하기 전에는 유럽에서 공부도 좀 했다. 그런 그가 어느 저녁 조지타운에서 더 세련된 세계의 여유로운 움직임으로 만년필 뚜껑을 돌려 열고는 내게 장소와 이름을 써주었는데, 이후 오랫동안 나도 다른 이들에게 장소와 이름을 써주었다. 파리 계승하기. 그가 써준 카드는 사라졌지만 나는 비밀 지도를 짧게 일독한 수병처럼 아직도 지표를 기억한다. 먹어볼 수 없는 레스토랑. 돈 가진 계층의 거리. 그가 좋아한 나이트

클럽으로 바이올린 연주자가 저녁 성장 차림으로 일하고, 모파상의 『비곗덩어리』에서 밤 11시가 되도록 저녁 손님을 못 받고 나타나 기차에 오르던, 늙은 시골 아낙네가 "저주받은 동네 파리로 향하는 매춘부들"이라 말하던 소녀들 서른 명이 앉을 만큼 넉넉한 바가 딸렸던 나이트클럽은 닫은 지 오래였다.

그는 방돔 호텔도 추천했다. 그때는 지나쳐 갔고, 나중에야 한 발씩 걸어 다가가야 하는 곳임을 깨달은 곳이다. 리볼리가街와 카스틸리오네가가 만나는 모퉁이에 비싼 남성 용품점인 쉴카Sulka가 있다. 그곳을 지나치면 방돔 광장으로 향하는 보도는 갈라지고 주저앉은 작은 타일의 모자이크로 돼 있다. 그리고 영국 약국을 지나 더 가면 여전히 어둑어둑한 싱가 아랫목에 담배 가게가 있다. 업종이 바뀌었지만 담뱃대, 라이터, 작은 선물, 아마 안내 책자 몇 권도 진열했을 창의 대리석 테두리는 남아 있다. 하지만 그 안 한쪽 벽의 높은 책장에는 올랭피아 출판사와 그보다 훨씬 더 평판 안 좋은 오벨리스크 출판사의 책—녹색이 아니라 파스텔 표지의—과 『여행자의 동반자 Traveler's Companion』가 꽂혀 있었다.

이곳은 서두를 일 없다면 몇 시간이고 둘러볼 수 있었다. 일상이 익사해 가라앉는 곳이었다. 종종 춥고 축축해 보였던 가게 바깥 길거리엔 코트 차림인 사람들이 주의하는 표정으로 지나갔지만, 가게 안에서는 마약 같은 꿈에 잠겨 책장을 넘겨 볼 수 있었다. 『꽃의 노트르담Notre Dame des Fleurs』장 주네의 소설을 여기서 샀고 『북회귀선』은 물론 『진저맨』도, 사드와 버로스도, 나중엔 나보코프도 샀다. 이다지도 빼어난 책을 낸 출판업자 모리스 지로디아스는 결국 문을 닫고 쫓겨났다.

그는 서둘러 쓴 각주보다 나은 대접을 받아야 했다. 물론 평판은 미심쩍었으니 작가들의 기인과 젊음을 이용하고 아마 부정직하게 거래했으며 나중엔 저버렸을 것이다. 단점 지닌 인간이었겠지만, 세월이 흘러 그와 같이 저녁을 먹은 어느 시점에는 그 작가들을 전혀 볼 수 없었다. 그의 억울함은 격심하지 않았다. 그 아이러니함에 대해 이야기를 나누고 그는 미소마저 지어 보였다. 현실적인 이유로 그는 여전히 도피 중이라며 파리가 거의 보이지 않는, 20구 너머 페르라셰즈Père Lachaise에 산다고 말했다.

1958년이었나, 폴린 레아주의 유명한 변절을 지로디아스네 판본으로 본 적이 있는데, 멋진 처음 몇 쪽은 금지된 문이 열리는 것 같았으며, 나머지는 읽으니 빛나는 열병이라도 앓듯 내려놓을 수 없었다. 열여덟 살 때의 기억으로 음송할 수 있는 르웰린 포위스Llewelyn Powys, 1884~1939의 『사랑과 죽음Love and Death』 구절을 처음 읽었을 때 이후로 그토록 다리를 떨어본 적이 없었다. 그게 내게 해가 되었는지는 모르겠지만 깊은 영향은 받았다. 좋은 경험이라고 생각했지만 나는 어느 날 밤, 꽉 들어찬 책이 편안함을 주는 벤 소넨버그Ben Sonnenberg, 1936~2010의 뉴욕 아파트에 방문할 때까지 그걸 거의 입 밖에 내지 않고 잘 간직했다. 어쩌다 보니 화제가 흘러가자 한 젊은 여자가 자신과 친구 전부가 여름 캠프에서 『O 이야기』폴린 레아주의 책를 읽고 끊임없이 이야기를 나누었다고 말했다. 나는 실망했다. 여학생이 때 묻지 않고 슬렁슬렁 읽을 수 있는 이야기라면 지킬 게 없었다.

파리는 또한 호텔의 도시였다. 섬들의 이름처럼 호텔은 각각의 아우라와 크기로 일종의 지리를 형성한다. 플러시가 오래된 향수를 뿜어내고 할인가로 화려함을 누리며 왕 노릇을 할 수 있는 루아얄몽소. 황량한 마당과 어설프게 꾸민 스위트룸을 갖춘 프랑스에슈아죌France et Choiseul 호텔. 돈을 주지 않겠다고 말하자 데이먼의 옷을 3층에서 던진 매춘부 이야기가 있는 칼레Calais 호텔은 리츠 뒤에 숨어 있었다. 레카미에Récamier 호텔은 구석에 처박혀 있었고, 에스메렐다Esmerelda에선 바두아 생수가 창틀 바깥 추위에 놓여 있었으며, 목재와 사치스러움이 어둡고 희미하게 빛나는 생레지스St. Regis 호텔에선 위에서 빛이 내려왔고, 마들렌 사원 바로 너머 리슈팡스Richepance는 어느 겨울 말도 안 되게 외로웠으며, 근처 프루니에Prunier는 음식값이 너무 비쌌다. 감상적으로 말하자면 케도르세는 호텔 중의 호텔인 트레무아유Trémoille. 파리의 고급 호텔였다.

라스파유Raspail 대로의 좁고 크림색인 레글롱L'aiglon 호텔에선 유명한 부뉴엘 감독의 도마뱀 가죽 구두가 옆방 밖에 놓여 있었다. 안개 낀 겨울 아침, 창밖으로 영원의 공동묘지가, 담쟁이덩굴 벽이 보인다. 아름다움이 사라진, 하얀 간호사 신발과 스타킹 차림의 시몬 드 보부아르가 종종 사르트르를 만나 아침을 먹던 길모퉁이 카페에서 걸어온다.

처음 며칠 중 어느 밤이었을 거다. 단순한 금목걸이를 깔아둔 유리 상판 식탁에 등사로 찍은, 주불 대사의 공군 무관이 알려준 레스토랑 목록이 놓여 있었다. 치즈로만 만든 요리가 나와 독특하다는 앙드루에Androuët, 대담한 캐리커처가 있고 라블레의 영향을 받은 다른 식당, 그리고 리도Lido("바에 앉을 것")도 있었다. 마욜Le Mayol에는 ♀리도 가보았다. 늙은 의사와 더불어 우중충하고 묵은 곳이었다. 잘 못 먹은 여자들이 윤기를 잃은 의상을 입고 썰렁한 무대에 올랐고, 그 가운데 한 쌍의 사랑스러운 가슴이 프랑스의 저력을 보여주었다. 프로그램을 들여다보니 뿌연 게 여권 사진 같았다.

쿠폴, 소음과 무지, 지, 예술을 아는 천의 얼굴이 찾아오는 그 오래된 쿠폴에도 나중에 갔다. 손님들은 치료가 어려운 병인 불만족에 시달리고 있었다. 훗날 약물 과용으로 죽은 영화 제작자로 매력적인 이단아였던 장피에르 라삼Jean-Pierre Rassam, 1941~1985은 늘 거기 있었고 늘 혼자였다—그는 거기서 어느 밤 꿈의 여인을 만날 거라 확신한다고, 그러니 다른 이와 함께 있지 않겠노라고 말했다. 잘못된 발상이었다. 그곳에선 늘 누군가와 함께하게 되니까.

도시는 감당이 안 되고, 비가 오거나 추울 때 끝없이 자질구레한 일이 널렸고, 신문을 돌려 읽고 끼니를 건너뛰던 초기 시절엔 조명 나간 안뜰에 방이 있는, 바닥 수준인 곳들도 있었다. 돈도 배짱도 없이 이름 쓰인 종이 한 장 가진 혼자였다. 증기선 회사에서 일하는 사람이나 자리도 지키지 않고 전화 답신도 없는 대사관 직원 하나 몰랐다. 그리고 한 번도 그려본 적 없는, 아테네 플라자 호텔의 특실 같은 장소가 있다. 쿠션 사이에 동전이 미끄러져 들어가도 아랑곳하지 않고, 음식은 반만 먹은 채 쟁반이 놓여 있고, 투숙객이 끊이지 않는, 생애

한 번 묵어볼 만한 방, 세계의 절반이 내다보이는 방.

처음에는 볼 수 없었던 파리의 우아함과 질서가, 숭고한 것과 놀랍도록 새로운 것이, 거리의 삶, 격변과 죽음을 견뎌낸 삶이 다가왔다. 딸들, 사위들 모두와 7구 케볼테르Quai Voltaire 근처 한 건물에서 사는 늙은 백작이 있었다. 건너편엔 그에게 인사 건네기를 즐기는 미국 여인이 살았다. 그녀가 어느 날 집으로, 미국으로 돌아갈 거라고 말했다. 늙은 백작은 흥미를 품었다. "L'Amérique," 그는 공손하게 물었다. "est-ce que c'est loin?" 미국은 먼가요?

방·아파트·살롱별로 경치를 눈에 담기 위해 천천히 일어선 나. 창에서 장으로, 풍경에서 풍경으로 시선을 옮긴다. 케볼테르 호텔에서 한쪽으로는 강이, 다른 한쪽으로는 루브르의 긴 회색 커튼이 아주 가깝다. 나는 그곳에 묵을 때 병에 시달렸다. 침대에 누워 떨었다. 팔과 다리가 쑤셨다. 만질 수 없을 정도로 피부가 쓰렸다. 증세조차 제대로 알아차리지 못했다. 간염이었다. 병원 침대에서 몇 주 자리보전했는데, 처음에는 환영에 시달렸고 나중엔 긴 낮 시간을 죽였다. 때로 병리학 사전을 읽고 최신 혈액검사 결과를 기다렸다. 풀 먹인 간호사복은 아름답고, 일간신문도 마찬가지다. 나는 겨우내—2월이었다—시달렸고, 마침내 비틀거리며 일어서서 1962년 봄에 들어섰다.

*

거슈윈에게 던진 꽃다발, 진 리스의 만가, 나이트클럽 가수의 스타일 같은 그 화려함. 기록자와 찬미자의 진심 어린 헌사로 도시는 규정된다. 그들은 석재로 만든 부르주아의 도시보다 오래 버틸 만한 무엇인가를 창조한다. 시제Eugène Atget, 1857~1927의 파리. 브라사이Brassaï, 1899~1984. 헝가리계 프랑스 사진가—그는 프랑스인이 아니지만 어릴 적 몽주 거리에 살았다—의 무슈르프랭스Monsieur-le-Prince나 그레구아르드투르Grégoire-de-Tours 거리의 사창가 사진, 소리 하나 없고 담배꽁초 하나 없이 안개에 휩싸인 가로등, 돌처럼 움직임 없는 강, 젖꼭지가 검붉은 체리빛인 모델을 그린 마티스의 오래된 누드화, 누추하게 호화로운 스튜디오, 피카소와 보나르의 그림, 파리의 밤, 엉덩이가 햄처럼 두툼한 헐벗은 여인들, 어디서나 열리는 장엄한 행렬, 푸줏간에 매달린 토끼, 비싼 창문에 걸린 비단옷, 동시에 흘러나오는 애원. 저에게 주세요, 누군가 말한다. 저에게 베풀어주세요…….

벨푀유Belles-Feuilles 거리, 77 번호판을 붙인 차—남쪽의 부유한 교외에서 온—가 길 한가운데 트렁크를 열어놓은 채로서 있다. 정체가 일어나고 경적이 울린다. 종종 건물에서 남자가 상자를 들고 나와 트렁크에 싣는다. 마침내 긴 모피코트를 입은 여성이 전혀 서두름 없이 걸어 나와—막힌 차들은 미쳐 날뛴다—누군가에게 마지막으로 우아한 뭔가를 말하고 차에 몸을 실은 뒤 뒤도 돌아보지 않고 떠난다.

파리의 여인들, 그들의 능변, 그들의 경멸과 기지. 식료품점에서는 청바지와 리바이스 재킷, 터틀넥에 스카프를 막 두른 외양 좋은, 빼어난 몸매—현명하고 그들이 말하는 어떤 동전처럼 사람 손을 타지 않은—의 여인이 호기심과 부끄러움 없이 당신을 쳐다보고는 다시 진열장에 대해 이야기한다. 키 크고 머리숱 많은 가죽 재킷 차림의 남자가 그녀와 함께 있다. 그녀는 줄에 설 생각조차 하지 않는다. 머리를 뒤로 넘기고 자존심을 발산한다.

금발 여성도 있다. 클로즈리Closerie 부스에서 남자 맞은편에 앉아 있지만 가까이 붙어 담배를 피우며 그의 말을 따라 고개를 계속 가볍게 끄덕거리고 안다는 듯 똑바로 쳐다본다. 마치 "그래, 맞아, 아무렴", 그리고 더 솔직하게 "그래, 그럴 수 있지"라고 말하는 양.

그것들은 속담 같은 것, 존재 가치가 있는 것이 주는 위로는 커녕 유혹도 못 된다.

프랑스로 항해하면, 배를 타고 유럽에 건너가면 이런 것에 대비할 수 있었다. 흥분과 여러 소리, 향기로운 담배 연기로 푸르스름한 복도, 손으로 붙든 난간 아래 살아 숨 쉬는 배. 승선 직후 몇 시간 동안은 완벽했다.

가족과 함께 바다를 건넜던 스타이런William Styron, 1925~2006과 제임스 존스의 이야기를 떠올린다—사실 그들은 프랑스발 첫 항해에서 돌아오는 여정이었다. 존스 가족은 당시 파리에 살았다. 생루이에 집을 가지고 있었고 어린 딸과 유모, 큰 개와 여행하고 있었다. 스타이런 가족에게도 아이들이 있었다.

무적의 30대 두 남자는 전날 밤 유흥으로 시간을 보냈다. 피제이클라크스P. J. Clarke's에서 여성 몇 명을 만나 술을 샀다. 친근함을 주고받았다. 술 마시고 뭐 할 계획이에요? 여성들은 궁금했다. 프랑스로 갈 건데요, 그들이 대답했다. 함께 가시렵니까?

배는 정오에 출항했다. 존스는 오전 7시에 귀가했고 찐닐 밤 일을 잊고 있었는데 말로만 듣던 자유의 여신상을 지나칠 때 "야호!"를 외치며 하갑판에서 손을 힘차게 흔드는 존재가 두려움을 확인시켜주었다. "누구죠?" 글로리아 존스가 물었다.

두 여성을 밀항시켜야만 했다. 스타이런과 존스는 사무장을 몰래 숨어 만나 프랑스행은 물론 미국행 표마저 사줘야 했다.

*

육욕적 행복을 포함한 감각에 대한 지식이 존재하고, 더 넓은 범위의 지식은 지혜와 이성으로부터 온다. 우리가 칭송하는 삶에서 한 지식은 다른 지식을 이어가되 그것을 몰아내진 않는다. 성자가 설명하듯 원죄는 영원으로부터 유한으로 등을 돌리는 것이지만, 그런 외면 모두가 죄는 아니다.

파리에서는 때때로, 지방 마을에서는 그보다 더 자주 위안의 소리, 확신의 소리, 종루와 첨탑의 종소리를 들을 수 있다. 그 소리는 정오에 하루를 가르고 자정에 어둠을, 그사이 시간을 가른다. 모두가 유한하지도 육체적이지도 않다는 안정됨이며 경고다. 믿음의 시대가 있었으니, 비록 하얗게 샜지만 그 뼈는 단단해 여전히 유럽이라는 말뭉치corpus의 일부다. 마을에서 자주 종소리가 들리고, 그것이 사소하고 세속적인 것들을 자제시키는 힘을 느낄 수 있다. 빅토르 위고의 소설에는 어떤 특별한 날 높은 곳에 서서 듣는 듯한 파리의 종소리에 대한 묘사가 나온다. 허가받지 않은 듯한 고독한 첫 울림이 웅장한 오케스트라나 장대한 합창단의 한 소절처럼 교회에서 교회로 퍼져 나가면 거의 모두가 동시에, 콘서트처럼, 위고의 묘사를 빌리자면 투티tutti. 전부 합창. 총주가 도시 전체에서 일어나 부풀고 치솟아 오른다. 이 음악의 불가마보다 더 풍부하고 매력적이고 승전보 같은 게 없다. 누구 못지않게 유럽인이 잘 아는 그 삶의 폭풍에 맞선 거대한 배.

유럽은 거대한 세상이면서도 여행자에게는 간혹 신비한 방식으로 유배된 사람 말고는 동포라 할 사람이 적은, 훨씬 작은 세상이다. 실거주민은 거의 실지 않는다. 종내에는 몇몇을 알게 되지만 피상적일 뿐이다. 그들은 자기만의 언어와 그에 맞는 삶의 정의를 가진다. 누군가의 완성되지 않은 이미지의 조각이, 증명되기를 거부하는 것들이 여기저기서 발견된다. 주차해놓은 오래된 호텔의 자갈 깐 마당, 일찍 일을 시작한 웨이터 한둘, 따뜻한 목욕탕에 홀로 몸을 담그고 습기 먹은 〈파리트리뷴〉을 읽는 이, 멀리서 벌어지는 축구 경기 점수, 세 줄짜리 부고, 그리고 침실에서 검정색으로 조심스레 그리는 아이라인. 파리에 저녁이 내리고 당신은 프랭클린 D. 루스벨트 대로의 나무로 된 녹색 벤치에 앉아 일주일 만에 편지를 읽는다. 책에 관한 편지다. 그녀는 책을 처음으로 다 읽었고, 당신은 손안에서 새처럼 파르르 떨리는 편지를 읽고 또 읽는다. 귀가를 서두르는 자동차들. 간단히 말해 나는 당신을……. 그보다 의미 있는 순간은 없다. 지금껏 바라왔던 바로 그 일.

편지는 어디론가 사라졌고, 프랑스도, 낭만적 신화의 프랑스도 사라지고 있다. 화가들과, 포드 매덕스 포드와, 라르티그 Jacques Henri Lartigue 1894~1986 와, 폭락한 프랑과 함께 사라졌다. 우리는 역사를 계승했노라 생각했지만, 많은 나뭇잎 가운데 하나처럼 그 일부였을 뿐이다.

망가지지 않은 에덴 같은 프랑스 남부 마요르카, 두 거대한 전쟁을 치렀던 세계는 사라졌다―새롭고 더 위험한 세계가 물을 헤치고 빛 위로 솟아올랐다. 강을 따라 걷다 보면 너무 명백해 보인다. 거리엔 말벌이 가득하고, 차는 무리 지어 달린다. 도시, 모든 도시가, 학교, 관공서, 은행, 바 그리고 상점이 광분 속에서 산다. 버스도 포효하며 지나간다.

칸트는 철학의 과제라 믿는 질문 넷을 제시했다. 어떻게 알 것인가. 어떤 희망을 품을 것인가. 무엇을 해야 하는가. 인간은 어떤 존재인가. 유럽이 이 모든 질문의 답을 얻는 데 도움을 준다. 유럽은 숙련된 문명의 고향이다. 수직적 역량을 가지고 있다. 전통이 깊다는 말이다.

유럽이 마지막으로 준 것은 교육이었다. 학교교육이 아니라 그보다 더 고귀한, 감내에 대한 시각. 여가를 보내는 법, 사랑하는 법, 음식을 먹는 법 그리고 대화하는 법. 헐벗음, 건축, 거리, 새롭고 다르게 생각하려는 모든 것을 바라보는 법. 유럽에 선 당신이 역사의 그림자를 짊어지게 되고, 그걸 인지하지 못하다가 문득 스스로의 사소함을 깨닫는다. 무지는 무경험이다. 자신만을 기억한다면 티끌을 숭배하는 것과 마찬가지다. 유럽은 엄청난, 헤아릴 수 없고 목록이나 묘사로 정리가 불가능한 계층 질서 위에 있다. 어린 학생은 섹스를, 나이 든 학생은 정찬을 탐구하고 교수들은 영안실로 옮겨진다. 한 줄로 옮겨 간다. 잉글랜드의 왕이 해군을 놓고 말했듯, 알아야 할 것은 모두 대입 시험에 있다.

*

처음 만났을 때 이미 흰머리였던 내 에이전트 케네스 리타워Kenneth Littauer, 1894~1968는 프랑스를 잘 알았다. 이 말에 그가 눈살을 찌푸릴지 모르겠지만 그는 내가 처음 알게 된 문학계 사람이었고, 내게 하나 이상의 문을 열어주었다. 그는 적어도 그가 즐겨 찾던 맨해튼 동쪽 50번가의 작은 레스토랑 생드니St. Denis에서는 프랑스어를 완벽하게 구사했고, 코네티컷에서는 극장 프로그램만 한 크기에 정중앙에 총알구멍이 난 유리 파편을 가지고 있었다―제1차 세계대전에서 프랑스인과 함께 몰던 비행기의 앞 유리창으로, 총알은 그를 스치기만 했다. 그는 관측기 조종사였다. 몇 십 년 뒤에 그는 생존한 참전 용사를 대상으로 한 기록물 시사회에 초대받았다. 필름은 상태가 나빴는데, 사학자들은 빠르게 움직이는 여러 전장의 장면을 무작위로 보여주며 그에게 참전자를 식별해줄 것과 보존할 가치가 있는지 검증해줄 것을 요구했다. "저기요, 대령님," 파트너가 집무실로 돌아온 그에게 대수롭지 않다는 듯 물었다. "어땠나요?"

"괜찮던데, 내가 보기엔." 리타워가 말했다. "한창때인 남자

애들이 한두 시간 살아남는 거 볼만하더군" 하고 그는 말을 보탰다.

우리는 언제 파리에서 만나 그가 싫어하지 않는 깃의 폭폭 중 위쪽에 자리한 그랑베푸르Gran Véfour에서 함께 저녁을 들자는 얘길 나눴지만 짬을 내지는 못했다. 하지만 그는 수년간 내게 메뉴 읽는 법과 생쥘리앵 와인의 가치를 가르쳐주었다. 그가 일흔넷이었을 때 마지막으로 점심을 함께 먹었다. 센추리 클럽이었고 마지막 만남이라는 불길한 감이 있었다. 그는 사업을 그만둘 수밖에 없었다—건망증에 기력도 없고 일주일에 세 번이나 쓰러졌다고 부인이 편지로 알렸다. 허물어진 인물을 예상했지만 전과 다름없이 구부정하고 회의적이었으며 파이프 담배로 이가 시커멨다. 프랑스를 비롯한 여러 화제로 이야기를 나누었다. 그는 당시 프랑스에 살고 있던 나를 부러워했다. 나는 수년간 답을 기억하는 데 태만했던 몇몇 특정한 질문을 그에게 해야만 했다. 좋아하는 딸과 사위의 이름, 이따금 내게 추천했던 책 제목이며 아버지에 대한 상세한 추억까지.

점심을 다 먹자 그가 문까지 바래다주겠다고 고집했다. 세 계단 내려가 입구에서 작별했다. 그는 스물넷에 프랑스에서 소령으로 진급했다. 미군에 입대한 다음이었다. 부대에서는 그가 제1차 세계대전 이후에도 복무하기를 바랐으나 그러지 않았다. "말 상대가 없었지" 하고 그는 말했다. 오래전 일이었다. 그는 일몰 후 귀환하는 비행기를 위해 활주로에 모닥불을 피웠었다. 우리는 아주 긴밀하게 얽혀 있었던 것 같다. 세월이 흘러 나도 바로 그 들판 위를 비행했으니.

길가에서 나는 잊지 않으려고 제목을 적어두었다. 영국 작가 C. E. 몬태규Charles Edward Montague, 1867~1928의 『환멸Disenchantment』.

그는 몇 달 뒤, 우연하게도 바스티유의 날에 세상을 떴다. 그때 나는 프랑스에 돌아와 있었다. 부고에서 나는 잊었거나 아예 몰랐던 사실을 알았다. 그는 수훈십자훈장 수훈자였다.

*

당시 나는 아내, 아이들과 함께 프랑스 남부에 살았다. 여전히 신비로운 안개에 싸인, 서머싯 몸, 머피스The Murphys, 거티르장드르Gertrude Legendre, 1902~2000가 다이아몬드 목걸이 차림으로 수상스키를 타던 앙티브 곶이 있는 프랑스 남부였다. 그라스 근처에 있는, 말 그대로 읍도 못 되는 동네에 살았다. 바다로부터 난 길이 향수 공장으로 향하고, 강렬하고 시큼한 꽃 내음이 코를 찔렀다.

집주인은 한 번도 만난 적 없는 코네티컷 사람이었고, 전해에는 로버트 펜 워런Robert Penn Warren, 1905~1989과 그 아내가 빌려 살았다. 추천을 부탁하는 편지를 썼더니 집주인이 직접 답신했다. 은박 같고 반짝이는, 창으로 멀리 보이는 바다가 천국 같다고 묘사했다. 얼어 죽지 않는다면 인생 최고의 해를 보낼 수 있을 거라고 끝맺었다.

집엔 물론 난방시설이 없었다. 가구와 함께 딸려 온 염소는 짚을 깔아주니 따뜻해했고 이른 봄 새끼도 낳았지만, 우리는 겨울 가장 추운 때 시트가 너무 차가워 침대에서 돌아누울 수도 없었다. 뻣뻣한 팔을 교차하고 성상처럼 누워 잤다.

그리스 반대쪽 시골에는 다른 작가 존 콜리어John Collier, 1901~1980가 살았다. 우리는 친해졌다. 당시 예순이었던 그는 한때 〈뉴요커〉 필자로 잘나갔으며 파도 위에 떠 있는 코르크 마개처럼 가벼웠고, 잘 웃고 천사처럼 순진했으며 늙지 않았었다. 아니, 사실 굉장히 젊어 보였다. 어느 날 그가 우리 집에서 숨결이 보일 정도로 식탁에 밭게 앉아 저녁을 함께 먹었다. "난방에 문제는 없으십니까?" 내가 물었다.

"비용이 문제요" 하고 그가 답했다.

그의 이는 컸고 눈은 파랬으며 거의 모순적인 미소를 지었다. 늙었지만 행복한 수사슴이라고 누군가는 그를 묘사했다. 결혼, 잉글랜드로부터의 출국, 블랙리스트, 파산 등 온갖 것을 다 겪고도 그는 어찌어찌해서 그라스 근처 바닷가 너른 시골, 폴린 보나파르트나폴레옹의 누이의 집이라 이야기가 돌던 곳에 자리 잡을 수 있었다. 그는 자신의 실수를 꾸준히 인정했지만 실수는 계속 딸려 왔다. 로스앤젤레스에서 일할 때 〈시에라마드레의 황금〉의 각본 집필 요청을 받았으나 영화화가 안 되었다. 〈아프리카 여왕〉은 운이 좀 좋아서, 각본은 채택 안 되었지만 짭짤한 지분을 받았다.

이것이 프랑스 깊은 곳의 겨울과 봄이었다. 판 동언Kees Van Dongen, 1877~1968은 그해 니스에서 세상을 떠났고, 파리에서는 보도블록을 뜯어내고 장벽을 쳤다. 시골에서는 금발에 늘씬한 D 부인의 남편이 자신만의 이유로 미쳐 탬버린만 내내 쳐댔

다. 그녀가 사업을 이끌어야만 했다. 어머니와 집을 돌봐야만
했다.

*

오데옹 근처 셰메트르폴Chez Maître Paul에서 점심을 먹는다.
파리의 낮, 창가의 식탁, 손 글씨 메뉴, 불멸의 푸른 하늘. 그리
스의 하늘이라고 말한답니다, 하고 나는 말한다. 버터와 허브
소스, 푸아드보송아지 간와 익힌 생자크 수탉을 먹는다. 아마도
주인일 흰 조리복과 조리모 차림의 요리사―묻지는 않았다
―가 좁은 주방 안쪽에서 보인다. 그가 역사학자의 침착함으
로 메뉴를 읽다 말고 신문의 경마 페이지를 팔락거리며 넘긴
다. 오늘은 아니고 일터에서 그러지도 않겠지만, 그가 도박할
거라는 상상이 안 간다. 그는 공부 중이다. 위대한 요리사 페
르낭 푸앙Fernand Point, 1897~1955은 모르는 레스토랑에 갔을 때
요리사의 외관으로 음식 수준을 가늠했다―그는 잘 먹었을
까?

단절된 시절로 돌아가 파리 북역 근처 더러운 영화관에서
보았던 남자를 생각한다. 첫 영화가 끝나고 불이 들어왔다. 고
요함. 열에서 열두 명의 남자가 앉아 기다렸다. 그는 나머지 관
객에 비해 늙어 보였다. 레스토랑 소유주나 말 훈련사 같은 흰
머리가 아름다운 머리통이었다. 그는 신문을 꺼내더니 큰 분
홍색 신문지를 느긋하게 넘기면서 읽기 시작했다. 너무 조용
해서 신문 넘기는 소리를 들을 수 있었다. 괜찮은 저녁을 먹으

며 개를 키우는 남자. 홀아비일 수도 있고 아닐 수도 있었다. 그는 제목보다 덜 흥미롭고 음란한, 세 젊은 부르주아와 그들의 오명에 관한 영화를 보았다. 불이 다시 꺼졌을 때 그는 신문을 접었다. 어둠 속에서도 그의 말끔하고 인상적인 머리통을 볼 수 있었다. 당시 나는 별 이유 없이, 미국에서는 찾아볼 수 없는 많은 이들을 떠올렸다. 각본가로 일거리를 찾으려던 포크너의 어느 해를 떠올렸다. 그는 면도하지 않고 맨발로 자전거 페달을 밟아 선셋 대로를 오갔고 바닥엔 술병이 굴러다녔다. 뉴욕의 내 부모님 아파트에서 일하던, 아주 키 큰 폴란드인 문지기도 떠올렸다. 망명 전 폴란드에서는 변호사로 일했으나 너무 다르고 너무 늙어서 미국에선 불가능했다. 다른 문지기들—그들은 그를 멸시조로 백작이라 불렀다—과 어울리지 못했다. 칩을 달라던 몬테카를로의 여인도 생각난다. 우린 나중에 바에서 한잔했다. 그녀는 전쟁 전엔 스포팅클럽에서 춤을 추었다며 자신의 기사 스크랩을 방에서 보여주고 싶다고 했다. 합창단 속에서 그녀를 찾아낼 수 있었다. 당시 몬테카를로엔 영국인, 그녀 말로는 귀족들이 놀러 왔고, 그녀는 몇 사람과 연애했다.

끊임없이—아마 그게 맞는 표현일 것이다—돈 없는 사람들, 훗날 뭔가 이룬 사람들을 만났다. 때로 중요한 사람일수록 돈이 없었다.

군계일학에 자신의 계급을 넘어선 런던 여성이 있었다. 몰락한 여백작이었다. 키가 크고 아름다운 머리칼에 한때 샤넬의 모델이었다. 나와 오랫동안 알고 지냈다.

그녀는 "조 로지"라고 그녀가 말한 영화감독이 참석한 파티에 간 적이 있다. "그 작자를 증오해요"라고 그녀는 말했다. "멍청이예요. 〈베니스의 죽음〉이 훌륭한 영화라고 말하죠. 저는 영상은 아름답지만 지루하다고 말했어요. 그는 화를 많이 냈죠. '그런데 당신 누구요?' 하고 묻더군요."

그러게, 누구였을까? 진짜배기 유럽인이라고 그녀는 대답했을 것이다. 몇 세기 이어온 가문의 진짜배기라고. 그녀는 이미 바르비투르 상습 복용으로 피폐했다. 가슴은 작아지고 주저앉았고 피부는 푸석해지기 시작했다. 그녀는 신경 쓰지 않았다. 눈은 짙게 화장을 했고 입가는 내려앉았다. 목소리는 낮고 위엄 있으며 웃음을 내뱉을 것 같았다. 밀은 우물거렸지만 눈은 여전히 맑았으며 흰자위는 아름다웠다. 열네 살에 삼촌에게 유린당했고, 이후 결혼하고서도 작가의 정부였다. 오만했지만 아주 기품 있었다. 또한 대체로 아주 무관심했다. 세상을 아주 잘 알았고, 따져보면 훌륭한 가문 출신이니 신경은 썼을 테지만 운명이나 군중을 통제할 거라는 기대는 할 수 없었다. 깊이 사랑에 빠지던 여인으로, 부부의 침실에 놓아둔 사진 속의 그 작가 무덤에 오랫동안 꽃을 가져다놓았다. "그는 선 채로 묻혔죠." 그녀는 무뚝뚝하게 말했다. 줄담배를 피우는 손이 떨리고 있었다. 그녀는 솔직하며 성급했고, 조문 행렬이 길었다. 그녀와 함께 있는 건 때로 짜증 나는 일이었지만 웬일인지 엄청난 용기, 진짜로 죽을 용기를 주었다.

*

조이스가 묻힌 스위스. 그는 어쩌면 자리를 잘못 잡은 것 같다. 눈이 희끗희끗 내려앉은 산, 굽이치는 평원, 어두운 전나무. 눈이 내리고 있다. 공기는 갑자기 뻐뻐해지고 눈이 철로와 길에 내린다.

바젤, 강가의 오래된 호텔. 걸작을 한 편 써보겠다던 시기였다. 피카소가 6만 프랑, 샤갈이 1939년 1200프랑에 판 엄청난 작품을 소유한 바젤이었다. 거의 폭풍을 예감할 만한 날씨. 사오백 년 묵은 드라이쾨니게Drei Könige 호텔의 시트는 빳빳한 신권 지폐 같았다. 우리는 전형적인 유럽답게 비가 온다는 걸 알아챘고, 거리엔 나뭇잎이 젖어 있었다. 얼마 뒤 비가 그쳤고, 우린 걸었다. 일종의 작은 과수원에는 식탁에 한 쌍이 앉아 있었다. 남자가 나이가 더 많았다. 지나가며 그의 공책을 들여다보았다. 알파벳이었다—그녀에게 쓰기를 가르치고 있었다!

제노바에서 호텔은 역 가까이에 있었고 유럽 횡단 열차는 육중한 액체가 수로를 쓸고 지나가는 소리를 냈다. 밀라노발 비행기는 아침 10시 반에 도착했다. 그녀가 내렸다. 우리는 관람차를 타고 도시 꼭대기까지 올라갔다. 나는 욕구에 휩쓸려 중독자처럼 떨었다. 우리는 서로를 잘 몰랐으나 그녀는 불안해하는 말을 만지듯 나를 만졌다. 미안해요, 말이 말했다. 그녀는 미소 지었다.

이름도 없고 날짜도 모르는 나날…….

로마는 차를 몰고 가서는 며칠 지내보았고, 비행기로도 여러 번 가보았다. 하지만 기차를 타고 가자 마침내 도시에 이르렀다고 기억한다. 나는 호텔과 두어 명의 이름을 알고 있었다.

그 밖엔 아무것도 몰랐다. 기차를 타고 로마로 향하면 이탈리아에 진입할수록 말이며 이해력까지 전부를 박탈당해 더 가난해진다는 느낌을 받는다—혼자지만 동시에 잠복해 있던 부유함이 피어오르기 시작한다. 이 빡빡하고 난잡한 풍경에, 맛봐야 할 전설의 샘물 같고 영혼과 육신의 일부로 화하는 새로운 삶이 존재한다. 북쪽 민족들이 동경하는 성스러운 이탈리아, 거대하고 예쁘며 우리 피를 타고 흐르는 이탈리아.

로마는 하늘도 다르다. 파리에서 파란 하늘은 강렬하고 정열적이지만 로마에서는 부드럽고 평화롭다. 비길 데 없이 노쇠한 도시다. 바랜 색채, 분수, 지붕의 나무, 아름답고 당찬 소년들, 쓰레기. 북쪽의 급박함에 오염되지 않은 도시, 야만적인 경험의 시대를 거쳐 번영한 부패의 도시—자주 배신당하면 환상의 실낱을 품을 수 없다. 또한 남쪽의 도시로 스페인 광장의 야자수와 태양이 오후엔 눈부시다. 밤에는 미지로 가득 차 조금 불길해지니 로마는 낮에 아름답다.

로마를 처음 보여준 건 영리하고 불안한, 수녀원에서 자랐고 상처를 품은 여인이었다—그녀는 어머니와 할머니도 썼던 볏짚 매트리스 침대에서 잤다. 세계는 장난감이, 삶은 게임이 아니었다. 두 번째 만났을 때 그녀는 다섯 가지 중요한 질문을 대화 속에 숨겨서 은밀히 던졌고, 나는 답에 따라 합격 또는 불합격일 수 있었다. 그녀는 답이 무엇인지 내게 말해주지 않았다. 난 그녀의 이야기를 통해 냉소의 도시를 구축했다—우정은 그늘진 구석이 있고 대가가 따른다. 사람들은 인간애와 온화함만큼이나 간절한 이기심으로 가득 차 있었다. 국가는 위기를 따라 움직이고 해군은 침몰하며 제방은 가라앉고 육군은 비명횡사하지만, 삶은 멈추지 않는다.

엽서 절반 크기, 녹색 표지에 스페서체로 "공책"이라 찍힌 공책의 책장을 넘기고 있다. 아마도 1964년 여름, 보카디레오네Bocca Di Leone 거리의 희미하게 불 밝힌 상점에서 샀을 것이다. 사람, 전화번호, 레스토랑, 클럽, 춤출 곳, 광장, 해변, 와인, 그리고 더 독특하게는 이를테면 열쇠구멍을 통해 정원 가장자리로 솟아 있는 성베드로 성당을 볼 수 있는 추기경의 문의 위치, 아름다운 거리, 큰 호텔 바에서 일하던 두 매춘부의 이름—사실 한 명은 남아프리카인이었다—같은 것도 적혀 있다.

이런 여러 실마리로 나는 많은 게 잊힌 그 시절과 많은 대화와 어떤 얼굴들을 거의 되살릴 수 있다. 단추가 대충 달린 헐렁한 푸른색 양복 차림에 땅땅하고 대머리였던 체사레 자바티니Cesare Zavattini, 1902~1989는 확실히 기억할 수 있다. 그의 아파트는 노멘타나Nomentana 거리를 지나서 있었다. 거의 모든 벽이 책장으로 빼곡했는데, 책장의 유리 미닫이문은 전부 잠겨 있었다. 유리문 안에는 대개 미술책인 수천 권의 책이 있었고, 산지사방에 나무나 금박 액자로 자그마한 그림 몇 백 점이 널려 있었다. 대부분 초상화였다. 자바티니는 신학자였고, 제2차 세계대전 직후 그 절망과 후유증 속에서도 막강했던 이탈리아 영화계에서 영향력 있는 작가였다. 〈구두닦이〉〈자전거 도둑〉〈움베르토 D〉—나는 큰 진정성을 담아 그가 각본을 쓴 중요한 영화를 칭찬했다. 그는 동요하지 않고서, 만들지 않은 영화로 칭찬받는 편이 낫다고 말했다. "영화는 망했소" 하고 그가 단호하게 말했다. 전후 새롭고 신선하고 정치적으로 의미 있는 예술, 새로운 배급 방식, 새로운 발상을 구상했노라고 말했다. 그 예술은 오지 않았다. 그래도 그는 15만 달러짜리 영화 한 편을 만들려고 여전히 폰티Carlo Ponti, 1912~2007나 데 라우렌티스Dino de Laurentiis, 1949~를 설득하려 애썼다. 답은 거절이었다.

만들어지지 않은 영화들이 누군가의 마지막 말, 듣지 못한 말, 잃어버린 공책 같다. 그 영화들은 영사되지 않을 것이고, 미래에 누군가 대사를 베끼는 일도 영원히 없을 것이다. 모든 것이 대립 쌍을 지닌 보이지 않는 우주에서는 이 만들지 못한 영화가 상영될 것이며 그 나머지가 꿈일 텐데, 이런 경우 역사를 다시 쓸 수 있다면 세상은 훨씬 나아지리라.

때로 본영에서 탈출해 놀랍게 등장한, 비극적인 유령 같은 사람을 본다. 리옹의 어느 오래된 호텔에서 텔레비전을 보는데 바로 거기서만 나타난다는 느낌이 들었던 사람이 있다. 팔스타프로 분한 오슨 웰스였다. 영어를 쓰는데 자막은 축약된 셰익스피어였다. 나는 자바티니의 만들지 못한 영화와 데시카, 폰테코르보의 영화를 생각했다. 하나같이 전부를 걸고 한 연애 같았다.

*

남쪽으로 내려갈수록 삶은 덜 세심해지고, 로마는 퇴폐를 과시하는 것 같다. 나는 "짐, 로마 사람들은 너무 애를 써" 하는 말을 들었다. "모두가 애를 쓰지." 심지어 젊음의 아름다움 조차 망가졌다.

　여성적 색채와 남성이 유명한 욕망 때문에 여성은 로마에 끌리는 것 같다. 남편이 있거나 없거나 비싼 옷을 걸치고 하슬러나 드빌 호텔에 머무르는 여자, 포르투갈이나 유고슬라비아의 배우인 젊은 여자—그녀들이 어떤 사람이 될 줄 누가 알겠는가. 레스토랑에서 메뉴를 주의 깊게 읽는 쌍쌍의 여자, 환상은 깨졌지만 이별을 고할 순 없는 여자, 가게를 갖고 있고 여름휴가는 치르체오Circeo로 가는 여자, 트라스테베레Trastevere의 삶을 누렸던 이혼녀, 의사는 별문제 아니라지만 상태가 썩 좋지 않아 이번 주는 안 된다는 영국 소녀, 목욕을 하지 않았어도 노출 심한 드레스 차림으로 레스토랑에 앉아 있는 어리고 치아가 하얀 지저분한 소녀, 비엔나의 넓은 아파트 그늘 아래서 태어난 프린치페사Principessa, 공주, 힐튼 호텔에서 좀처럼 벗어나지 못하고 나이 먹어가는 패션 잡지 편집자. 그들과 맞서는 남성의 무리도 존재한다. 잘생긴 사기꾼, 거의 모든 결혼이 무효 처리된 적 없는 남자, 절대 결혼하지 않는 남자, 거리와 바의 눌라nulla, 즉 가진 게 없는 남자, 좋은 이름과 음흉한 입을 가진 남자, 남쪽에서 온 세련되고 변함없는 기질의 가무잡잡한 남자로 이탈리아어 선생의 남자 친구에 후작이었으며 해블록 엘리스Havelock Ellis, 1859~1939가 라틴어로만 묘사한 대로—선생님이 말하길 소녀들은 모두 이런 식으로 처녀성을 지킨다는—동갑내기 사촌과 열두 살 때 이래 줄곧 잠자리를 해온 남자.

이런 어지러움 속에서 칙칙한 광경을 봤다. 국무총리의 딸이자 배우가 레스토랑에서 비틀거리고 이리저리 탁자를 치며 걷고 있었다. 그녀의 입술은 가늘었고 배우가 늘 지니는 미소를 지었다. 그녀는 델코르소 거리의 천장 높고 가구 없으며 향냄새 풍기는 아파트에서 흑인 남자와 살았다. 현관엔 철을 두르고 신식인 기계식 자물쇠를 달았다.

　아파트의 소유주는 마피아라고 흑인이 털어놓았다. 아주 중요한 남자라고. "로마의 석상은 모두 머리가 없는 거 알죠? 그런데 그는 머리가 달렸어요." 아파트를 고쳐 살면 아주 편할 거라고 그녀는 말했다. 그녀는 긴 빨강 머리였고 피부는 창백했는데 뺨과 팔에는 멍 사국이 분명했다. 그녀의 아버지 처칠은 여전히 살아 있었다. 그녀는 1인용 소파에 앉아 술을 마셨다.

　"재미 보고 있군." 흑인 남자가 거의 무심코 말을 던졌다.

　"아니, 아닌데." 그녀가 말했다.

　"아, 맞는데."

　"맞는다고?" 그녀가 상냥하게 말했다.

　바닥의 잡지 표지에는 그를 배경 삼은 그녀의 사진이 실려 있었다. 그녀가 집어 들고는 "우리에 관해 가장 잘 쓴 글이에요" 하고 말했다. "진짜, 가장 동정적이고 가장 진실한 글이에요. 엄청 좋아요." 빛을 받으니 그녀의 머리카락은 가늘어 보였고 눈가엔 주름이 앉았다.

　그들은 탕헤르에 클럽을 함께 열 거라고 했다. 그는 음악가면서 화가였다. 아프리카가 제격이라고 그는 말했다 "발을 디디면 지구가 바로 느껴지죠. 지진 난 것처럼." 그는 생기를 띤

손을 위로 떨었다. "그렇지 않아, 여보? 아마 어디에선가 나도 수상 한자리 할 수 있을지 모르지."

그녀는 대답하지 않았지만 쉽게 돈을 벌 수 있는 곳으로 아프리카를 좋아한다고 말했다. 어딘가 흥미로운 곳에서 여름 손님을 맞아 장사하고 겨울에는 로보—그의 이름이었다—가 그림을 그릴 수 있는 곳. 그녀는 통찰력을 보태 실수였던 것 같다고 결론 내렸다. 다 아는 것처럼, 사람들은 첫인상을 절대 지울 수 없으므로 가수나 클럽 주인으로 먼저 이름을 알릴 게 아니라 화가로 먼저 이름을 알렸어야 한다고.

교외에는 부드럽게 빛나는 짙은 색 밤들이 정원의 자갈에 반쯤 파묻혀 있었다. 노랗고 아름다운 이파리가 뾰족한 쪽부터 나선을 그리며 떨어졌다. 대저택 아래 포도밭, 밭에서 개를 산책시키는 남자, 문간에 쌓인 장작. 때 묻지도 바뀌지도 않는 삶이 여기 있었다. 고요한 땅의 테라스들, 12, 13세기 이래로 언덕과 덤불을 바라보는 그 풍경들은 바뀌지 않았다. 오래된 교회에서 피에로 델라 프란체스카는 서서히 퇴락했다. 연극의 마지막처럼, 어두운 벽에서.

오랫동안 내가 이해하지 못했던 것은 포도밭과 대저택, 유럽의 수도원, 부패, 어두움, 단순한 부자들 사이의 관계였다. 그것들은 전이나 지금이나 서로에게 의존하며, 하나 없이는 나머지도 존재할 수 없다. 자연은 황홀하지만 여자들은 도시에 머무른다. 로마의 어느 밤, 아니 정확하게는 새벽 2시쯤 남자가 나보나Navona 광장 근처 카페에 두 여인과 들어왔다. 한 명은 푸른색과 녹색 비단 드레스 차림의 금발이었는데 다른 하나는 그보다 더 아름다웠다. 남자는 야회복 차림이었다. 자리를 잡자 웨이터들이 소란을 떨기 시작했다. 그는 미소 짓더니 잠깐 뒤 두 단어를 온 마음을 담아 입 밖에 냈다. "아름다운 파티였죠."

*

로마의 오래된 구역인 데이코로나리Dei Coronari 거리에서 두 철—여름과 겨울 각각 한 철—가운데 한 철을 살았다. 아파트는 아티코attico. 다락방로, 닳은 대리석 계단 여섯 단을 올라가면 방 셋에 테라스가 딸렸다. 6월이라 노시는 용광로였는데 아파트는 꼭대기 층이었으니 햇볕이 지붕을 바로 때렸다. 때로 나는 타일 바닥에 누워 글을 썼다. 여행도 종종 했다. 밤엔 서늘해졌고 차가 있었다—돈이 많았던 시기라 기억한다. 차는 피아트 컨버터블이었고 신품이었다. 가격은 1600달러였던 것 같다.

나는 로마를 이후 나를 위해 사라져준 이들의 장소로 주로 기억한다. 우리는 예닐곱 명이 로마 바로 외곽의 교외 레스토랑 정원에 앉아 있었는데, 〈라이프〉지 밀라노 지사에서 일하던 여자가 하나 있었고 출판계 종사자 한 명, 하지만 주인공은 이탈리아에서만 이름이 알려진 어느 가수였다. 길고 서두르는 기색 없으며 와인을 엄청 곁들인 식사였다. 가수는 젊고 좀 뚱뚱했다. 그녀의 허스키한 목소리엔 경험이 묻어났다. 담배 연기가 그녀의 입에서 굵고 경박하지 않은 웃음과 함께 흘러나왔다. 그녀는 로테 레냐Lotte Lenya, 1898~1981처럼 쿠르트 바일과 베르톨트 브레히트가 협업한 노래를 불렀지만, 시인들이 그녀에게 가사를 써주었고 성희 출연을 시작한 터였다.

그 모두는 사랑, 또는 좀 더 적절하게는 욕망이었다. 그녀가 경이로운 입술로 말한, 유명한 이탈리아 영화배우의 고요한 얼굴—그 고요함은 그녀가 한 번에 두 남자를 사랑하는 방식 때문이었다. 그런 여자는 언제나 찾기 쉬웠다—, 신비로운 미소, 내리깐 눈. 그들은 언제나 힐끔힐끔 자기 어깨 너머로 뒤를 돌아본다. 언제나.

그 사람이 누구인지를 알려주는 욕망들의 목록이 존재했다. 비스콘티는 두 잘생긴 소년을 〈흔들리는 대지La Terra Trema〉에 시종으로 출연시킨 다음 집으로 데려가 제복을 입혔다. 아내를 버리고 젊은 여배우를 선택한 제르미는 예고 없이 밤에 집으로 돌아와 그녀의 행실을 점검했다. 똑똑한 편집자와 열 살이었던 집시 소녀는⋯⋯.

이후 누군가 가수의 사연을 말해줬다. 다소 수줍고 상냥한 소녀였던 그녀는 배우로 시작해 시사 풍자극에서 노래할 기회를 얻었다. 물론 쇼의 주연 남우와 자야 했고, 이후에는 프로듀서와 자야만 했다. 출연 분량이 계속해 잘려 나갔다. 도움이 될지도 모른다는 생각에 남우의 형제와, 마지막에는 무대 매니저와 잤다. 그는 그녀를 큰 집으로 데려가 위층 방으로 안내했다. 어두웠다. 옷 벗으라고, 그가 말했다. 그녀가 옷을 벗자 "이걸 신어"라며 아주 굽 높은 구두 한 켤레를 건넸다. 그러더니 침대 위에 손과 무릎을 대고 엎드리게 했다. 갑자기 불이 들어왔다. 방에는 이전에 잔 적 있는 다른 남자들이 모여 있었다. 주연 남우, 제작자, 전기공까지. 일종의 파티였고 앞다투어 그녀를 비웃었다. 그녀는 희망을 버렸다.

존 키츠도 로마에서 희망을 버렸다. 그녀와 같은 나이였거나 한두 살 많았으리라. 그는 스페인 광장 모퉁이의 분홍색 집 3층에서 죽었다. 방은 그가 고통의 삼두정치를 지나칠 때 모습 정확히 그대로며 유해는 프로테스탄트 묘지에 걸맞은 묘비명과 함께 묻혔다. 여학생들이 바이런의 사진에 더 관심을 보이며 분홍색 집을 시큰둥하게 지나간다. 그가 더 잘생겼네, 라고 입가를 손으로 가리고 속삭인다. 집 밖의 스페인 계단은 언제나 붐빈다. 순례자가 셀 수 없이 많지만 키츠가 그들의 목적은 아니다.

*

내 조부는 유럽에 자주 가셨다. 장난감 수입 업자였고 독일 셰퍼드를 키웠으며 지팡이를 짚었다. 같은 도시에 살았지만 뵐 일이 별로 없었고 아주 어린 아이의 눈으로만 보았다. 지팡이는 다이아몬드 밀수용이었노라고 아주 나중에 들었다. 실례를 무릅쓰고 잉글랜드를 유럽의 일부라 본다면, 아버지는 제1차 세계대전 직후와 제2차 세계대전 도중, 이렇게 두 번 유럽에 가셨다.

나는 여러 가지에 의해 기억을 떠올렸는데, 하나가 태평양을 날아온 급우의 편지였다. 그는 훈련소 편대에서 내 앞에 섰으며, 꺽다리에 배울 게 없었고 학처럼 껑충했다. 우리는 일찍부터 만난 적이 있었고 교감을 나눴다. 그에게 받은 서너 통의 편지는 전부 "친애하는 매부리코 군Dear Hooknose"이라 운을 떼우고는 1946년 봄 배치받은 유럽의 삶을 묘사했다. 편지는 마음을 흔들었다.

*

의도적이든 아니든 빼놓은 이야기는 이미 다른 책에 썼다.

시칠리아, 오드카뉴Haut de Cagnes, 남프랑스 니스와 앙티브 사이에 있는 마을, 런던의 저녁과 롤스로이스에 탄 소녀들, 질주에 달아오른 얼굴. "좋아요, 폭격입니다" 하고—막 북베트남 폭격이 시작되던 때였다—로마의 독일인 치과 의사는 도구를 집어 들며 말했다. "폭탄으로 쓸어버릴게요." 오랫동안 나에게 파리의 정수였던 한 군데도 빼놓았다. 좀 이상하지만, 미국인 가정인 애벗네 집이다. 그는 80대에도 결혼할 것만 같은 재혼한 친구로, 그의 두 번째 아내 샐리는 젊고 은 다발 같았다. 그녀는 재치 있고 깔끔해 어딘가 자부심 있고 까다로운 곳에서 온 전학생 같았는데, 그만큼 적도 친구도 빨리 만드는 야단스러운 사람이었다. 네이트가 그녀의 두 번째 남편이었을 거다. 네이트는 늠름한 공군 대령이었고, 당시 큰 회사의 유럽 지사장이었다.

16구의 그들 아파트는 장엄했다. 응접실은 일종의 돔형 공간이었다. 소파와 의자는 안락했고 문은 전부 2.4미터로 높았다. 어느 늦가을 너덧 명의 일행이 쇼몽Chaumont에서 파리로 올라가 그들의 아파트에서 술을 마셨다. 도시는 시커멓고 빛났다. 네이트는 밤 9시 30분인가 10시에 나를 옆으로 불러냈다. "'섹시'에 가는 거 어때?" 섹시는 그의 회사 회장이 가장 좋아하는 곳이었다.

우리가 거기에 어떻게 갔는지는 잊었다. 사진이 밖에 걸려 있었다. 분위기를 살피려고 내가 먼저 들어가 보았다. 스타일 괜찮은 곳으로 보였다. "어때?" 내가 나오자 다들 물어봤다. "훌륭해." 내가 말하자 다들 들어갔다. 나는 "네이트 단골집이래" 하고 설명했다.

예쁜 여자들이 여럿 있었다. 악단이 연주 중이었고 바도 있었을 것이다. "300프랑씩 달리고." 나는 좀 아는 듯 말했다. "그럼 내가 계산을 책임지지." 여자들은 이미 자기소개를 시작하고 있었다. 경험이 없지 않은 와이스와 듀발이 '자, 그럼'이라 말하는 양 짧은 시선을 나누는 게 보였다. 2차에서 돈은 바닥났지만 그건 중요하지 않았던 것 같다. 프랑스로의 출항 전날 밤처럼 쏟아지는 행복을 느꼈다. 줄곧 그랬고 지금도 행복의 일부는 선명하게 남아 있지만 그게 어디서 비롯했는지는 알 수 없다. 나는 이후로 그 거리를 찾아보았지만, 지금은 사라져 버렸다.

공동묘지

디바인은 몽마르트 공동묘지를 굽어보는 다락방에서 죽었
다. 아름답고 남루하며 누구도 자기 머리 꼭대기에 올라서지
못하게 했던 사람. 잘못 드리워놓은 커튼이 가느다란 낮의 빛
줄기를 들이고 공기 중의 먼지가 후광처럼 비치는 그 방은 이
제 유명하다. "시적인 아침의 키아로스쿠로명암법"로 들어찼던
방. 젊은 묘지기가 납골당에 와인을 두고 묏자리를 파고 있다.

우리의 기억만큼 오랫동안 살아온, 그 유명한 파리는 이렇
다. 빅토르 위고와 발자크의 장면에 등장하고 모파상의 냉소
주의, 에밀 졸라의 분노로 북적거리는 파리. 화가와 망명객의
파리, 고골, 투르게네프, 싱 John Millington Synge, 1871~1909처럼
다른 곳을 상상하는 이들의 파리. 화려한 대로와 상행위가 불
멸하는, 탐험이 있는 파리. 비교 불가능한 매력의 성적인 파리,
비올레르뒤크 Eugène Viollet-le-Duc, 1814~1879. 건축가가 부신 눈으

로 장 가뱅을 바라보는, 전쟁들 사이의 파리. 피카소의 파리. 프루스트의 파리.

니는 지 요힌 이침 인게고 덮인 몽파르나스 공동묘지 위쪽에서 가을과 겨울 한 철씩 살았고, 광활하고 차가운 망자의 숲을 걸어 일하러 갔다. 길은 비어 있었고, 나는 지나치는 모든 것을 들여다보고 낯선 이름들에 잠겨 어지럼증을 느꼈다. 연인과 가족 들이 점심을 하러 들른 일요일 레스토랑의 대화처럼 내가 절대 알 수 없지만 유혹의 파도처럼 다가온, 삶의 역사 같은 이름들. 그 이름을 쓴 이상한 글자들에 나는 어리둥절했고, 술 취해 듣는 음악처럼 그것들을 상상했다. 나는 부패의 향이라 여긴 그 희미하고 시큼한 냄새와 더불어 글자들을 들이마셨다. 발레리의 말을 빌리자면 "삶의 선물이 꽃으로 화하는" 그 냄새를 아직도 기억한다.

*

카잔차키스는 죽었다. 바벨Issac Babel, 1894~1940, 러시아 작가이자 저널리스트도. 카바피Constantine P. Cavafy, 1863~1933, 러시아 시인도. 트로츠키도 죽었다. 칼 융도 마찬가지다. 그네들 삶의 요약은 갑자기 신문에 나타났다. 다음 날엔 다른 이의 소식을 읽었다. 인류의 맥은 끊어지지 않는다.

많은 이가 타국에 묻힌다. 바포레토vaporetto. 소형 증기선는 생미셸을 지나 거의 매일 아침이면 검은색에 금박을 한 영구차가 장례식 곤돌라들을 이끄는 움직이는 호수로 흐른다. 삼나무 아래 베네치아의 공동묘지에는 댜길레프Sergei Diaghilev, 1872~1929. 제정러시아의 무용가이자 예술운동가와 스트라빈스키, 에즈라 파운드가 묻혔다. 코르보 남작이라 알려진 프레더릭 롤프도 묻혔다. 그는 1913년 가을, 가난에 홀로 숨을 거뒀다.

제임스 조이스는 독일어로 쓴 묘비와 함께 취리히에 묻혔다. 나무 가까이 앉아 다리를 꼬고 책을 든 그의 상이 있다. 부실하고 먼 눈에 안경이 놓여 있다. 동물원이 가깝다. 사자 울부짖는 소리 듣기를 좋아했다고 부인은 말했다.

*

루이 14세가 지은, 전쟁 부상자를 수용하고자 지은 앵발리드의 돔 아래에는 나폴레옹의 묘가 있다. 붉은 반암이 녹색 화강암 기단 위에 놓였다. 시신은 돔 바로 아래 관 여섯 짝에 안치되었다. 주요 전투를 표현하는 열두 거대상과 더불어 원수와 왕이 그를 둘러싸고 있다. 입구 위에는 그의 유명한 말 "그토록 사랑한 프랑스인들 한가운데, 센 강둑에 몸을 누이고 싶다"가 새겨져 있다.

앵발리드에는 그와 아주 닮은 하인이 묻혔고 황제의 시신은 알렉산더 대왕이나 한니발처럼 멀리 모르는 곳에 누였다는 정교한 미신이 있다.

"지구 전체가 유명인의 묘"라고 페리클레스는 말했다.

빅토르 위고만큼 장례식을 잘 묘사한 저널리스트도 없다. 그 일은 세인트헬레나에서 나폴레옹이 죽은 지 19년 뒤인

1840년 12월 15일에 치러졌다. 규모와 화려함 면에서 맞먹는 위고 본인의 장례식은 그보다 45년 뒤의 일이었다. 작가에게 그만큼의 영예를 줄 수 있는 나라도 얼마 없는데, 하긴 모든 나라가 문학을 발명하는 것은 아닐 테다.

황제의 장례식 날은 해가 밝게 빛나고 하늘에 아지랑이가 약간 껴 쓰라리게 추웠다고 위고는 썼다. 막대한 군중이 기다리며 냉기에 굴하지 않으려고 발을 굴렀다. 정확하게 타고난 작가, 시인의 표현이었다. 그는 주머니에 숨겨놓은 공책에 글을 썼다. 그는 종종 저녁을 먹으면서도 같은 방식으로 대화를 적었다.

12시 30분. 군중이 기다린다. 19년을 기다려왔다. 악단이 연주한다. 부대와 기수가 지나간다.

때때로 장례 행렬이 멈추었다가 다시 움직인다. (…) 그때마다 주의가 배가된다. 은색 띠 장식을 두른 흑색 마차가 있다. (…)

갑자기 화포가 지평선 다른 세 군데 지점에서 울부짖는다. 세 군데에서 동시에 솟아오르는, 무섭고 장대한 삼각형의 소음이 귀를 에워싼다. 멀리서 북소리도 울린다.

황제의 장례 행렬이 등장한다.

지금껏 가려 있던 태양이 동시에 모습을 드러낸다. 그 효과가 굉장하다.

햇빛과 안개 속에서 저 멀리 회색과 적갈색인 샹젤리제의 나무 둥치가 보이고, 황금의 산이 유령처럼 생긴 크고 흰 석상을 지나 천천히 움직인다. (…)

센 강 멀리 메닐몽탕Ménilmontant 대로에 빽빽하고 슬픈 페르라셰즈 정원이 있다. 오래전 예수회 소유였다가 1803년 결국 파리 시로 넘어갔다.

지하철을 타고 바로 닿을 수 있으니, 담장 바로 밖에서 꽃을 사서 비단 프랑스인만은 아닌 불멸의 이름들 사이를 몇 시간이고 걸을 수 있다.

콜레트Sidonie Gabrielle Colette, 1873~1954가 여기 밤나무 아래 묻혔다. 넓고 검은 묘비에는 그저 "Ici repose Colette(여기 콜레트 잠들다)"라고 쓰여 있다. 프루스트는 묘비명도 없이 묻혔다. 로시니도. 몰리에르와 라퐁텐도. 쇼팽도.

무덤이 보여주는 사실감이 존재한다. 사실감이라기보다 위대한 그림 앞에서 느끼는 아우라와 거의 흡사하다. 그것은 그것 자신과 보는 이를 확인시켜준다. 둘은 영원히 얽힌다.

발자크도 페르라셰즈에 묻혔다. 사라 베르나르Sarah Bern-hardt, 1844~1923. 프랑스 연극배우도. 그리고 보자르Beaux-Arts 대로의 오래된 알사스Alsace 호텔에서 수막염으로 죽어 장례식에 아무도 찾아오지 않은 오스카 와일드도 묻혔다. 그는 자신이 20세기를 넘겨 살지 않을 거라고, 넘겨 살면 영국인들이 "참지 못할 거라고" 말했었다. 제이콥 엡스타인이 조각한 그의 비석은 경이로운 신성한 돌로서 얕은 돋을새김이며 엄청나게 크고, 1000개의 깃털을 양팔에 새겨놓았고, 음경은 파손됐다. 묘비명도 조악하다.

*

고대에 묘지는 위생 문제로 종종 성벽 바깥에 지었다. 서기 도래 후 사정이 바뀌었다. 처음엔 지하 무덤catacomb이 비밀 경배 장소와 공동묘지로 쓰였다. 이후 종교를 자유롭게 믿을 수 있게 되자 망자는 교회와 그 마당에 묻혔고, 이런 관례가 수세기 동안 계속됐다. 시체는 늘었고, 교회의 돌바닥과 그 주변 땅이 바로 몇 인치 아래까지 시신이 쌓였다.

이마저도 부족했다. 대부분의 경우 교회 아래쪽 창에 면한 땅은 솟아올랐다. 내부 공기가 종종 너무 지독해 병원病原이 되거나 산 사람도 죽일 지경이었다.

묏자리를 더 내기 위해 교회 관리인들이 뼈와 썩어가는 잔해를 다른 곳으로 비밀스레 옮겨버렸다. 체계화된 나머지 묘지기는 관 장식물을 챙겼고, 심지어 못이 고철로 팔렸다.

거의 공공시설에 가까운 커다란 묘지는 19세기에 지어지기 시작했다. 몽마르트는 1795년 개장했다. 이후 연 페레라셰즈만큼 저명인사가 많지는 않지만 스탕달, 베를리오즈Hector Berlioz, 1803~1869와 공쿠르 형제는 물론 『춘희』의 여주인공 마리 뒤플레시, 즉 알폰신 플레시Alphonsine Plessis, 1824~1847도 묻혔다. 시대의 미인인 레카미에 부인Juliette Récamier, 1777~1849도 묻혔다.

당시 로마에서 좀 떨어진 변두리였던 캄포베라노Campo Verano는 1837년에 열었고, 한편 런던의 교회 마당은 엄청난 인구 증가와 그로 인한 감당 안 되는 사망자 증가 때문에 1855년에 소수의 예외를 제외하고 교회 경내를 폐쇄했다.

세계 도시의 부상과 더불어 엄청난 장례 구역이 생겨났다. 빛나는 유려한 것과 짝을 이루는 어두운 벌집이다. 이해할 수 없을 만큼 크고 살펴볼 수 없을 만큼 빽빽할 지경인, 새로운 시대의 일부다. 베네치아에서는 공간 부족으로 일반 시민의 묘는 일시책일 뿐이다. 몇 년 후 뼈를 파내 옮긴다.

그때 그곳에서

*

20세기의 한 전환점이 프랑스 프로방스의 칙칙한 마을, 설탕 입힌 아몬드가 주산업이던 마을에 찾아왔다. 1916년 2월 제1차 세계대전의 비극시tragic poem인 첫 전투가 벌어졌다.

전세가 전진과 후퇴를 1년 이상 되풀이했고, 운명의 영역이라는 용어가 무색하리만큼 50만 명 가까이 죽었다. 자신의 시대에 엄청나게 존경받고 사랑받던 페탱 원수도 죽었다. 장 르누아르 감독의 〈거대한 환상Grand Illusion〉의 인상적인 장면, 마레샬이 무대로 뛰어들어 울며 재소자의 쇼를 멈출 때의 대사 "두오몽을 재탈환했어!"가 진투의 핵심 방이 지역이 어디였는지 보여준다.

마을의 이름은 베르됭Verdun이다. 전쟁 박물관이며 유물, 요새의 일부가 복구되었지만 진짜 기념물은 사단 전체가 묻힌 듯 길게 줄을 이뤄 천천히 휘어지는 묘지다. 한 줄엔 이름이 안 쓰인 수많은 십자가가 놓였다. 그 위로 수평선을 지배하는 삭막하고 하얀 구조물은 절반은 성전이고 절반은 부검소다. 납골당이다. 지하실에는 뼈, 아니 식별되지도 묻히지도 않은 최소 1만 5000명의 뼛조각 무더기가 있다.

이 엄청난 숫자, 밤이고 낮이고 겨울, 봄, 여름, 가을 이어진 거대한 죽음 공장. 그 안에서 사람, 말, 심지어 화포조차 진흙에 묻혀 사라졌고, 종내는 프랑스 육군 절반으로 불처럼 번져 나간 반란으로 끝났다—이 막중함은 우리 시대에 다른 형태로 찾아온 것의 전주곡 같다.

63

앙드레 마지노는 베르됭에서 상사로 참전했다가 묻혔다. 그는 1920년대 전쟁부 장관으로 독일 전선을 따라 콘크리트와 철의 수호자, 몇 세대에 걸쳐 프랑스를 보호해온, 그의 이름을 딴 벽을 쌓았다. 어마어마한 시행비가 나라를 절름발이로 만들었는데, 잘못된 믿음은 치명적이었다. 1940년, 마지노선은 무너졌다.

베르됭은 두 번이나 프랑스를 산산조각 냈다.

웨스트민스터 수도원은 셀 수 없이 많은 망자의 동반자다. "이름이나 계급을 모르는, 프랑스에서 참전한 이들이 왕들 사이에, 가장 아름다운 땅에 묻혔다."

이 어수선한 영국 교회의 돌바닥을 걸으면 통치자는 물론 각 시대의 영광이었던 디킨스, 다윈, 새뮤얼 존슨, 하디, 인도의 클라이브Robert Clive, 1725~1774, 셰리든, 골드스미스, 헨델, 벤 존슨, 테니슨, 뉴턴, 브라우닝, 헨리 퍼셀의 머리를 밟고 지나가는 셈이다. 이름은 그저 꽃다발에 불과하다. 지금껏 핀 꽃은 더 크다.

그리고 이곳에는 제국이 피의 강령으로 설립된 시절 울리던 정복의 메아리가 여전히 남아 맴돈다. 가자, 갈리폴리, 시미타르힐 등 이국적 지명들이 시야에서 사라진 광활했던 전장의 여운을 감추는 위엄 있는 문장들을 따라 깃발에 수놓이고 돌에 새겨졌다. 앨런비Edmund Allenby, 1861~1936의 묘비명을 보자. "(⋯) 신의 영광과 영국인 망자의 기억을 위해 (⋯) 전장의 주인은 동맹국의 땅에 묻혔다."

*

묘비명은 여자와 마찬가지로 가짜라고 시인은 말했다.

하지만 우리는 여전히 그들을 흠모한다.

퐁트브로Fontevrault 수도원에 묻힌 아키텐의 엘레오노르 묘에는 "부덕하고도 위대한 여인 잠들다"라 쓰여 있다.

푸른 슬라이고 주에 묻힌 예이츠는 너무 유명한 나머지 굳이 언급할 필요 없는 묘비명을 스스로 썼다.

조너선 스위프트도 스스로의 묘비명을 썼다. "Ubi saeva indignatio ulterius cor lacerare niquit"—야만스러운 분노가 더 이상 그의 심장을 갈기갈기 찢지 못하는 곳. 그는 더블린에서 영원히 망명하다가 그가 주임 사제로 있던 세인트패트릭 성당의 바닥에 묻혔다. 그 옆에는 아마도 정부였을 헤스터 존슨 부인이 있는데, 그의 글에서는 스텔라라는 이름으로 기려진다 "(…) 엄청난 덕뿐 아니라 위대한 선천先天과 후천적 완벽함으로 그녀를 아는 모두에게서 마땅하게 존중받고 존경받았다." 그녀의 묘비는 그의 것보다 작다.

구체적으로 서술한, 심지어 서간체인 묘비명도 당시엔 일반적이었는데 이따금은 괴이하게 감동적이었다. 콩그리브William Congreve, 1670~1729. 영국 극작가의 묘비명을 보자.

1728년 1월 19일에 죽었다. 그리고 이 근처에 묻혔다. 이 기념비는 가장 귀중한 기억으로 말버러 공작부인 헨리에타가 세웠다. 그녀가 신실한 우정과 가치 있고 정직한 남성을 얼마나 끔찍하게 기리는지 보여준다. 그는 솔직함과 재치의 미덕을 지녔고 현대의 사랑과 자긍심은 물론 글로 후대의 존경도 받으리라.

문맹에 가난했던 미국 서부 대초원의 공동묘지 같은 잊을 수 없는 장소도 있다. 안치오Anzio. 제2차 세계대전 때 연합군의 이탈리아 상륙 거점의 독일인 공동묘지는 고딕 손 글씨로 방명록에 "로마로 가는 길에 쓰러진 동지들에게"나 "좋은 아버지이자 좋은 군인이자 좋은 남자였던 내 남편에게" 같은 글이 쓰여 있다. 우리 삶과는 다른 삶을 알았던 이들이 쓴 글이다.

부드러운 공기에 기억이 떠다니는 듯한 로마에 셸리가 가장 아름다웠노라 묘사한 프로테스탄트 공동묘지가 있다. 그도 화장하여 안치되었다. 그가 보았던 시절 공동묘지는 거의 로마 들판의 일부였으며, 현재에도 잠자는 고양이와 흥미로운 글귀로 가득한 채 완벽하고 조용히 남아 있다.

셸리는 스페차Spezia 만을 항해하다가 익사했고 비아레조 근처 해변에서 생석회에 묻힌 뒤 화장되었다. 바이런과 리 헌트Leigh Hunt, 1784~1859. 영국 평론가이자 시인는 장작더미에 놓였고, 트렐로니Edward John Trelawny, 1792~1881는 셸리 곁에 묻혔다. 트렐로니는 불꽃에서 타지 않은 심장을 꺼냈다. 사연 있는 삶의 잊히지 않는 행위였다. 사실 셸리의 간이었겠지만, 전설은 죽지 않는다.

프로테스탄트 공동묘지엔 주로 로마에서 죽은 외국인, 비非가톨릭교도가 묻힌다. 리처드 헨리 데이나와 톨스토이의 딸도 묻혔지만, 가장 잊을 수 없이 조합된 한 쌍의 무덤은 다소 떨어진 구역에 있다. 한 묘비에 다음과 같이 쓰여 있다.

이 무덤엔
죽을 운명이었던
젊은 영국 시인의
모든 것이 담겼다
원통한 마음으로
적들의 악한 권력에
그는 다음과 같은 묘비명을
원했다
"1821년 2월 24일,
물도 이름 쓰인 자 잠들다"

그 옆의 모퉁이 수풀에 있는 다른 묘비명을 읽으면 얼굴에서 핏기가 가신다.

조지프 세번을 기린다
헌신적인 친구이자 존 키츠의 동반자로
영국 불멸의 시인을 임종한 몇 안 되는 이

세번 Joseph Severn, 1793~1879 은 화가로, 말년에 로마의 영국 대사로 부임했다. 1879년에 죽었다. 키츠는 스물다섯에 폐 질환으로 스페인 광장 위 작은 방에서 죽었다. 이탈리아에 고작 몇 달 머물렀을 뿐이다. 당시 로마 거주 인구는 15만 명 이하였다.

침묵의 묘비명도 있다. 잉글랜드 웨일스에서 특이한 대성당이 1191년 지어졌는데 거기에 바스와 웰스의 추기경이었던 토머스 베킹턴Thomas Beckington, 1390~1465의 묘가 있다. 대리석 조각상 안에 안치되었는데 돌로 된 그 은폐물은 칠이 되어 있고, 그는 잠자는 듯하다. 그 아래 무서운 두 번째 시신이 있다. 뻣뻣해진 온몸에 고문당한 고통이 새겨져 있어 눈은 크게 뜨고 입은 주저앉은 채로 썩어가는.

밖에는 집의 문간이자 영지의 일부인 열린 정원이 있고 차를 마실 수 있는 탁자도 놓여 있다.

망자는 삶을 소환해 생기를 불어넣고 삶의 규모를 제시한다. 우리는 합류하지 않은 망자의 일부고 그들의 무덤은 바로 우리 것이다.

한때 콜로라도의 은 광산으로 유명했던 루비파크 공동묘지의 무덤엔 표식이 안 되어 있다. 열일곱에 죽은 광부의 딸 무덤 위에는 대리석 한 점만 올려져 있다. 1870년대 어윈Irwin엔 잉글랜드나 스코틀랜드에서 수천 명이 몰려왔다. 묘지는 버려졌다. 광산은 사라졌다. 침묵의 경고문만 남았다.

선량한 시민이여 지나가시는 동안
지금 당신은 과거의 나,
나의 현재가 당신의 미래
나를 따를 준비 하시오

통로의 먼지가 신발에 하얗게 내려앉는다.

파리

1960년대 겨울 한 철, 나는 몽파르나스 공동묘지를 굽어보는 쐐기 모양 호텔에 살았다. 레글롱 호텔이었다. 방은 작았지만 편안했다. 당시 60대였던 영화감독 루이스 부뉴엘은 바로 옆 특실—나는 특실이라고 믿고 있었다—에 살고 있었고, 광 넬 뾰족코 악어가죽 구두가 밤늦게 문밖에 놓여 있었다. 구두는 부뉴엘의 삶과 예술에서 중요한 요소였는데, 특히 나는 이 유명한 감독을 마주치지도 못했고 그의 방에서 나는 소리, 이를테면 웃음소리도 유리 깨지는 소리도 심지어 목소리도 듣지 못했으므로 구두 한 쌍을 흥미롭게 지켜보았다.

좌안과 그에 딸린 삶, 제임스 존스와 어윈 쇼Irwin Shaw, 1913~1984의 파리가 나의 것이었다. 존스 가족은 생루이 섬의 유명한, 언제나 불을 환하게 켜놓은 것 같은 아파트에 살았다. 쇼 일가는 당시 그르넬Grenelle 거리에 살았다. 거기서 멀지 않은 곳에 그들이 자주 가던 레스토랑이 있었다. 어느 밤 아주 늦어진 적이 있다—한참 술을 마시다 보니 느닷없이 11시였다. 쇼는 동네 레스토랑에 가자고 제안했다. 모두 너무 늦었노라고, 닫았으리라고 말했다. 거칠고 주흥 돋은 목소리로 쇼는 말했다. 아니요, 가봅시다. 가보면 불을 환하게 밝혀놓았을 거요.

돔Le Dôme, 쿠폴, 셰브누아Chez Benoît에 갔다. 모두 파리의 유명한 카페, 레스토랑. 나는 로만 폴란스키, 〈파리트리뷴〉의 편집자, 프랑스 여배우, 작가, 바 여종업원, 자퇴생 등을 알고 지냈다. 나중에 유명해진 이들, 또 그렇지 못한 이들을 알고 지냈다. 모두 파리를 떠났다.

세월이 흘러 텅 빈 도시를 기대하고 파리에 오래 머물 생각으로 돌아갔다. 세 명이 남아 있었다. 첫날 밤 멕시코 광장의 작은 호텔 방 여닫이문을 열자 말문이 막혔다. "빨리 와서 좀 보시오!" 광활하고 불 밝힌 거리의 막바지, 어둠 속에 우주왕복선처럼 에펠탑이 장엄하게 떠 있었다. 모든 추억, 낮과 밤, 모든 감정을 말로 표현할 수 없었다. 눈물을 떨굴 뻔했다.

파리는 무엇도 될 수 있지만—어쨌거나 위대한 수도니까—그날이 실로 달랐던 건 그 밤의 내 감정 때문이다. 건물의 외관뿐 아니라 그 석재의 아름다운 색채와 규모, 대로, 나무까지 시각적으로 압도한다. 밤에 차로 그랑드아르메Grande Armée 대로를 달리다 그 끝에 다다르면 거대하게 빛나는 판에 띄워놓은 개선문을 볼 수 있다. 감격스러운 순간이다.

파리의 삶에는 넋을 빼놓는 요소가 많다. 친구 하나가 말했듯 프랑스의 얼굴은 다양하다. 여인, 옷, 아름다운 머릿결이 포르쉐에 휘날리는 젊은이, 멋진 상점의—초콜릿, 빵, 정원, 와인처럼 손으로 세심하게 만든 물건들이 진열된—전면, 언어, 웨이디의 몸기김, 흰 식탁보, 문. 발자크이 파리가 지금두 존재하고 빅토르 위고, 투르게네프, 바벨, 졸라, 프루스트, 콜레트의 파리도 여전하다. 지금도 크게 공명하는 헤밍웨이, 클로즈리데릴라Closerie des Lilas. 헤밍웨이가 자주 들러 글을 쓴 레스토랑의 불빛, 매컴버라는 여인에게 헌정된 아메리칸 병원의 병실.

이제 박물관이 된 보주Vosges 광장의 빅토르 위고가 살았던 아파트에 방문할 수도 있고, 16구의 인기 많은 집합소인 브라스리 스텔라에서 끼어 앉아 점심을 먹을 수도 있다. 그곳은 예약을 받지 않으니 모두가 기다린다. 오스카 와일드가 죽은 방은 이제 대수롭지 않게 로텔L'Hôtel이라 부르는, 너무나 완벽한 작은 호텔이 되어 잘 수도 있으며, 외딴 곳의 비스트로에서 밥을 먹거나 루이 14세가 군중에게 맞아 처형당한 지점에 서 있을 수도 있다. 건물에 발을 들이고 예술 작품을 감상하고 음식을 먹고 활기를 불어넣고 글을 쓰고 생각하고 일하게 만드는 공기, 파리의 공기를 들이마시며 프랑스인들 사이에, 프랑스인들과 함께 있을 수 있다.

전부를 보고 겪을 수 있지만 소유할 수는 없으니 가장 깊은 차원에서 파리는 외국인에게 폐쇄적이다. 무척 화나는 일이다—만지고 감탄해도 당신 것이 되진 않는다. 파리에서 오랫동안 살고 일했으며 프랑스어에 능통한 네덜란드 여인이 이야기해주었다. 어느 날 그녀가 화가의 늙은 미망인인 피사로 부인과 차를 마셨는데, 말을 잘한다는 찬사를 건넸다고 한다.

네덜란드 여인은 감동했다.

"Oui, vous parlez très bien,(네, 말을 잘한다고요.)" 부인이 말했다. "mais c'est pas Français.(프랑스어가 아니고요.)"

잘 뻗은 각선미와 아름다운 거리가 눈앞에 흐르듯 스쳐 가는 가장 매혹적인 저녁 시간에 파리를 택시로 누비면 넋을 잃는다. 쿠폴의 밝은 테라스 창 앞에 내린다.

제1차 세계대전 때 프랑스에 건너왔던 내 오랜 대리인 케네스 리타워는 파리 첫 방문 때 발음일랑 신경 쓰지 말고 슈아죌에 머무르라고 조언했다. 점심은 그랑베푸르에서 정식을 먹으라고 권했지만 그가 프랑스를 떠난 뒤인 1927년 개점해서인지 쿠폴은 신기하게도 언급하지 않았다. 쿠폴은 특히 해물과 그릴을 비롯해 음식이 괜찮았고 서비스도 좋았으며 분위기는 환상적이었다. 얼굴! Le tout Paris(파리 전부), 지금의 파리뿐 아니라 과거와 미래의 파리도 볼 수 있다. 볼 뿐만 아니라 홀딱 반하고, 상상도 할 수 없이 그 모습이 끊임없이 변한다. 나는 계단 너머 오른쪽 구역을 좋아한다—예전엔 2층이 있었다. 때로 원하는 자리에 앉아 2시까지 정찬을 즐기고는 몽파르나스 대로 한가운데서 기다리는 택시를 타고 서늘한 파리의 밤을 달려 돌아온다. 1930년이든 1960년이든 한결같이.

오래도록 좋아한 셰브누아도 가보았다. 당시 거의 알려지지 않은 아트 버크월드Art Buchwald, 1925~2007. 미국 유머리스트가 내 친구에게 말해줘 들었다. 당시엔 미슐랭 별을 받지 못했다. 센 강과 노트르담 대성당 근처, 생마르탱가街 평판 나쁜 거리의 오래된 비스트로였지만 보졸레 하우스와인이 훌륭했고 고객

층이 확고했다.

셰브누아는 범죄 구역 한가운데의 모퉁이에 있는 옛날 리옹 긴은 징소였지만, 거리는 재개발을 거쳐 보행자를 위한 상가가 되어버렸다. 음식은 여전히 좋고 단골은 더 부유해졌지만, 이번엔 아주 조금 더 밝고 닳은 느낌이었다. 뵈프아라모드 Boeuf à la mode. 유행하는 소고기 요리를 처음 먹었던 때보다 더 좋아졌을까? 나는 궁금했다. 파리가 새로웠던 때보다? 아니면 여기도 바뀐 곳 가운데 하나일까?

도시 어디나 수 시간 내에 배달되던, 작고 파란 메시지 프뇌마티크pneumatique는 더 이상 작동하지 않는다. 길모퉁이에 서 있던 녹슨 피수아pissoir. 공중변소도 사라졌다. 포르노는 물론 베케트, 나보코프, 헨리 밀러를 출간하던 오벨리스크 출판사도 이제 없다—녹색 표지로 된 금서『북회귀선』은 파리 여행의 트로피였고 한 세대의 창문을 열어주었다. 시릴 코널리가 기억에 남게 쓴 좌안의 학생 호텔—생시몽 호텔, 앙글러테르 호텔, 마로니에 호텔—도 완전히 개보수되어 발을 잘 안 들여놓게 된다. 파리는 대개 예약이 꽉 차 있다. 내가 알기로 프랑스어에서 유일하게 묵음이 아닌 'H'도 레알Les Halles. 식품 도매 시장이 있던 지역과 함께 사라졌다. 화가와 작가도 사라졌다. 여성주의가 프랑스로 유입되었고, 금속과 유리로 만든 고층 건물이 잡초처럼 여기저기 솟아올랐고, 메르세데스 대리점, 패스트푸드 체인, 달리기 의류 등이 등장한 건 최근 몇 십 년의 일이다.

"파리가 사라지고 있소" 하고 프랑스 남자가 통탄했다. "적절히 말하지 않아서 프랑스어의 질이 떨어지고 있고, 아이들은 유산이며 도시의 역사에 대해 아무것도 모릅니다—일 좀 한 답시고 다 부숴버릴 거요. 아주 슬픕니다. 프랑스가 미국에서 최악만 들여오고 있어요. 프랑스의 위대한 점은 진짜 윤택함인데 프랑스 사람도 그걸 몰라요. 그들이 아는 건 금전적인 부유함이죠."

그러나 어느 저녁 나는 뇌이Neuilly에서 막 어두워질 때 돌아와 지붕께 네온사인과 우아한 프랑스어인 샹파뉴가 있는 메종테탕제Maison Taittinger를 지나쳤다. 샴페인을 자주 마시지는 않지만 테탕제 블랑드블랑Blanc de Blanc. 청포도로 만든 샴페인 쉰짝을 쟁이고 이름 새겨 퀸엘리자베스 2호에 실어 뉴욕 록펠러빌딩 주소로 보낸 어느 11월을 기억하고는, 뇌이의 교통 흐름을 따라 느리게 움직이며 지구 다른 어디에서도 누릴 수 없는 프랑스식 삶, 즉 검정 이브닝드레스, 넓은 방, 중정과 정원을 내다볼 수 있는 창, 강, 자동차, 연애를 생각했다. 이제 다소 격이 떨어지지만 포슈Foch 대로를 따라 자리 잡은 건물은 큰 나무보다 그렇게 높지 않다. 생드니 거리의 매춘부, 센 강변을 따라 자리 잡은 새 시장의 새, 앵그르와 카뮈의 초상화 아래를 따라 걷는 지하철역의 개. 아침 일찍 가면 갓길에 주차할 수 있고, 남자들이 돌아다니며 보도의 주 배관 여는 것을 볼 수 있다—물을 퍼부어 도시를 목욕시키고, 짚으로 만든 긴 빗자루로 어제의 잔해를 쓸어 보낸다.

파리가 사라지고 있다고? 아직은 아니다.

사이렌의 노래

　누군가 파리에 살며 남서부 언덕바지 마을에 오래된 집을 소유한 스웨덴 여인의 이름을 우리에게 알려주었다. 툴루즈와 보르도 사이에 있고 피레네 산맥에 가깝지는 않은 동네였다. 알고 보니 's'를 선호에 따라 발음하기도 안 하기도 한다는 제르Gers 지방의 일원이었다. 이중모음을 조금만 잘못 발음해도 전혀 못 알아듣겠다는 표정을 짓는 프랑스인들로서는 드물게 무신경한 예다.

　겨울이었고 여름 머물 곳을 찾는 짧은 여정이었으므로 우리는 남하했다. 고대 성곽 바로 바깥의, 넓고 벽을 두른 정원 위에 앉은 집은 아름다웠다. 인테리어가 난해했다. 방의 배열, 색상, 가구 등 집 안의 전부가 말도 안 됐다. 하지만 읍은 2월 중순에도 어떤 매력을 풍겼다. 한쪽엔 대성당, 멀리 다른 한쪽엔 오래된 성이 있는 길게 굽이치는 상점가, 조용한 샛길, 그리고 모든 방향으로 시골과 잘 가꾼 들판이 펼쳐지는 곳. 호텔 하나와 레스토랑 몇 군데가 있었고, 너무 지루하다면 남쪽으로는 오슈Auch 북쪽으로 아쟁Agen 등 큰 도시도 멀지 않았다.

대략 그 정도였다. 거의 모든 프랑스 지방자치단체에 존재하는 관광안내소를 통해 읍에서 몇 킬로미터 떨어진 다른 집을 찾아 바로 빌렸다. 침실 창에서 멀리 대성당 첨탑이 보였다. 하나의 징조였으며 읍의 이름에는 마음에 드는 구석이 있었다. 레크투르Lectoure라는 읍이었다.

이름이 품위 있었다. 레크투르는 한때 제르의 도청 소재지였다. 지역에서 가장 오래된 마을 가운데 하나로 갈로로만Gallo-Roman 시대 생겨나 추기경 의석을 보유했었고, 아르마냐크 백작의 주 거주지였으며, 나폴레옹의 가장 영웅적인 장군이며 브라우닝의 시에도 등장하는, 이등병으로 징집돼 샛별처럼 진급 가도를 달린 란Jean Lannes, 1769~1809 원수의 출생지다. 모든 병사는 군장에 원수의 지휘봉을 지참하라는 나폴레옹의 유명한 선언이 그를 말해준다. 란은 마흔에 죽어 전설이 되었다. "난쟁이를 얻고 거인을 잃었다"라며 황제는 슬퍼했다. 혁명적인 재배치를 통해 레크투르의 추기경 사택이었던 좋은 건물이 원수에게, 이후에는 미망인에게 하사되었다.

아르마냐크 백작의 성 또한 공공시설인 병원과 노인 요양원으로 쓰이고 있으니, 레크투르의 병원에서 죽어야만 한다면 나쁜 선택은 아니리라. 지역민을 위한 시설이지만 천장의 높이며 경치, 주차장으로 바꾸지 않은 너른 마당, 선물 가게와 카페의 부재, 나아가 건물 규모가, 정교한 시설이 아니라는 부족

함을 만회하고도 남는다. 어쨌거나 일광욕을 하거나 지팡이나 목발의 도움으로 천천히 걷는 노인네들의 외모로 판단컨대 삶은 길다. 대부분은 담배를 피우는데 이게 더 당혹스럽다. 국민 영양조사에는 많은 양의 지방―버터, 내장, 푸아그라―이 알코올과 함께 담배의 악영향을 중화한다는 미심쩍은 이론이 있는데(프랑스에서 거의 모두가 담배를 피운다), 누가 알겠나?

계단 오르기를 치지 않는다면 운동이 프랑스의 건강을 지켜주는 건 확실히 아니다. 레크투르의 주요 육체 활동은 약 120킬로미터 떨어진 피레네 산맥을 보려 애쓰는 것으로, 우리는 체류 막바지에 딱 한 번 아슬아슬하게 산맥을 볼 뻔했다. 그리고 대성당 가까운 나무 밑에서 영원히 벌어지는 불boule. 공으로 하는 놀이도 있다. 이를 스포츠라 선뜻 묘사하기가 어렵다. 요양이라 할 만한 페이스가 유지되고, 오래 지켜보는 인내심을 요한다. 의심할 여지도 없이 누군가는 내 말을 이렇게 바로잡을 것이다. 불은 재주와 정신력과 전략, 그리고 짐작할 수 있겠지만, 실직 상태가 필요하다고.

콜럼버스가 미 대륙을 찾아 나서기 직전 지은 대성당은 두 세기 전 폭풍에 첨탑을 잃고 없다. 그래도 여전히, 특히 멀리서 보면 장엄하다. 레크투르 자체도 마찬가지일 것이다. 투광 조명 받은 대성당, 급락하는 거리의 불빛이 멀리서, 특히 밤이면 엄청난 곳처럼 보인다. 여느 환상처럼 너무 가까이 다가가서는 안 된다.

목록을 채우기 위해 호텔 바스타르Bastard―이름의 기원은 알아내지 못했다―를 언급할 필요가 있다. 프랑스에서는 의미가 다르므로 의심하는 그 뜻영어로 bastard은 '멍청이' '사생아' 등의 뜻은 아니다. 호텔은 눈에 띄는 자갈 정원이 있는 18세기 건물로 거의 대성당 그늘에 가려져 있다 식당은 우아하지만 아주 작은 객실 몇몇만 경치랄 게 있다. 아르마냑와 피네블랑슈Fine Blanche라는 상표를 단 아주 훌륭한 리큐어 등을 조제해 파는 유명한 지역 사업가이자 호텔 주인 파트리크 드 몽탈은 그런 객실에 손님을 넣을 때마다 부득이하게 사과해야 할 것 같다고 느낀다.

호텔은 마을 소유였고, 의회에서 개보수 방식을 놓고 뜨거운 논쟁이 벌어졌다. 레크투르는 관광에 의존하지만 많이들 찾아오지는 않을 것이므로 호텔은 선택된 손님 열에서 열다섯 명을 위한 객실만 있으면 된다는 주장이 나왔다. 의회의 대부분은 사회주의자라 "선택된"이라는 말이 광풍을 몰고 왔다. 그들은 투표에 부쳐 호텔을 사단社團에 매각하자는 안을 기각했는데, 누군가 의심하기를 사단이 호텔에서 뭔가 특별한 점을 간파했으리라는 거였다. 알고 보니 호텔의 진짜 재산은 요리사와 그 부인이었다.

주말에만 여는 영화관과 스타디움 아래 테니스장, 골짜기를 굽어보는 큰 수영장—올림픽 선수를 양성하고자 전국에 지은 드골의 유산 일부—도 있다. 레크투르에서 배관을 묻거나 기초파기를 하다 보면 고대 유물이나 동전이 나오기도 하는데, 스타디움 주변의 그런 지역은 한때 로마인의 묘지로 1960년대까지도 중요한 발견들이 이어졌다. 나는 파트리크 드 몽탈의 아내인 빅투아르에게 범죄에 관해 물었다. 그녀는 없노라고 대답했다.

"강도도요? 아무것도?"

"아무것도요."

"차 도둑도 없나요?"

"있으면 언제나 아장 사람이더라고요." 그녀는 대답했다.

여름에 둘러본 레크투르와 그 주변의 매력적인 시골은 이랬다.

*

마을에 아주 아름다운 집들이 있다. 길에서 잘 보이지 않지만 사람들도 잘생겼으리라고 짐작된다. 대성당에서 결혼식이 딱 한 번 열렸는데 레크투르의 상류 계층이라 여겨지는 이들이 옷을 잘 차려입고 프랑스에서 흔히 볼 수 있는 즐거움과 편안한 분위기를 풍기며 볼보나 광택을 낸 큰 푸조 사이에 서 있었다.

그때는 멜론 수확 철이었다. 한 가족이 갓길에 차를 세워두고 내려가 허리를 굽히고 멜론을 땄다. 멜론이 들어찬 궤짝을 간격 맞춰 쌓았다. 지나가는 사이 마지막 가족이 도착했다. 그녀는 흰 반바지에 다리가 탔다. 뻣뻣한 털의 폭스테리어가 그녀 뒤를 따랐다. 나는 그녀가 수영장에 나가거나 친구와 놀지 못해 툴툴거리고 불평하리라 상상했다. 하지만 자연스럽고도 무심한 움직임에는 그런 기색이 보이지 않았다. 그녀는 가족에 합류해 일을 거들었을 뿐이다.

*

무화과, 포도, 모과가 그 지역이 토착 과일이었는데, 사실 여전히 한데 묶어 르티네retiné, 가난한 이의 젤리라 일컫는다. 모과나무는 비틀리고 옹이가 많아 알아보기 쉽다. 정원 구석 멀리 한 그루 있는데, 로마인이 한때 사유지의 경계목으로 심었으니 그럴싸하다.

*

이른 아침 바스티옹Bastion 광장에서 푸른 정장 차림 남자가 나뭇잎을 쓴다. 여기부터 난 길이 꺾이기 직전에 넓은 갓길이 있다. 벤치를 놓아 경치를 즐기기 좋고, 공원처럼 꼼꼼히 관리한다.

창마다 정원마다, 연석과 창틀이 꽃 천지로, 주민이 자연과 가깝다는 암시다. 언어, 여성, 문학, 포도주, 땅, 결혼, 삶의 방식에 대한 그들의 감각과 별개로 내가 프랑스에서 가장 좋아하는 것은 외관에 대한 그들의 관심이다. 상점의 창, 읍사무소mairie, 거리, 공원, 기차역, 집 할 것 없이 외관이 마음을 어루만져준다. 상징과 조화와 질서의 나라에 있음을 안다. 그들이 와인에 대해 말하길, 로마인이 문명의 씨를 뿌렸고 특정 기후와 토양이 나머지를 알아서 했다.

*

그때 그곳에서

올챙이가 개구리 되듯 프랑스인은 태어날 때부터 프랑스인이다. 우편 및 전신전화국 밖에서 열 살 남짓한 소녀가 셔츠와 흰 바지 차림으로 오토바이 헬멧을 벗는다. 근육질의 젊은 아빠와 막 달린 참이다. 그녀는 흘러내린 긴 머리를 한 손으로 무심하게 정돈한다. 다른 한 손엔 헬멧을 들었다.

*

우리는 언덕에 절반쯤 묻혀 숨어 있는 테니스장에 언제나 간다. 다른 이들이 오고 더워지기 전인 아침 9시에. 이른 구름이 물러가고 햇볕이 내리쬔다. 공 소리, 달리기, 맹렬한 승리의 의지. 가족이 무제한 사용 가능한 레크투르 테니스클럽의 비거주자 월간 회비는 70달러다.

*

금요일 밤의 바스티옹 광장. 큰 나무 사이에 빛의 줄기가 걸쳐 있다. 사람들이 개와 산책하고 향기로운 어둠 속에서 탁자나 벤치에 앉고 또 일어난다. 아코디언 연주자가 이끄는 4인조 악단이 음악을 연주하고 여성과 연인이 나무 바닥에서 춤춘다. 유모차를 끄는 여인, 푸스볼을 가지고 노는 소년, 짙은 색 안경을 쓴 젊은 로미오들. 음악을 즐기는 사람보다 적어도 두 배는 많은 이들이 불 시합을 본다. 불을 하는 구역은 불을 밝혀놓았고, 어둠 속에서 철로 된 공이 흙을 내리찧는 희미한 소리 빼고는 격한 고요함만이 흐른다. 내 첫 관전에서는 피부가 어둡고 허물 벗어진 어깨 한쪽에 별 문신을 한 재빠른 소녀가 경기를 한다. 노동계급 결혼식이거나 유독 큰 —200명 넘는— 가족의 저녁 소풍일 것이다. 모두가 맥주를 마시지만 아무도 소리치지 않고, 눈물 흘리는 여인도 싸움도 없다.

*

콩동Condom에서 레크투르로 돌아오는 길이 가장 아름답다. 첫 부분인 콩동에서 카스테라-베르뒤장Castéra-Verduzan 구간은 빛나는 녹색의 나무들을 가로지르는 한 줄기 긴 터널이고, 카스테라부터는 유려하게 굽이치는 밭과 나무가 있는 시골이다.

길이 엮어주는 마을 카스테라-베르뒤장은 다소 애절한 읍이다. 노천탕이 로마 시대부터 있었는데, 물이 잇몸 질환에 좋다고들 말한다. 그 밖에 합리적 가격으로 알려진 레스토랑 플로리다Le Florida도 있다.

우리가 떠난 뒤 주중에 〈아이다〉 공연이 있을 예정이었다. 상반신을 벗은 아이다의 모습이 포스터에 있었는데, 바닷가에서 멀기는 하지만 철을 감안하면 프랑스에서 드문 일은 아니다.

*

콩동에는 타블데코르델리에Table des Cordeliers라고, 고딕 예배당을 개조한 좋은 레스토랑이 하나 더 있다. 14세기 요새 마을이었던 테로브Terraube에도 오비유페롱Au Vieux Perron이라고 하나 더 있다. 창문을 내다보면 골짜기 너머로 멀리 레크투르가 보인다. 너무 두껍고 풍부한 나머지 스테이크 맛이 나는 마그레magret, 즉 오리 가슴살 요리를 제르 어디서나 먹는다. 맛있는 버섯으로 덮은 마그레 크레페도 있다. 자갈 깔린 정원이 있고 레스토랑 주인은 친근하며 지역 마디랑유명한 적포도주 산지 또는 그 포도주인 샤토데디 1979년산은 9달러로 훌륭하다. 테로브 성은 개인 소유물이지만 주 몇 회 방문 가능하며 근방 것들 가운데 가장 아름답다.

*

최고의 레스토랑은 훌륭한 대성당에 2만 5000의 인구에도 진짜 도시 분위기를 풍기는 오슈에 있다. 프랑스에서 가장 존경받는 요리사 중 한 사람인 앙드레 대갱André Daguin, 1935~이 중심 광장의 고전적이고 오래된 건물인 프랑스호텔과 레스토랑을 관리한다. 호텔은 스물아홉 개의 편안한 객실이 있고 고급스러운 목욕탕이 유명한데, 모두 여객선 일등석의 표준 같다.

대갱은 지역 요리 지지자로 오리, 거위, 푸아그라, 아르마냑, 멜론, 말린 자두를 다양한 형식으로 메뉴에 낸다. 그의 레스토랑은 미슐랭 별 두 개로, 고귀한 소개 문구에 따르면 "들러 먹어볼 만하다". 넓은 식당은 천장이 높고, 버터빛 나는 베이지 벽에 오렌지나무와 그 그늘이 풍성하다. 리넨 냅킨에 바닥엔 양탄자를 깔았고 식탁 위엔 생화가 오르며 접시는 주홍과 금색 테두리를 둘렀다.

주문은 흰 조리복은 입은 대갱 자신이 직접 받는다. 50대인 그는 영화 스타의 외모와 권위를 풍긴다. 그는 경망함의 유혹에 넘어가지 않고, 음식은 최후의 영광인 프뤼노 아 제오메트리 바리아블pruneaux à géométrie variable. 여러 모양의 말린 자두와 더불어 인상 깊은데, 반만 먹고 디저트 접시에 내려놓았다. 프랑스에서는 개를 레스토랑에 데려올 수 있고 의자에 앉힐 수도 있지만 남은 음식을 싸 가는 개먹이 봉투는 없다. 포도주와 서비스를 포함해 이 모두가 고작 2인에 115달러다.

그날 밤 식당 저편 끝에서 대갱은 조리복 차림으로 긴 식탁의 다른 손님들을 맡고 있었다. 그 손님들 중에는 미국에서 막 돌아온 그의 딸도 있었다. 배심원이 그렇듯 나는 별 대화 없이 음식을 먹었다. 저런 경우 대갱이 무엇을 먹는지 웨이터에게 물어보지 않았다고 나는 나중에 자책했다.

단차가 별로 크지는 않지만 프랑스호텔 아래 몇 세기 된 데솔Dessoles가에 클로드 라피트의 레스토랑이 있다. 제르는 다르타냥과 삼총사의 고향인 가스코뉴에 속하니 생기 넘치고 개방적이고 용기 있는 그 기질을 라피트에서 바로 알아차릴 수 있다. 오래된 집을 주의 깊게 복구한 레스토랑이 수직이 딱 맞아떨어지지는 않는다. 닳은 타일 바닥, 돌만큼 견고한 기울어진 계단, 또한 허물없는 우아함과 편안함. 음식 또한 훌륭하다. 시골 빵을 넓적하고 크게 잘라 구워 지역 가공육을 얹어 낸다. 조심스레 먹지 않으면 본격적인 식사 전에 배가 불러버린다.

그때 그곳에서

방명록은 언제나 의심스럽지만, 라피트가 직접 들고 오는 가죽 정장 네 권은 예외다. 프랑스, 이탈리아, 독일 등 세계 각국에서 온 사람들의 글과 "가스코뉴에서 가장 아름다운 요리"라는 누군가의 야단스럽고 재치 있는 문구를 읽을 수 있다.

*

모든 읍에서 그렇듯 장은 주 1회 열리는 사건이다. 훌륭한 과일이며 채소를 가져온 농부, 흰색 밴의 옆구리를 접은 푸주한과 치즈 상인이 있다. 베트남 소녀들이 작은 탁자를 펼쳐놓고 스프링롤과 작은 플라스틱 상자에 담긴 차가운 볶음밥을 판다. 돌아보는 데는 오전 절반이지만 산 걸 다 먹으려면 일주일이 걸린다. 어떤 것들, 이를테면 무겁고 둥근 시골 빵은 열흘은 먹어야 한다.

*

바뀌지 않겠지만 개성과 방향이 확고한, 프랑스의 깊숙한 내부. 방문객도 돈도 그것을 바꾸지 못했다. 이곳은 그 자체만으로 행복하다.

그들은 언제나 궁금하게 여긴다. 어떻게 찾아오셨는지요? 스웨덴 여인 덕분이었는데 그녀가 전부는 아닙니다. 프랑스 이지역은 샤쇠르 드 비페르chasseur de vipères, 땅꾼라는 남자를 고용해서 집에 사는 독뱀을 잡아 없앨 수 있다. 어떻게 찾았느냐

물으면 그는 냄새를 맡았노라고 답한다.

　레크투르를 찾은 방식도 그렇다. 어딘가 존재했고, 우리는
코를 믿었다.

왕들의 프랑스

설사 그렇지 않았더라도 루아르Loire는 프랑스에서 가장 위대한 강이고 여전히 그렇다. 파리에는 센, 보르도에는 가론 Garonne이 흐르며, 리옹에는 론Rhone과 더불어 비스킷색 남부 마을이 있다. 하지만 루아르는 나일 강이 그러듯이 프랑스의 매력인 가장 아름다운 궁과 기념물 들에 갈라져 흐른다. 잉글 랜드의 대저택, 베네치아, 뉴포트와 5번가Fifth Avenue의 잔재, 보스포루스해협의 파빌리온, 프라하의 성 모두가 호화롭게 한 지역에 모인 것 같고, 기념품점, 프랜차이즈 레스토랑, 넓은 주차장, 그리고 다른 꼴 보기 싫은 것들로부터 비교적 자유롭 다. 그게 투렌Touraine이다.

자연스러운 일이지만 이곳은 사람이 안 찾아오지는 않는다. 여름이면 야영객이 큰 이동 주택을 비틀비틀 몰고 떼로 찾아 오는데 대부분 영국인이나 독일인이다. 운 좋게도 굳이 여름에 방문할 필요는 없다. 봄이 좋고, 가을이면 한결 낫다. 돈 아끼려 드는 군중을 피할 수 있고, 비가 오는지가 유일한 걱정거리나.

일단 루아르는 프랑스에서 가장 긴 강이다. 리옹 근처 수원水源에서 시작해 파리 남서쪽 130킬로미터쯤인 오를레앙을 끼고 서쪽으로 돌 때까지 1000킬로미터에 걸쳐 굉장히 멀리 흐른다. 블루아Blois, 앙부아즈Amboise, 투르Tours, 소뮈르Saumur, 앙제Angers까지, 서서히 위대한 이름들을 굽이친다. 라블레가 프랑스의 정원이라 일컬은 이 강을 따르면 낭트 너머 대서양에 이를 때까지 과수원, 평원, 포도밭이 끝없이 펼쳐진다. 철도가 깔린 지난 세기까지 루아르는 오랫동안 여행의 대동맥이었고, 강어귀 마을에는 물을 끌어가기 위한 돌 경사로가 아직 있다. 루아르는 또한 원기 왕성한 북프랑스와 여유롭고 의심하는 남프랑스의 전통적인 분기선이다. 내가 아는 여자가 오슈근처 중요한 가문 일원과 결혼했는데, 연애 초기 부모님께 인사드리러 북쪽으로 데려가니 "루아르 아래 친구치고 나쁘지 않군" 하고 평가했다고 한다.

옛날에는 관료, 수도사, 왕이 오를레앙까지 행차한 다음, 마차를 바지선에 실어 하류까지 남은 여정을 계속했다. 이제는 파리에서 기차로 한 시간이면 올 수 있는데, 최고의 방법은 자동차를 몰고 오는 것이다. 샤르트르Chartres를 거쳐 살짝 돌아가는 여정이지만 가장 훌륭한 고딕 성당을 볼 수 있어 보상받는다. 첫눈에 들어오는, 공기 위에 일군 양 솟아오른 밀밭을 잊을 수 없다. 그러고 나면 서서히, 샤르트르 대성당이 명성이 잦아들어도 괜찮다는 듯이 다가갈수록 덜 웅장해 보이다가 마을이 눈에 들어오면 그 마을에 걸맞은 수준이 된다.

　내부 공간은 선례가 없을 정도로 높이 솟아올라 대성당의 황금시대를 예견하는데, 샤르트르는 그저 건축적으로만 중요한 곳이 아니다. 걸작 조각과 스테인드글라스 창 또한 보유하고 있다. 전부 173점으로, 예술적 영광과 별개로 중세에 만들어져 지금껏 존재하는 유리로서 가장 중요하다.

　한때 나의 대리인이었던 수치를 모르는 남자, 할리우드에서 마지막까지 스리피스 정장을 입었던 이는 유럽 여행과 대성당에, 그의 말을 빌리자면, 초처럼 혼자 들러 명작 들여다보기를 좋아했다. 샤르트르에서 영혼을 정화하는 그의 모습을 띠올린다.

*

　루아르 강은 자전거—괜찮은 걸 아무 기차역에서나 빌렸다가 다른 역에 떨굴 수 있다—로도, 아니면 기차나 도보나 초현대적 발명품인 관광버스로도 둘러볼 수 있지만 내 생각에는 차가 최선이다. 일주일 정도 여유를 잡고 지도와 신문, 중요한 안내 책자 서너 권을 뒷좌석에 던져 넣고서.

　오를레앙과 앙제 사이의 길고도 가장 아름다운 구간은 편리하게도 투르를 기점으로 둘로 나뉜다. 녹색 미슐랭이 "가볼 만하다"라 수록한 네 성 가운데 샹보르Chambord와 슈농소Chenonceau가 구간 전반부에, 아제르리도Azay-le-Rideau와 앙제가 후반부에 있다.

앙부아즈, 시농Chinon, 블루아, 『잠자는 숲속의 미녀』에 영
감을 준 것으로 유명한 위세Ussé 성까지 아홉 군데가 "돌아가
더라도 가볼 만"하고, 거기에 "흥미롭다"라고 묘사한 마흔아홉
군데가 더 있다. 차로 돌면 채 하루도 안 걸려 다 볼 수 있지만
그건 바토무슈센 강을 운행하는 유람선에 앉아 파리를 보았다 믿
는 것이나 다름없다. 루아르는 최소 나흘, 어쩌면 그 이상을
보낼 가치가 있는 지역이다.

숙소는 좋은 곳에서 묵어야 한다. 다행히 그런 곳이 많다.
오를레앙과 투르 사이의 두 마을을 추천한다. 첫 번째로 강
남쪽 조용한 지류 가운데 하나인 몽트리샤Montrichard엔 오래
된 다리와 중세 성의 잔해가 남아 있다. 이쪽 지류에 좋은 호
텔이 몇 군데 있으니 셰르Cher, 공원에 들어앉은 더 장대한 양
식의 메노디에르Ménaudière 성, 몇 킬로미터 떨어진 시세Chissay
성—4개 국어 안내문을 갖췄다—도 있다. 루이 14세가 맨발
로 낭퇴유Nanteuil까지 순례할 때 시세에 머물렀다는 주장이
있다.

알렉시스 리신Alexis Lichine, 1913~1989. 러시아 작가은 좀 더 멀
리 떨어진 루아르 북쪽 옹쟁Onzain의 도맹데오드루아르
Domaine des Hauts de Loire를 좋아했다. 편안하고 좋은 레스토랑
은 다 모여 있다.

두 훌륭한 명소인 샹보르와 슈농소는 옹쟁이나 몽트리샤에
서 40킬로미터 이내고 쇼몽Chaumont에선 지척이다.

15세기의 거대하고 칙칙한 요새로 전망은 좋아도 가구가 거

의 없어 인테리어가 실망스러운 쇼몽은 국가 소유지만 운영엔 별 신경 안 쓰는 듯 보인다. 헨리 2세의 정부 디안 드 푸아티에Diane de Poitiers, 1499~1566가 슈농소를 하사받아 가장 유명한 거주자였다. 운명의 1559년, 왕이 파리의 격투에서 창에 눈을 찔려 살해당하자 미망인인 카트린 드메디시스는 신속히 숙적을 슈농소 바깥의 덜 매력적인 장소로 내몰았고, 정부는 결국 거기서 오래 머무르지 못했다. 그래서 지금껏 내부 상태가 그 모양인지도 모른다. 스타엘 부인Germaine de Staël, 1766~1817도 숙적 나폴레옹으로부터 도망쳐 한때 슈농소에서 살았다. 경치에 대한 그녀의 견해는 차분했다. 경치들이 좋다고 인정했지만 그녀가 선호했던 건 바크Bac 거리의 배수로를 보는 거였다.

멀지 않은 앙부아즈도 강 위에 있다. 이대로도 인상 깊지만 지금 모습은 유지할 돈이 없어 18세기에 헐어낸 이후, 한때 존재했던 거대 구조물의 일부일 뿐이다. 레오나르도 다빈치의 긴 전설의 종착역으로서 특히 가슴 저미는 장소다. 이곳에서 유년 시절을 보낸 프랑수아 1세가 다빈치를 데려왔다. 다빈치의 말년이었다. 팔에 마비가 와서 일을 할 수 없었지만 그의 존재는 프랑스에 이탈리아 르네상스를 소개한 자극이 되었다. 〈모나리자〉는 레오나르도의 재산 일부였는데, 그가 죽은 뒤 프랑수아 1세가 샀다.

성 근처 무난한 적벽돌 장원은 클로뤼세Clos-Lucé라 부르는데 그곳이 레오나르도의 거주지였다. 완전히 개보수해서 그림은 한 점도 없지만 들를 만하다. 작은 예배당에 다빈치의 유골이 안치되었을 수도, 아닐 수도 있다. 옛사람들 말에 따르면 그의 진짜 무덤은 지구 전체라고 한다.

프랑수아 1세 사후 10년여 뒤인 1560년, 앙부아즈에는 알고 보면 괴기하고 멜랑콜리한 분위기가 느껴지는 긴축한 시간이 있었다. 종교전쟁 당시 성의 마당에서 많은 관중을 놓고 신교도들이 처형당했다. 지도자들이 참수당했고 1200명에 이르는 추종자들은 교수형을 당했다. 교수대가 충분치 않아 신교도는 나무와 벽 등 마을 어디에서나, 그것도 모자라 성의 정면에 높이 걸린 쇠갈고리에서 다수가 교수형당했다.

프랑수아 1세는 1만 3000에이커약 53제곱킬로미터 넘는 숲 안에 거대한 샹보르 성도 구축했다. 32킬로미터에 이르는, 프랑스에서 가장 긴 벽이 땅을 에워싼다. 코송Cosson이라는 작은 강이 가지를 쳐 해자를 채운다. 왕은 루아르를 끌어오고 싶어 했으나 그러지 말자고 설득당했다. 언제나 그렇듯 건설이 지연된 건 예산 부족 때문이었지, 스페인이 인질 삼은 두 왕자의 막대한 몸값이나 전쟁이 이유가 아니었다. 샹보르 건설에 거의 30년이 걸렸다는데, 당시 조신朝臣들이 그랬듯 그보다 적게 걸렸으리라고 느낄 것이다. 음습할뿐더러 인간적 필요를 초월하는 규모로, 영혼을 감싸주기보다 떨게 만들 지경으로 넓다. 400개의 방에 귀족 일가며 하인, 가구, 조리 도구, 짐짝, 거기다 말 1만 2000필까지.

샹보르의 핵심은 문자로는 물론 형태적 의미로도 충실하게 오르내릴 수 있는 거대한 이중 계단이다. 사냥은 으뜸가는 스포츠였고, 코가 길고 욕망이 넘치는 프랑수아 1세는 추격을 사랑했다. 부인들은 지붕을 둘러 난 몇 백 개의 굴뚝 창을 산책로 삼아 돌며 사냥을 지켜볼 수 있었다. 지금도 말을 빌려 타고 샹보르 숲을 달릴 수 있다. 성에도 마구간이 있고, 생디에Saint-Dyé 서쪽으로 3킬로미터 가도 마구간이 있다. 보통은 숲을 닫아두지만 한 달에 두 번 공식 승마가 열린다.

몰리에르가 『부르주아 귀족』을 쓴 곳도, 작곡가 륄리Jean-Baptiste Lully, 1632~1687가 몰리에르의 작품을 올렸지만 감흥이 없었는지 루이 14세가 무대에 난입해 하프시코드를 박살 낸 곳도 여기다. 다음 날 왕은 다시 난입할 생각이었지만 실망을 안고 돌아갔다.

몽트리샤에서 강 바로 오른쪽의 르그릴뒤파쇠르Le Grill du Passeur 같은 데서 저녁을 잘 먹고 잘 잔 뒤, 왕관에 박힌 다이아몬드 격인 슈농소를 볼 차례다. 차를 몰고 가다 보면 나무 사이로 멀리 슈농소가 보인다. 꿈의 평원 위에 떠 있는 듯하다.

이 긴 대저택은 경이로운 개념체로서, 깊고 조용한 셰르 강을 가로지르는 다리 위에 세워져 그저 최고로 아름다운 걸 넘어 성 가운데서도 가장 볼만하다. 나라면 다른 모두를 제쳐놓고 슈농소에 들를뿐더러 가장 먼저 재방문하겠다. 감정을 건드리는 무엇이 있다. 그 우아함과 고요함, 위층 회랑으로 쏟아져 들어오는 빛에 압도당한다. 방 하나가 강 전체에 걸쳐 있어서 창마다 거닐며 가을비도 첫 봄볕도 상상할 수 있다. 슈농소는 현재 초콜릿 제조업자인 뫼니에 가문 소유지만, 과거 소유주들 가운데서는 건축주였던 여자가 가장 유명하다.

앙리 2세의 정부였던 디안 드 푸아티에는 예순일곱에 죽을 때까지 굉장히 젊어 보였지만 왕보다 스무 살이나 많았다. 탐

욕과 아름다운 피부, 남편 루이 드 브레제를 기리기 위해 언제나 입었던 흑백 옷차림으로 유명했다. 그녀는 왕이 옷차림을 따라 할 만큼 영향을 미쳤다. 왕은 교회 종에 부과한 세금으로 슈농소의 건축을 지원해 "왕이 왕국의 모든 종을 그 종마의 목에 걸었다"라는 라블레의 유명한 빈정거림에 소재 노릇도 했다.

슈농소에는 훌륭한 정원들은 물론 16세기의 가구, 태피스트리, 칠한 천장 들이 있다. 추워지면 거대한 르네상스 벽난로에 불을 지핀다. 이 천국에선 젊은 여인들이 인어로 분장해왕이 행차할 때 해자에서 노래를 불렀고, 다른 이들은 나무에서 도망쳐온 요정으로 차려입고 사티로스를 쫓아다녔다. 앙리 3세가 얽힌 다른 멋진 사건도 있었다. 한 역사가의 말에 따르면 왕가에서 가장 아름다운 여인들이 신부인 양 반라에 머리를 풀어헤치고 법정에 출두했다는 것이다. 앙리 3세의 젊은 남성 선호는 유명했으니 활인화살아 있는 사람이 분장하여 정지된 모습으로 명화나 역사적 장면을 재현하는 행위 장면은 당연히 어머니의 걱정이 반영되었을 것이다.

슈농소는 관리를 잘하지만 구경꾼이 많이 몰리니 관광 철이 지나고 가는 편이 낫다. 배를 빌려 강을 따라 멋있는 아치아래로 떠내려갈 수 있다. 그림 가운데는 프리마티초가 그린디안 드 푸아티에의 초상화가 그녀 성격의 단초를 그럭저럭보여주며, 마이넬Mailly-Nesle의 세 자매 중 루이 14세의 정부였던 한 명의 초상화도 있다―다른 두 사람은 공작에 백작 부인이었고 차례로 루이 14세의 정부가 되었다. 왕은 현지 조달을 피하기 위해서인지 둘을 플랑드르의 전투에 동반했지만, 특권의 시대에도 엄청난 반감을 불러일으켜 돌려보내야만 했다.

슈농소에서 먹는 점심도 나쁘지 않다. 한쪽에 작은 레스토랑이 있는데 썩 훌륭하지는 않지만 앉아서 안내 책자를 읽기에는 좋다.

전체 지역에서 가장 아름다운 도로 가운데 하나가 옹쟁에서 몽트리샤까지 남북을 잇는 D114임은 언급할 만하다. 남으로 좀 더 내려가 몽트레소Montrésor와 로슈Loche 사이에는 또 하나의 빼어난 도로가 있다. 샤르트뢰즈뒤리제Chartreuse du Liget를 지나 다른 숭고한, 이름 없는 건물군을 지나친다. 길이라면 루아르의 북안을 따라 난 N152를 선호한다. 초콜릿 공장이 있고 맛있는 냄새가 나는 블루아가 N152의 출발점이다. 강둑을 따라 잘생긴 주택들과 담장을 두른 정원, 꽃이 늘어섰다. 솟아오른 갓길이나 둑길 위에 도로가 나 있고, 그에 맞서 주택들이 들어차 있다. 1층이 제방 아래, 즉 지면에 있다. 둑길은 고르고 교통량이 적어 하체가 튼실하지 않아도 자전거 타기에 좋다. 쇼몽과 앙부아즈를 떠나 블루아부터 투르까지 60킬로미터를 그렇게 여행할 수 있다. 그리고 강을 가로질러 그림처럼 자리 잡은 위세와 소뮈르를 지나 앙제에 이른다.

나라면 여정의 후반부엔 마르세Marçay라는 마을 근처의 시농이나 그보다 좀 더 큰, 루아르 강변 마을인 브레에몽Bréhémont에 머물겠다. 마르세엔 수영장과 빼어난 경치의 훌륭한 호텔이 마르세 성이 있다. 고객층은 피부를 잘 태웠고 날렵하게 머리를 자른 이탈리아인, 연인, 젊은 가족 등 대부분 유럽인이다. 아침은 호텔 전체와 바에서, 외부 공간에서 먹을 수 있다. 그럴싸한 시골집에 묵는 느낌이다. 소뮈르, 뤼^{Luynes}, 레로지에쉬르루아르^{Les Rosiers sur Loire}도 훌륭한 숙박 시설이 많다.

마르세나 브레에몽에서 아제르리도나 앙제까지는 쉽게 운전해 갈 수 있다. 아제는 르네상스 걸작이다. 철제로 난간이 된 좁은 다리를 건너 중심가로 접어들면 나무 너머로 창백하고 장엄한, 크지만 놀랍도록 우아한 흔적이 엿보인다. 아제는 샹보르나 슈농소와 같은 시기인 16세기 초에 건립되었다. 그리고 후자처럼 일부 강에 걸쳐 있다. 물에서 보면 자체의 고요한 반영 위에 떠 있는 것 같다. 발자크는 아제를 다이아몬드, 보석이라 일컬었다. 원주인은 곤경에 처한 자본가였고 프랑수아 1세에게 성을 몰수당했다. 완전히는 아니지만 대부분 가구를 들여놓지 않은 내부에는 앙리 4세의 정부인 가브리엘 데스트레의 유명한 초상화가 있다. 인상적으로 형태를 잡고는 경솔하게 상반신을 반라로 그려놓았다.

굽이치는 시골길을 자전거로 달려 아제에 갈 수도 있다. 어느 여름, 우리는 그 경로의 절반쯤에서 특히 힘든 언덕을 오르다가 마당에서 아이 둘을 돌보는 소녀에게 이 길이 아제르리도로 가는 길이 맞느냐고 물었다. "Oui, monsieur,(네, 그럼요.)" 그녀가 공손하게 답했다. "si vous êtes fort.(힘이 좋으시다면요.)"

그날 종종 다른 자전거 여행객을 보았다. 늘어선 나무, 좁은 자전거 길, 두 자전거가 누워 있었다. 연인 가운데 여성은 얼굴을 바닥에 묻고 밝은 햇살 아래 창백한 등을 드러내고서 누워 있었다. 흰 반바지 차림이었다. 남자는 근처에 앉아 지도를 보고 있었다.

아제에서 알렉산더 콜더Alexander Calder, 1898~1976. 미국 조각가가 집과 스튜디오를 보유했던 사셰Saché가 멀지 않다. 콜더의 멋진 조각이 마을 광장에 놓여 있다. 몇 백 미터 지나 육중한 벽 너머에는 발자크가 1829년부터 1835년 사이에 종종 들렀던 견고하고 빛바랜 16세기 주택이 숨어 있다. 자갈 진입로에 가파른 슬레이트 지붕이 높이 솟았다. 경사진 잔디밭과 덤불 너머로는 녹색의 숲벽이 있다. 마을 쪽으로는 교회 첨탑이 솟아 있다.

집은 마르곤 일가 소유다. 장 드 마르곤은 발자크 모친의 연인이었고 동생의 아버지였을 가능성이 있다. 파리의 소란스러운 삶에서 벗어나 발자크는 이 집에서 글을 썼다. 마차로 밤에 파리를 떠나 다음 날 보장시Beaugency에서 아침을 먹었다. 누구나 생각할 수 있는 것처럼 잠은 잘 못 잤다. 그는 그날 내내 걸려 마르곤의 마차가 기다리고 있는 투르에 닿았고, 두 시간 더 달려 집에 도착했다. 전부 220킬로미터였다. 스물세 시간에 88프랑짜리 여정이었다.

발자크가 수없이 많은 커피와 벽난로에 구운 빵으로만 연명하며 새벽 5시부터 이른 저녁까지 일하던 작은 위층 방을 볼 수 있다. 그는 아래층에 내려와 저녁을 먹고, 종종 그날 쓴 글을 가족들에게 큰 소리로 읽어주었다. 그가 태어나고 죽은 투르와 파리의 집은 공교롭게도 둘 다 영화관이 되었다. 그래서 발자크에게 헌정된 것 가운데 사셰의 집이 가장 중요하다. 이미 조판이 끝난 다음 문자 그대로 다시 쓴, 놀라운 식자판 원고를 읽을 수 있다. 가장자리와 행간은 새로운 단어, 문장, 단락으로 가득 차 있다. 천재의 작업을 엿볼 수 있는 매력적 단시일 뿐만 아니라 그 자체로도 예술이다. 관람에는 프랑스어 안내가 따라붙는다. 집을 둘러보는 데 한 시간 이상 걸린다.

거의 30년 전, 1000년 묵은 위대한 수도원인 퐁트브로의 존재도 모른 채 루아르를 처음 방문했다. 나폴레옹 시대 이래 당시까지도 교도소였지만 이제 조금씩 복구되는 중이다. 퐁트브로의 평범하고 빈 교회엔 네 명의 왕과 여왕이 묻혔다. 사자왕 리처드, 그의 모친으로 잊을 수 없는 묘비명을 지닌 아키텐의 엘레오노르, 앙리 2세, 그리고 한때 앙리 3세의 심장이었던 먼지. 유해가 프랑스혁명 당시 한데 섞여 무더기가 되었다가 나중에 재매장되어, 왕족들은 역사와 사실 양쪽에서 뒤섞였다.

오래된 건물을 방문하는 건 미를 떠나 일종의 고양된 슬픔을 풍기니 명작 감상과 같다. 질주하는 현대의 시간 속에서 다른 것, 하나의 관점을 준다. 1000년을 거슬러 응시한다. 퐁트브로는 이제는 사라진 다른 세상에 속한다. 공동의 신앙과 알려진 상태의 세상.

퐁트브로는 거대했다. 원래 수사, 수녀, 나병 환자, 일반 환자, 타락한 여성을 위한 별도의 수도원을 포함하고 있었다. 각각 성당, 회랑, 생활공간으로 구획되어 있었다. 가장 별난 특징은 귀족 여성인 데다 때로 왕가의 피가 흐르는 수녀원장이 우두머리였다는 점이다. 어느 정도 그 사실 덕분에 퐁트브로엔 기부금이 넉넉하게 들어왔고 미망인이나 수녀원장, 여왕 등 다른 귀족의 일시적인 혹은 평생의 은신처 역할을 했다. 현재에도 복구를 통해 놀랍도록 완전한 중세 생활의 인상을 준다. 예배당이나 황제의 묘 같은, 로마네스크 양식의 훌륭한 주방이 있고, 안내가 특히 좋다. 또한 미슐랭 별 한 개에 대여섯 개의 식탁이 있는 레스토랑 리코른Le Licorne에서 식사할 시간을 남겨두는 게 현명한 처사이리라.

소뮈르와 그 지역의 화이트 와인을 빚어 파는 여러 카브를 지나면 11세기까지 거슬러 올라가는 훌륭한 로마네스크식 교회 퀴노Cunault가 나온다. 읍은 예전에 하항河港이었지만 이제 잠들어 있다. 교회 계단을 따라 서늘함과 성계의 고요함으로 내려간다. 하얗다기보다는 순결한 인상을 주는 명료함과 빛이 있다. 기둥은 후진後陣으로부터 엄청나게 거리를 두고, 눈으로는 알아볼 수 없지만 사실 신도석은 더 길어 보이기 위해 살짝 좁아든다. 기둥 꼭대기 조각을 빼놓는다면 쌍안경으로 볼 만한 장식이 남아 있지 않다. 창문은 벽 위 높은 곳에 스테인드글라스 없이 달려 있으며 500년 묵은, 비잔틴식으로 보이는 성 게르마누스, 성 에메리우스, 성 크리스토포로스의 프레스코화가 있다. 단순함과 사라진 장엄함은 쉽게 잊히지 않는다.

여정의 끝으로 우울함이 깃든 너른 대로와 프랑스에서 가장 눈길 끄는 봉건 요새가 있는 앙제에 들른다. 앙제는 사실 루아르가 아니고 약 12킬로미터 위, 북쪽에서 흘러온 지류 하나에 자리 잡은 멘Maine 지방에 속한다. 근처에는 프랑스의 절반인 이 지방 전역의 지붕을 덮은, 12세기부터 채굴한 청회색 점판암 광산이 있다.

둥근 탑 열일곱 채와 그것들을 연결해주는 방벽이 성에 대담함을 불어넣는다. 탑은 40에서 50미터로 원래는 더 높았지만 일부 무너졌다. 가장 높은 통로는 제2차 세계대전의 독일 군인이 이름을 긁어 새겼다. 경치도 안마당도 엄청나지만 진짜 매력은 종말을 묘사한 14세기의 엄청난 태피스트리다. 태피스트리는 원래 길이가 30미터로 아흔 장을 이어 붙여 만들었는데 상상력과 생생함에 홀릴 지경이다. 태피스트리에서 일반적으로 볼 수 있는 어두운 색 그리고 평면적인 상과 달라서, 말하자면 파도바에 있는 조토의 프레스코 벽화 같다. 에네캥 드 브뤼주Hennequin de Bruges, 1340~1400의 작업물로 파리에서 1373년에서 1380년 사이에 완성됐다. 프랑스혁명 당시 대성당에서 떨려나갔고, 양탄자로 차양으로 말 덮개로 잘려나가 거리를 뒹굴었다. 1843년부터 최대한 찾아 되사들이는 노력이 시작돼 마침내 일흔 조각이 특별 공간에 전시된 것이다. 몇 조각은 글라스고로 흘러갔다.

읍에는 보자르 박물관도 있다. 잘 만든 13세기 퐁트브로 수녀원장의 금박 장례식 가면을 보유했을 뿐만 아니라 샤르댕, 부셰, 다비드, 앵그르의 그림도 걸려 있다.

루아르 전역에 걸쳐 진주들이 흩어져 있는데 너무 많아서 두세 번 돌아가지 않을 예정이라면 신경 쓸 필요 없다. 견줄데 없는 르네상스 예배당 샹피니쉬르뵈드Champigny-sur-Veude가 한 예다. 근처 자신 소유의 성과 대적 못하도록 리슐리외Cardinal Richelieu, 1585~1642. 『삼총사』의 악당 추기경의 모델이 된 정치가이자 귀족. 추기경는 명령을 내려 거대한 성의 잔해를 헐었다. 강을 따라 줄지어 서서 바람에 휘청거리는 포플러나무, 건초와 종종 시골에서 기르는 담뱃잎 냄새, 풀 뜯는 양, 너른 해바라기 광장이 비현실적이다. 오래된 집과 벽을 두른 정원, 여전히 소유주가 바뀌지 않았으며 봄, 여름, 이른 가을까지 관광객을 받는, 우아한 공원 안의 브리사크Brissac 성. 시농에는 마을 위에서 지배하던 성의 폐허가 있다. 단순하고 어리고 까막눈인 잔 다르크가 즉위 전인 샤를 7세를 찾아왔던 큰 방 혹은 큰 방이었던 곳이 하늘을 향해 열려 있다. 왕은 그녀를 놀릴 요량으로 다른 이에게 옷을 입히고 막대한 군중 사이에 조신인 양 숨어 있었다. 잔은 열여덟이었고 농부였으며, 로렌에서 겨우 여섯 명의 무장한 남성들과 함께 위험한 지역을 헤쳐 도달했다. 수줍게 앞으로 나아가 그녀는 가짜 왕을 무시하고 진짜 앞에 착오 없이 무릎 꿇었다. 그러고 말했다. 신의 칙사로서, 왕을 지명하고 랭스Reims에서 왕위를 수여하라 명 받았나이다. 세계는 그녀를 믿어야 함을 알았다.

500년 뒤, 우체국 밖에 열 살가량의 지저분하고 생기 넘치며 손톱을 칠하고 리타 헤이워스 같은 얼굴에 미소를 짓고 아름다운 갈색 손으로 더 피부색 진한 인종의 손바닥을 잡은 소녀가 있다. 고대와 현대가 공존한다. 루아르의 세계다.

강은 느리고 녹색이다. 저쪽으로 해변과 나무 아래 그늘진 풀밭이 보인다. 때로 여름에 수심이 너무 얕아 농부가 한가운데 섬에 풀을 뜯기려 소를 끌고 간다.

브레에몽 호텔 옆 넓은 통로에서 길고 맛있는 점심을 먹는다. 발자크가 그랬듯, 사셰에 대해 똑같은 감정—안락하고 안전하며 살찌우는—을 느낀다. 고요함, 나뭇잎이 나무에서 잠

잔다. 투렌의 소비뇽블랑이 비었고, 거위 간 무스는 기억이 되었고, 지진 송아지 고기가 접시에 남아 있다. 점심은 80프랑 정시. 뭘 더 생각할까? 보이는 거과 안 보이는 것 삭앗고 살아갈 날. 어떤 날들은 이만큼 좋을 수도 있겠지. 적절한 금액의 계산서가 접혀 접시에 얹혀 나온다.

*

내가 신뢰한, 아니 잘못 믿었다고 말하는 게 나을 첫 안내 책자는 템플 필딩Temple Fielding, 1913~1983 작인데, 제2차 세계대전 후 겨우 십 년 안에 사라진 것의 표본이다. 안내 책자로 치자면 저널리즘의 〈피플〉 격으로, 선별한 숙박 시설이 특히 배관 측면에서 미국의 표준에 맞을뿐더러 은근히 세계 최고라 여길 수준이었다. 당시 욕실 없는 객실은 유럽에서 아주 일반적이었고 가능하면 피해야 했다. 필딩의 안내 책자는 쇼핑에 대한 요령도 알려주었다. 보살리노의 모자, 의자로 쓸 수 있는 낙타 안장, 레이스, 동 쟁반, 셔츠, 블라우스, 뭐든 세계 각지에서 구해 왔을, 오래전에 창고나 쓰레기통으로 사라졌을 물건들을 알려주었다. 유일하게 고마운 조언은 로마에 있는 메디테라네오Mediterraneo 호텔로, 깨끗하며 그의 말로는 역 근처라 편하다던데 알고 보니 황량한 상업 지구에 자리 잡고 있었다. 어느 저녁 창밖을 내다보는데 한 여자가 거의 바로 길 건너 불 켜진 방에서 움직이는게 보였다. 서두르지도 의식하지도 않고 점점 옷을 벗어가며 화장실이 틀림없는 공간으로 사라졌다가 다시 나타났다. 황혼 녘이었고 빛은 희미해갔으며 눈부시도록 자극적이었다.

물론 이런 건 안내 책자에서는 기대할 수 없다.

매년 나오는 빨간색 미슐랭은 나에게 필수 안내 책자다. 사람들이 여행사를 통해 호텔을 예약하고 음식에 전혀 관심이 없더라도 여전히 가치를 따질 수 없는 진짜 꿈의 책이다. 젓가락처럼 익숙해지는 데 시간이 걸리지만 고생할 가치가 있다. 그것은 하나의 사전, 하나를 보려다 끝없이 표류하는, 읽으며 헤매는 책이다. 참고 사항이나 단순한 호기심에 끌려 불확실한 미래의 여정을 계획하거나 과거를 떠올리게도 하고, 호텔 수준을 방 면적이나 가격, 위치, 때로 교통의 흐름까지 고려해 알 수 있도록 정확한 세부 사항을 담은 지도도 있다. 이 지도—견줄 대상 없는—는 제2차 세계대전에서 연합군의 정보전에 아주 요긴하게 쓰였다. 나는 공원이나 대성당, 도시의 오래된 구역이나 기차역을 마주 보는 호텔이나 자기한테 걸맞은 이름을 가진 호텔을 좋아한다. 마지막은 정확하기가 좀 어렵다. 경주마처럼 챔피언은 언제나 맞는 이름을 가지는 것 같다. 나는 '프랑스'나 '로열'이 들어간 고전적인 이름의 호텔이나 구식 같은 느낌—다른 시대의 규모로 느껴지는 큰 방에 안락한 목욕탕—이 있는 호텔에 끌린다. 선견지명이 있어 낮 시간에 도착한다면 어떤 경우라도 차를 타고 지나가며 살펴본다. 괜찮아 보이면 들어가 방을 봐도 되느냐고 물어본다. 프랑스에서는 아무도 타박하지 않는다. 안 그러면 뭔가 잘못된 것이다.

레스토랑 평가에서 미슐랭은 언제나 엄격하고 변함없다. 조

105

사관은 우편배달부나 경찰 같은 헌신과 황동 표준자 같은 정확함으로 별을 준다. 레스토랑 주인에게 별 하나는 안락한 삶, 두 개는 유명세, 세 개는 부유함을 약속한다고 늘 말하다 나는 언제나 하나짜리를 선호한다. 두세 개짜리도 가보았지만 명성이 방해하는 것 같으며, 대부분 포크와 숟가락 과잉이다.

퍼트리샤 웰스의 『음식 애호가를 위한 프랑스 가이드Food Lover's Guide to France』도 덜 실용적일지언정 역사, 일화, 레스토랑 묘사, 가격 등으로 빼어나다. 안타깝게도 책 크기가 거의 전화번호부만 해 기만적이다.

녹색 미슐랭가이드 『루아르의 성Château of the Loire』도 정수다. 각 성을 알파벳순으로 빈틈없이 묘사한 본 내용이 나오기도 전에 루아르의 지역, 역사, 농사, 지역 전통, 세속 및 교회 건축, 스테인드글라스, 태피스트리, 와인, 그 밖의 것까지 전부 다룬다. 추천 서적은 물론 '소리와 빛son et lumière' 공연이 열리는 성의 목록까지 있다. 공연은 두 시간까지 걸리고 대부분 좋다. 프랑스어지만 그래도 보다가 빠져든다. 이 모든 내용이 대부분의 브로슈어나 휴 존슨의 『휴대용 와인 사전Pocket Encyclopedia of Wine』보다 크지 않은 책에 담겨 있다. 보르도 지방의 성 말고 다른 성들에 관해서는 조금밖에 쓰지 않았지만 휴 존슨의 책 또한 가지고 다닐 만하다.

다음을 제안하며 안내 책자 이야기를 마무리하자. 프렌티스홀에서 출간한 리처드 웨이드의 『루아르 동행 가이드The Companion Guide to the Loire』는 찾기 어렵겠지만 아주 흥미롭고 소설처럼 읽혀 가치 있다. 아니면 삽화 좋고 잘 쓴 『루아르 계

곡 듀몽 가이드『Dumont Guide to the Loire Valley』도 있다. 즐겁게
읽을 수 있다는 이유만으로 알렉시스 리신의 『와인과 프랑스
포도밭 가이드Guide to the Wines and Vineyards of France』도 추천
한다. 호텔과 레스토랑을 언급하는데 그의 의견은 믿을 수 있
다. 건축엔 몇 줄, 와인과 포도밭엔 그보다 훨씬 더 많이 할애
한다. 리신의 책은 프랑스의 심장에 자리를 잡고서 많은 사안
에 손을 뻗어 상냥하게 어루만진다.

프랑스의 여름

프랑스 시골 어딘가 한 해 머물 집을 찾고 있었다. 레스토랑 한둘에 테니스장 정도 있는 마을 근처. 아파트와 차와 정오에 니스 해변에서 반라로 일광욕을 하는 비서가 있는 풍경을 좋아한다면 코트다쥐르가 좋지만, 바로 그 매력 때문에 망한 동네다.

짚이는 바가 있어 탐색을 멈췄다. 광고, 등사로 찍은 목록, 휘갈겨 글씨를 써 책상에 펼쳐놓은 종잇조각. 하지만 사교 지면의 사진만 보고 여성을 알 수 없듯 집도 사진만 보고 알 수 없다. 우리는 한겨울에 직접 찾아 나서고야 말았다. 한번은 프랑스인 친구가 우리 대신 전화를 걸어줬다.

"집이 어떤가요?"

"어떻다니, 무슨 말인가요?" 본 적 없는 집주인이 말했다.

"어떤 집이냐는 말씀입니다. 오래됐나요, 새것인가요?"

"어떤 집을 찾습니까?" 집주인은 조심스럽게 받아쳤다.

"오래된 집이요."

"아, 오래된 집 맞습니다. 10년 됐어요."

"오래된 집 아닌데요."

"11년일 수도 있어요." 집주인이 인정했다.

나는 프랑스의 지방, 작은 마을들을 좋아했다. 그곳들이 보이는 방식, 그 안에서 일어날지 모르는 일들이 좋다. 잊을 수 없는 파편 같은 시도니가브리엘 콜레트의 『어린 부유 소녀The Little Bouilloux Girl』, 플로베르나 몽테를랑을 읽거나 혹은 말Louis Malle, 1932~1995이나 브레송의 필름을 보며 열정과 무절제와 스타일의 좁은 세계에 발을 들이는 것.

탐색을 끝냈을 때 네 채가 좋아 보였다. 이에르Hyères와 생트로페즈 근처 해안의 한 채, 도르도뉴에 한 채, 루아르 근처 큰 집 한 채, 그리고 들어본 적 없는 동네와 주—제르 주 갈로로만 언덕바지 마을 레크투르였다—의 마지막 한 채까지 프랑스 여러 지역에 걸쳐 있었다. 우리는 한 군데만 고를 수 없어 한 달 남짓 돌아가며 살아보기로 했다. 월세는 850달러부터 시작해 루아르의 큰 집은 2500달러에 이르렀다. 4월 말—봄이었지만 여전히 추웠다—에 떠나 야구 페넌트레이스 마지막 주에 돌아왔다. 여름은 이미 사라져 전설로 남았다.

*

생트로페즈와 이에르를 오가는 주도로는 해안을 따라 나

있다. 우리는 라욜Rayol을 지나자마자 바다로 차를 돌렸다. 양쪽에 나무와 덤불, 집 한두 채, 그리고 건널목 바로 앞 한때 철도가 놓였던 자리에 산타엘레나 별장Villa Santa Helena의 문설주가 있었다. 집은 언덕 위 어딘가에 있었다―도로 출입문은 잠겼다. 부서진 도자기 아래 약속한 대로 열쇠가 놓여 있지만 문을 위한 건 없다. 빛이 저무는 동안 짐을 들고 끝없는 돌계단을 밟아 올라가야 한다. 알고 보니 온수 난방기도 돌아가지 않는다.

정원사가 열쇠를 가지고 있노라고 관리자femme de ménage인 리뇽 부인이 다음 날 말한다. 그녀는 확신하지만 정원사가 사는 곳은 모른다. "Il est Arabe(그는 아랍인이에요)"하고 그녀는 설명한다.

하루이틀 뒤 쟁기로 진입로를 가는 희미한 소리를 듣고서 내가 보러 내려갔다. 말랐지만 짙은 피부에 볼만한 인상의 노인이 골프 모자를 쓰고 일하고 있었다. 내 소개를 하자 그는 다가와서 악수를 받아들였다. 이름이 어떻게 되신다고요? 나는 물었다.

"이스마엘이오"하고 그가 말했다. 이틀 안 깎은 턱수염에 한쪽 눈이 사팔뜨기였다.

그는 입구의 열쇠를 가지고 있지 않다고, 관리자가 가지고 있을지도 모른다고 말했다. 그녀에게 물었더니 그가 갖고 있을 거라 생각했다고 말했다.

"Non, monsieur.(아니요, 손님.)"그가 품위 있게 대답했다. 열쇠에 대해서는 전혀 들은 바 없노라고.

나는 집으로 다시 올라갔다. 이스마엘. 내가 발걸음을 돌리자 그는 모자챙에 손을 대 인사하고는 다시 쟁기질을 했다. 언젠가 그는 복이프리기의 이린이었을 것이다. 부모님이아 밀힐 필요 없이 오래전에 돌아가셨고, 남프랑스의 비탈에서 죽 일을 해왔다. 다른 집의 일도 맡아 했다. 알고 보니 프랑스에서 38년째 일했다. 집을 지은 여성을 알고 현재 주인에게 주선해 팔았다. 나는 그를 마을에서 종종 보았는데 대개 다른 남성과 함께 있었다. 그들은 은퇴한 연금 수령자처럼 천천히 거닐었다.

당신은 물론 이 집을 안다. 상상 속에서 보고 거닌 텅 빈 집, 바닥엔 흑백의 타일이 깔렸고 방 배치는 이상하며 천장은 축축하고 창은 짝이 안 맞는 집, 화장실엔 "ATTENTION(주의)"이라고, 정확한 지시를 따라 조심조심 사용하지 않으면 "les 1er victimes(첫 번째 희생자)"이 될 것이라고 손 글씨로 써져 있는 집.

표지가 물에 젖어 말린 책과 캔버스 의자가 테라스에 있고, 아래에는 삼면에 푸른 불멸의 바다, 그리스와 로마의 바다, 율리시즈의 바다, 지구에서 가장 푸른 바다가 펼쳐진다.

전라의 부인을 몇 번이고 그렸을 것 같은 큰 욕실이 딸린 보나르의 집이다. 아침에 싸늘한 타일 바닥, 단출한 부엌, 창과 문이 많이 난 응접실, 진입로의 작고 하얀 차, 서두르지 않는 시간—모두 순수한 보나르다. 그는 세기가 포효하며 과거로 흘러가는 사이 그림을 그렸다. 엄청난 전쟁, 위기, 파업, 몰락, 어떤 것도 작품에 남아 있지 않다. 사회적 만족은 없고 오직 감정적 만족만 존재하는 그림. 조용하고 이웃이 보이지 않는 산타엘레나 별장이 그런 식이다.

아침이면 빛이 쏟아져 들어온다. 바다는 고요하고 거울처럼 매끈하며 하늘은 완벽하게 푸르다. 꿈의 여성과, 혹은 혼자, 아니면 다른 가족 둘과 함께 깨어도 여전히 아름답다. 아무도 부르지도 들르지도 않는다. 10분 만에 읽은 〈헤럴드트리뷴〉이 벽난로 근처 땔감 가운데에 끼어 있다. 프랑스식인 높은 문 너머로 테라스가 어두워지고, 첫 빗방울이 유리에 나타난다. 쇼팽 레코드의 선율이 집 안을 떠다닌다. 고요함calme, 사치luxe, 쾌락volupté······.

멀리까지 걸친 반원의 경계에 생트로페즈, 그리모Grimaud, 이에르 등 다른 동네가 있고, 그 너머엔 보방Sébastien Le Prestre de Vauban, 1633~1707이 디자인한 것 같은 툴롱, 드라기냥Draguignan, 생라파엘 등 핵심이 있다. 위안을 주는 무엇이 있다. 아침 작업 이후 점심 바구니를 들고 해변에 내려가 따뜻한 햇살 아래 앉거나, 생트로페즈에서 바하마 부자 소유의 요트를 타거나, 남프랑스에서 최초로 방문객들, 부유한 영국인들을 받기 시작한 이에르의 오래된 동네를 거닐 수 있다.

외따로 떨어진 외국의 집에선 두려울 수 있는 밤이 걱정거리다. 텔레비전도 저녁 식사 손님도, 책 읽을 좋은 빛도 없는 밤. 이상하게도 이 지루한 밤은 현실이 되지 않는다. 대신 8시 반이나 그보다 나중에 저녁을 먹고, 하늘은 여전히 밝고, 해송 꼭대기가 아래에서 부드럽게 흔들리고, 서쪽 바위 언덕 꼭대기로 일몰을 알리는 강한 은빛이 올라앉는다.

그곳에 입주해 프랑스어를 배우며 일하는 금발 머리 스테파니는 어린 피가 끈질기게 끓어올라 지루하다. 토요일 밤 그녀는 라방두Le Lavandou로 놀러 나간다. 빈 레스토랑, 닫아건 셔터, 싱벨을 믹론하고 동행도 빛 킬도니터 내에 없어 칠 시난 휴양지는 울적하다. 두 번째 들른 곳에 앉아 메뉴에서 무엇인가를 가리키고, 피아니스트는 그녀가 프랑스어를 할 줄 모른다는 걸 보고 와서는 미국인이라는 걸 알아차린다. 그도 미국인이다. 스테파니는 영국 소녀와 프랑스 남자 친구를 만나 디스코를 추러 가서는, 예쁜 덕분에 줄에서 나와 공짜 입장을 한다. 정작 안에 들어가니 춤판이 너무 붐벼 위아래로나 까닥거릴 수밖에 없다.

5월 말이면 해변의 작은 레스토랑이 문을 연다. 바다가 반짝임을 되찾는다. 사람들, 종이처럼 하얀 독일인과 영국인이 나타난다. 여름이 마침내 문턱에 찾아왔다.

*

그달 말, 우리는 도르도뉴Dordogne로 향했다. 구릉진 시골, 조용한 마을, 오염 안 된 강. 도르도뉴는 옛날 프랑스식 시골이다. 수탉이 관청 옆길을 걸어 다니고, 부지에르Bouziers에는 강을 따라 아름다운 주택이 자리 잡고 있다. 멀리 돔Dômme의 절벽 위에서 검고 신비로운 강을 보는 건 생애에 감사해야 할 일이라고 헨리 밀러는 썼다. 그는 한발 더 나아갔다. 도르도뉴는 그에게 더 나아간 인간, 더 나아간 지구 자체의 희망을 준다고 썼다.

그때 그곳에서

우리가 묵는 마을에서 가까운 빌레알Villeréal은 도르도뉴가 아니다. 5킬로미터쯤 떨어져 있다. 실상 로에가론Lot-et-Garonne 에 속한다. 집은 바르보Barbot라 불리는 부지의 오래된 농가였 다. 바르보는 생선의 일종이거나(철자가 살짝 틀렸다) 여자 등쳐 먹고 사는 남자 아니면 무당벌레일 텐데, 아무도 정확히 모른 다. 마을은 1킬로미터 떨어져 있으며 유일한 이웃은 거의 펄쩍 뛰어 건널 수 있는 드로트Dropt 강가 울타리에 풀어놓은 날씬 한 밤색 암말 시시Cici다.

우리는 저녁에 도착해 밥을 먹으러 나갔다. 8시 30분도 안 됐는데 모두 닫혀 있었다. 30분 떨어진 베르주라크Bergerac가 유일하게 가능했지만 도르도뉴의 첫 작은 마을 이시주아크 Issigeac의 호텔이 불을 밝히고 있었다. Oui, monsieur(네, 손님), 일하는 여인이 말했다. 당연히 먹을 수 있죠. 다른 손님과 하 얀 재킷의 웨이터가 있었고 식당엔 새 식탁보를 깔아두었다. 웬만하면 파는지 물어볼 가치가 있는 쿠베드로텔cuvée de l' hotel, 하우스와인 한 병을 곁들여 훌륭한 저녁을 먹었다. 집으로 돌아오며 밀러가 맞았다고, 희망은 있다고 생각했다.

아침엔 신문을 살 수 있는지 알아보러 마을에 나갔다. 빌레 알은 바스티드bastide, 즉 거리는 직선에 중앙엔 시장 광장이 있는, 공통 평면을 바탕으로 계획한 오래된 요새 같은 마을이 었다. 인구는 1만 3000명 정도다. 프랑스 신문을 쌓아둔 메종 드라프레스라는 장소에 들어가 계산대의 남자에게 외국 신문 도 파는지 물어보았다. 나중에 그의 이름이 M. 아자로라고 알 게 되었다. 네덜란드 신문 어떠세요? 그가 물었다. 영어판을 찾고 있다고 말했다. 〈데일리익스프레스〉는요? 그가 권했다. 구해줄 수 있다고 했다. "〈헤럴드트리뷴〉도 구해줄 수 있습니까?" 하고 내가 물었다.

"헤 뭐라고요?"

알고 보니 그는 〈헤럴드트리뷴〉을 보기는커녕 들어본 적도 없었다. 유럽 전역에 걸쳐 유명한 신문이라고 그를 안심시켰다. 그는 미심쩍은 듯이 가리켜보라며 분배처 목록을 나에게 들이댔고, 내가 정말 행동에 옮기자 그는 놀랐다. 나는 받아준다면 한 달 동안 구독하리라고 말해주었다. 그는 토요일, 늦어도 월요일까지 가져다놓을 거라고 답했다.

토요일에 들러보았다. 알고 보니 아자로의 아들인 정신없는 젊은이가 계산대에 있었다. 아자로가 가게 뒤편에서 나왔다. "아직 안 왔어요" 하고 그가 말했다. "월요일에 올 거요. 어디에서 찍는지 아십니까?"

나는 모른다고, 아마도 파리겠지만 다른 곳에서도 찍을 거라고 말했다. "세계 전역에서 보는 신문입니다."

"제네바에서 찍을까요?" 아자로는 알고 싶어 했다.

"아마 제네바에서도 찍을 겁니다."

월요일에 들렀는데 불길한 예감이 들었다. 아자로는 일단 나를 못 본 척했다. 내가 그에게 다가가 물었다. "신문 왔습니까?"

"아뇨 안 왔습니다." 그러고는 잠깐 멈춰 있다가 그가 말했다. "인쇄에 문제가 있나 봐요."

빌레알에 머무는 동안 〈헤럴드트리뷴〉은 읽을 수 없었다. 세계 전역에서 팔리지만 거기서는 안 팔리는 모양이다. 누군가 아자로에 대해 다른 이야기를 해주었다. 그의 가게에서 신문 말고도 문구, 낚시 도구, 사냥 장비를 살 수 있다고 했다. 체르노빌 참사 이후 낙진이 유럽 전역을 떠다니던 시기였다. 새 사냥철이라 산탄총알을 사려고 하자 신문 머리기사를 읽던 이가 방사능 때문에 수렵육이 안전하지 않다고 말을 더했다.

"아뇨, 아닙니다." 아자로가 그들을 안심시켰다. "문제없습니다. 좀 더 익히면 그만이에요."

난 벽난로 딸린 집을 좋아하는데, 농가에는 네 개가 딸렸고 그중 부엌의 것은 커서 늙은 여인이 잉걸불 가까이 앉을 수 있었다. 옛날엔 그랬을 것이다. 어느 서늘한 저녁 불이 타올랐다. 헛간에 딸린 훌륭한 오두막에 장작이 쌓여 있었다. 연기가 넓은 자갈 마당에 향을 입혔다. 6월인데 여름이면서 가을이었다—여름의 밝은 하늘과 가을의 서늘함과 풍부한 냄새가 공존했다.

하늘, 들, 비스킷 색깔의 집과 마을, 프랑스의 색깔은 사랑스럽다. 낮은 영광스럽도록 길다. 그렇지 않다면 견고하고 위안을 주는 이 집들은 빛을 품지 못해 음울할 것이다. 어둠이 내리면 프랑스인들은 내리닫이를 닫고, 실낱같은 빛도 새어나오지 않는다. 교회, 길가, 전원에 어둠이 깔린다. 겨울엔 우울할 수 있지만, 겨울에 도르도뉴를 찾는 사람은 아무도 없다.

집을 빌려준 여인 프랑수아도, 그녀의 할머니와 어머니도 여기에서 태어났다. 가문이 1812년부터 집을 소유했다. 옥수수와 풀을 키우지만 포도밭도 몇 에이커 있다. 미망인인 프랑수아의 어머니도 정원에 거의 매일 온다. 바지, 트위드 재킷, 발랄한 페도라 차림으로 등을 굽혀 손으로 비옥한 땅을 만지며 몇 시간이고 보낸다. 그렇다. 그녀두 이 집에서, 부모님이 쓰던 앞방에서 태어났다고 확인해주었다. 딸인 프랑수아는 뒷방에서 태어났다. 그녀가 빈병을 가져오라 그러더니 흙바닥의 창고 같은 곳 문을 열고 큰 나무통에 담긴 자기네 포도주를 준다.

"샤토바르보네요." 나는 말한다.

"정확히는 아니죠." 그녀가 현명하고 정직한 표정으로 말한다. "나쁘지는 않아요. Ça passera.(넘길 만해요.)"

사실 그 와인이 여정의 유일한 실망거리였다. 우리는 결국 개수대에 부어버려야만 했다.

*

한여름 북쪽 시농 근처 루아르로 옮겨 갔다. 원래 앙리 2세가 수사에게 하사했던 12세기 수도원으로, 거대하고 품위 있으며 창백한 집을 빌렸다. 가호는 그랑몽Grandmont이었다. 집은 벽, 들, 쓰러진 문 가운데 서 있다. 600년 이상 교회 소유였고 1790년 소뮈르의 한 가문에 팔렸다. 이후 어느 농부가 소유해 그 집을 망쳤다.

프랑스에서 가장 아름다운 강인 루아르와 가까운 이곳에서 역사의 중앙에 정착한다. 동쪽으로 채 30분도 안 되는 생모르Sainte-Maure 근처에는 732년 스페인부터 휩쓸고 유럽을 잠식한, 압도적인 사라센군을 샤를 마르텔Charles Martel, 689~741이

겨퇴한 백아 고원이 있다. 스페인은 800년 동안 점령당했다.

집의 석재는 오래되었고, 깊게 파인 창문 총안銃眼엔 몇 세기에 걸친 이름이 새겨져 있으며, 천장의 굵은 참나무 서까래는 손으로 깎아 맞췄다. 방의 규모와 장엄함, 영원함을 느끼는 건 즐겁다. 주변은 온통 생브누아Sainte-Benôit의 숲이다. 바로 길 건너에서 시작된 통로가 숲으로 나 있다. 하지만 발을 들이면 반드시 독사, 가르디엥gardien을 조심해야 한다고 M. 피포는 말한다. 녀석은 연필만 하며 작고 짙은 색이다. 나무 무더기를 좋아하니 쉽게 손대지 말라고 그는 말했다. 비페르vipère. 살무사는 독을 품고 있지만 한 가지 알아두면 좋은 게 있다.

"그게 뭐죠?"

"녀석들은 안 좋아해요. 무엇보다 소리를 안 좋아해요" 하고 그가 말한다.

"소리요?"

"성질을 건드리는 거죠. 풀 뜯던 양이 오면 도망갑니다. 씹는 소리에 짜증이 나는 거죠."

복음 수준은 아니지만 어쨌든 나는 받아들인다. 우리 눈에는 뱀이 한 마리도 띄지 않는다.

일차선 뒷길로 프랑스에서 가장 깨끗하다는 비엔Vienne 강에 자리 잡은 시농이 10분 거리다. 시농은 라블레가 말한 "petite ville, grand renom(작은 마을 큰 명성)"의 도시며 지역에서 가장 유명한 사건이 벌어진 곳이다. 왕을 알현하러 온 잔다르크가 금색 옷차림의 조신들 가운데서 왕처럼 꾸민 자를 제쳐내고 진짜를 찾아냈다. 물론 잔 다르크가 왕을 본 적은 없었다. 그 시절엔 도시에 살지 않으면 평생 칠팔십 명쯤 보고 살았을 테니 생각해보면 놀랍다.

사방이 훌륭한 성이다. 서쪽으로 앙제와 소뮈르, 북쪽으로 위세와 랑제Langeais, 남쪽으로 레조름Les Ormes과 리보Rivau 그리고 리슐리외가 짓고 자기 이름을 붙인 마을이 있으며, 동쪽으로는 가장 울림 좋은 이름인 슈농소, 아제르리도, 앙부아즈, 샹보르가 있다.

졸린 7월이 한창이다. 우리는 넓고 흐르는 강물에서 수영하거나 열린 시장에서 멜론만 한 아티초크, 한 병에 15프랑인 와인, 온갖 치즈 등을 잔뜩 사서 돌아온다. 모두, 심지어 개마저 친근해 보인다. 온 동네에 족보 있는 개가 한 마리도 없는 것 같다.

*

우리는 마지막으로 다시 남부의 레크투르로, 지역 학교 라틴어 교사 소유의 넉넉하고 평범한 집으로 향했다. 정원의 가지에 전구가 달린 커다란 밤나무 아래 길고 끝이 둥근 플라스틱 탁자가 놓였다. 그늘의 식탁에 아침, 오후, 저녁 앉는다. 잠자리가 지면을 따라 노곤하게 날아다닌다. 빨래가 말라간다. 지구엔 8월의 연무가 끼었다.

이 집의 매력은 경치다. 멀리서 보면 해바라기밭, 초원, 들판밖에 보이지 않는 가운데 레크투르는 깊은 해안의 경이로운 난파선처럼 언덕 골짜기에 자리 잡고 있다. 비 오는 가을, 겨울, 오래 기다려온 봄까지 계절이 눈앞에서 지나가는 것 같다. 그런 계절 사이로 교회 첨탑이 희미한 비계의 흔적과 함께 하늘을 뚫고 모습을 드러낸다. 한쪽 끝은 병원, 반대쪽 끝은 대성당이라 거의 이탈리아 같다. 그 사이엔 특징 없는 주택과 웬일인지 외국 해변 같은 인상을 주는 담이 길게 뻗어 있다. 이곳은 유행을 타는 행선지가 아니다. 이따금 주도로로 느릿하게 차를 몰면서 주변을 휘 둘러보는 거만하고 아름다운 얼굴이 있지만, 보통은 나도 전에 관찰한 적 있는, 노천카페에 앉아 구관조에게 프랑스 국가를 가르치려고 노력하던 남자를 보고서야 흥분하는 수준이다. 하지만 여전히 훌륭한 동네다. 외곽은 바다 없는 어촌 같다. 그 아래 광활함과 여일함이 뻗어 있다. 이 마을에는 읍사무소 아래 박물관에 환하게 광을 낸 마스토돈의 상아가 있고, 로마 동전과 고대 조각상이 있다.

그달 말께 거의 텅 빈 해변의 사진이 신문에 실렸다. 반라의 여인 한 쌍이 지는 해 쪽으로 자전거를 서로 기대어 세워두었다. 뒤로는 물 근처에 한 아이와 흰 드레스 차림의 여인이 보였다. 흐릿해지는 수평선, 고독한 선체와 돛. "Finit en beauté(아름다움의 최후)"라고 헤드라인이 아름답게 막 내리는 여름에 대해 말했다.

*

이 오후 그녀는 풀밭을 가로질러 내가 일하는 그늘 밑 작은 탁자로 왔다. 넉 달 반 동안 아르카숑Arcachon의 바다, 파리,

보르도, 페라Ferrat 곶까지 여기저기 다녔고, 정원에 앉아 책을 읽다가 장작불에 구운 빵을 사러 들판을 가로질러 10분 거리에 있는 이웃의 오래된 방앗간에 갔고, 며 옷을 입고 살았고 손등은 탔으며, 이제 일주일이 남았다. "이런 삶 참 좋네요" 하고 그녀는 간단히 말했다.

나는 대답하지 않았다. 그러고 잠시 후 고개를 끄덕였다. 그 한마디면 충분했다.

바젤의 저녁

안내 책자에서는 그 레스토랑을 찾지 못할 것이니 유감이다. 주인—키가 크고 스포츠 재킷 차림의—이 입구에서 맞아주었다. 우리 자리가 구석에 마련되어 있었다.

"그리고 음식이 꽤 좋답니다." 앉는데 그녀가 말했다.

여자에게 궁극적인 매력을 불어넣는 요소는 그녀의 말과 침묵이다. 누군가는 의심하겠지만 길게 보면 사실이다. 외모나 아름다운 다리는 거리에서 찾을 수 있지만 살고 본 것에 대해 말하는 지적인 목소리—그 안에서 경험을, 더 나은 표현을 빌리자면 용맹함을 느낀다—보다 세상에 더 유혹적인 게 있을까.

미국에는 옷, 친구, 텔레비전, 노래를 통해 삶을 고안해낼 수 있고 어떻게든 유행 타게 할 수 있다는 참신한 발상이 존재한다. 이 발상의 결과 중 하나가, 뭔가 이제 막 발견돼 처음 규정한다는 듯이 토론하는 것이다. 유럽은 더 오래되었다. 건물, 언어, 발상이 다 다르다. 돈과 신분 사이에 구분이 있다. 농탕弄蕩은 예술이다

나는 부군夫君 생전에 비비—그녀의 본명은 아니다—를 처음 만났다. 그녀의 남편은 큰 화학 회사의 대표였으며, 800년 이하로 살았다면 신참 취급받는 도시에서 가장 오래된 가문 가운데 하나 출신이었다. 하지만 그녀는 외부인이었다. 빈 출신이었고 세심함과 더불어 즉시 친구 같다 느껴지는 따뜻함을 지니고 있었다.

그러다가 남편이 죽었다—그는 나이가 한참 많았다. 그녀는 강 근처 괜찮은 동네의 큰 집에 살았다. 개인 정원이 있었고, 별도의 손님 구역이 있었다. 변화의 영향을 받지 않는 여인들이 그렇듯 그녀는 시몬 시뇨레처럼 아름답지 않지만 넓적하고 다 아는 듯한 얼굴을 지녔다. 미소 짓는 듯 보이는, 겪은 게 많은 얼굴이었다. 잘 만든 옷을 입었고 표현이 풍부하며 동지애와 편안함의 기운까지, 엄청나게 매력적인 요소를 지닌 여자였다. 여자에게 힘을 부여했던 과거의 어떤 것들은 평등의 솥에 던져졌지만 그녀는 옛 방식을 아주 버리지는 않았다. 그녀와 함께 있어본 사람은 그녀가 남자는 어떻고 여자는 어떤지 잘 안다고 느꼈고, 그걸 받아들이는 데 어려움이 없었다.

나는 그녀의 집에서 작은 조각 하나를 감상했다. 알고 보니 얼마 전 경매에서 전체가 팔린, 유명한 수집품의 일부였다.

"직접 사셨나요?"

"아뇨." 그녀가 말했다. 수집가가 그녀의 친구였다. 놀라운

이야기라며 그녀가 말을 이었다. 젊은 남자가 숙부로부터 가죽 공장을 물려받았다. 딱히 원하는 일은 아니었지만 엄청나게 성공해 예술 작품을 수집하기 시작했다. 처음엔 예술에 대해 잘 몰랐으나 국립독일박물관의 큐레이터와 친구가 되어 매 주말마다 다른 곳으로 여행을 갔고, 큐레이터가 좋고 나쁜 예술을 보여주고 설명해주었다. 1930년대의 이야기다. 그러다 히틀러가 권력을 잡았다. "남자는 뭔가 냄새를 맡았어요" 하고 그녀가 말했다. "남자는 불안했고 언제나 다른 사람들보다 먼저 알아차렸죠." 남자는 유태인이었지만 독일에서 어렵지 않게 일찍 빠져나올 수 있었고, 수집품 일체를 포장해 국경 너머 스위스로 보낼 준비를 해두었다. 하지만 그 자신도 수집가인 괴링이 소식을 듣고 크라나흐의 그림 한 점만은 반출을 허가할 수 없다고 통보했다. 헬러—그를 이렇게 부르자—는 망설이지 않았다. 그림을 괴링에게 보내고 나머지 수집품과 함께 문제없이 국경을 넘었다.

남자는 바젤에서 사업을 계속했고 더 번성했다. 인생에 딱 하나 흠이 있었다. 젊었을 때 베를린 부유한 가문의 딸과 깊이 사랑에 빠졌으나 여자가 당시 장래가 유망하지 못한 남자를 반려하고 은행가를 선택했다. 남자는 여자를 계속 사랑했고 마음속에 크나큰 공허함이 있었다. 그러다 전쟁이 발발했다. 여자는 남편과 별거해 뉴욕에 자리를 잡았다. 남자는 소식을 듣고 유럽을 떠나는 마지막 배를 탔다. 세 사람과 객실을 나눠 써야만 했다—남자는 하인을 두고 사치를 부리는 일에 익숙한 사람이었지만 개의치 않았다. 남자는 새벽 3시에 일어나 모두가 잠든 시간에 샤워를 했다. 그렇게 뉴욕에서 여자를 만나 다시 청혼했다.

여자는 조건부로 승낙했다. 어쩌기 신경 쓰고 힘들이지 않게 남자가 그녀의 이혼을 처리하고 그 결과를 가져오라는 것이었다. 그리고 한 가지 더 있었다. 여자의 아이들—딸과 아들 각 한 명씩—이 남자의 상속자가 되어야 한다는 것이었다. 남자는 동의했다. 남자는 스위스로 돌아갔고, 이혼은 마침내 주선됐다. 쉬운 일이 아니었다. "변호사가 아는 사람이라 얘기 들었어요" 하고 비비는 말했다.

둘은 전후 결혼했다.

"여자가 남자의 집을 바꿨어요. 여자는 이렇게 말했죠. '응접실이 마음에 안 들고 바닥도 흑백으로 새로 깔고 싶어요.' 여자는 가구도 전부 바꿨어요. 이웃집을 사게 만들고 헐어 정원을 확장했죠. 아주 까다로운 여자였어요. 나도 바트라가즈 Bad Ragaz에서 만난 적 있어요. 뭘 발견할지 모르니까 다른 사람 집엔 가고 싶지 않다고 여자는 말했어요. 하지만 내 집엔 자주 왔어요. 거의 유일한 집이었죠."

그들의 사생활이 어떤지 비비는 몰랐다. 여자는 새벽 3시까지 정원을 손질했고 남자는 평생 5시에 일어났다. "아마 한 시간 정도 겹칠 텐데……" 비비는 잘 모르겠다는 몸짓을 보이고는 웃었다.

여자가 죽고 헬러는 곁에 아무도 없어서 비비에게 눈을 돌렸다. 비비는 그의 정부가 되었다. 주 3회 저녁 식사를 주선하고 네 번째 저녁은 둘만 먹었다. 최고의 음식, 가장 아름다운 그럼, 그는 잘 살았노라고 비비가 말했다. 그는 언제나 손님을 10시에 떠나보냈다.

"헬러는 진짜 남자였어요." 그녀가 설명했다 "모든 면에서 좋은 충고를 했어요. 그가 권한 주식을 사면 가격이 올랐죠. 헬러는 죽을 때 기대를 따르지 않고 뜻밖의 일을 했어요. 지시를 남겨 의붓자식들이 집에 못 들어오게 했죠. 죄다 경매에 팔았어요. 의붓자식들이 그림 가지는 걸 원치 않았어요. 원한다면 경매에서 사라고 했죠. 돈은 그들에게 갔지만 경이로운 그림들만은 그렇지 않았죠."

그녀 역시 자신의 두 의붓자식과 잘 어울리지 못했었다. 남편은 배우자와 이미 갈라서고 난 다음 그녀를 만났지만 아이들은 그녀를 좋아하지 않았다. 그녀는 아이들에게 솔직했다. 언제나 집에 찾아오라고 말했다. "저기, 오려무나." 그녀는 말했다 "친하게 지내면 좋지. 아니면 아니고." 아버지 사후 아이들은 그녀를 찾기 시작했고, 그러다 그녀와 매우 가까워졌다. 전처마저 친해졌다. 그녀도 전처도 재혼하지 않았다.

"결혼은 어쨌든 너무 길어요." 내가 말했다. "한 사람과 오륙십 년, 너무 길죠."

"어떤 경우라도," 그녀가 말했다. "잘 처리해야 돼요. 솔직해야죠. 각자 흥미에 맞는 일을 찾아야죠. 하지만 한 가지, 다른 이에 관해서 말하진 않아야죠. 잠깐 바람을 피웠다면? 좋아요. 하지만 집에 와서 그녀의 다리나 머리가 사랑스럽다고 말해서는 안 돼요. 그건 혼자 간직할 일이잖아요. 여기, 슈페츨리spätzli 좀 드시겠어요?" 그녀가 권했다.

조금 뒤에 그녀가 내가 미처 몰라서 놀랄 일을 말했다. 젊었을 때 빈에서 결혼했던 적이 있노라고.

"님지기 밀 긜끗했니요?"

"별로였고 질렸어요." 그녀가 답했다.

담배, 침실 가구, 저녁 옷, 향수병 근처 구겨진 지폐, 바깥의 회색 건물, 나는 모두 보았다. 그녀는 스물둘에 지루함을 느꼈고, 표현력 풍부한 얼굴에 주름 하나 없었다. 그러고서 그녀는 다른 것도 말했다. 아이가 있었다고.

"몰랐습니다."

"남자애예요."

"어디서 사나요?"

"죽었어요. 뇌종양이었죠." 그녀는 덤덤하게 말했다. "겨우 두 살이었어요."

얼굴에 응어리도 슬픔도 없었다. 상상도 못할 악몽과 황폐함, 공습경보, 시커먼 헤드라인, 정치적 참사를 겪은 문명화된 유럽의 얼굴, 전후 유럽의 얼굴이었다.

"아이는 아주 정상이었어요." 그녀는 말을 이었다. "예를 들어 팔꿈치로 넘어지면 울면서 머리를 쥐었죠. 거기가 아팠던 거예요."

벌어진 일이고 막을 수도 없었을 것이다. 그녀는 나쁘고 좋은 남편을 각각 한 명씩 만났다. 이제 바젤에 집이 있고 봄과 가을, 1년에 두 번 가는 남프랑스에 집이 한 채 더 있다. 자매들과 남동생 한 명, 질녀들과 조카 한 명이 있다—친척이 많았다.

사람들이 자리를 뜬다. 레스토랑 주인이 리큐어를 가져왔다. "여자에게 더 어렵죠." 그녀가 말했다. "남자는 쉰이고 예순이고 언제나 새 삶을 시작할 수 있지만 여성은 낡아버려요. 공정하지 않지만 현실이 그렇죠."

자기 연민이라고는 조금도 찾아볼 수 없었다. 예술, 책, 사람으로부터 배우는 최고의 교훈은 여전히 삶의 방식이다. 그녀의 얼굴엔 평정심이 넘쳤다. 나는 그게 보기 좋았다. 그녀는 아는 것의 아주 일부만 말했다. 나는 E. M. 포스터가 재능을 사랑했던 여자를 떠올렸다. 여자란 섬세한 지각과 관용적 판단이 있어야 하며, 도덕적인 우월함과 생생한 성격 묘사 능력을 갖추고 세 가지 분야에서 전문가여야 한다고 그는 묘사했다. 셰에라자드였다. 그런 부류의 여자가 내 앞에 앉아 있었다.

우리는 어둠을 함께 걸었다. 바래다줄 필요 없다고, 혼자도 완벽하게 문제없노라고 그녀가 말했다. 어쨌든 바젤이니까. 늦가을이었다. 라인 강은 수면이 빛을 반사해 거울처럼 까맸다. 호텔로 돌아오는 길에 북쪽으로 몇 백 킬로미터 떨어진 열린 바다의 깨끗한 공기 냄새를 맡을 수 있었다.

스키 타는 삶

아침에 뮌헨을 떠나 가르미슈Garmisch 근처 얼어붙은 연못 가의 레스토랑에서 점심을 먹었다. 거기에서 인스브루크로 차를 타고 올라가 알베르크와 상트안톤St. Anton으로 향했다. 늦은 오후로 접어들고 있었다.

얼마나 순수하고 태평한 여정이었던가. 길이 얼어붙기 시작했다. 눈도 내리기 시작했다. 일몰인데 상트안톤 근처 7, 8킬로미터 떨어진 곳에서 창에 불을 밝힌 신속하고 날렵한 기차가 지나갔다. 거리는 눈에 덮여 있었고 헛간이 집과 호텔 사이에 섞여 있었다.

우리는 스키를 처음, 거의 처음 타는 것이었는데—나는 예전에 하루이틀인가 탄 적 있다—우아해 보이는 사람들의 이미지와 몇 동네의 이름에 감명받았다. 영국인들이 오랫동안 찾아왔으므로 강사—농부와 목수—는 영어를 썼다. 우리는 낯선 장비를 가지고 길고 불안정한 케이블카를 타고 올라갔다. 제2차 세계대전 이후 겨우 10년 뒤였고 유럽은 여전히 곤궁했다. 표를 살 수 없어 걸어 올라가는 이들이 있었다. 그들은 일출 전에 등반을 시작해 꼭대기에서 햇볕을 쬐며 빵과 치즈를 배낭에서 꺼내 먹고 활강했다. 다리가 한 짝인 이들도 있었다.

첫날은 눈이 깊었다. 나는 반을 잘못 배정받아 방향을 틀 때마다 넘어졌다. 대표 강사는 점심 뒤 나를 불러냈다. 내가 했던 말 때문에 강사는 "스템 턴stem turn. 스템은 스키의 뒷부분을 넓혀 제동을 거는 동작으로, 스템 턴은 스템 동작을 이용해 방향을 전환하는 기술을 할 수 있을 줄 알았는데요" 하고 말했다. 나는 "저도 그럴 줄 알았습니다" 하고 대답했다.

처음에는 스키가 너무 어려워 보였는데, 동작의 순서를 못 지키고, 눈이 스키 가장자리를 잡아채거나 밑면에서 미끄러지고, 넘어지면 기력이 빠졌다. 배움의 원동력은 무엇일까? 간단하다. 욕망. 20년 뒤 나는 벵엔Wengen의 작은 호텔에 앉아 스웨덴 우상—전례가 없진 않지만 우상이라는 게 있긴 하다면—인 잉에마르 스텐마르크Ingemar Stenmark, 1956~의 선수 경력에 대한 이야기를 듣고 있었다. 그는 경기에서 실수하지 않았다. 그 코스를 손안에 둔 양 놀라운 위세로 힘차게 제치며 내려왔다. 공이라도 치듯 양어깨로 폴을 휘둘렀다. 그날 그는 드물게 활강에서 넘어졌다. 스물다섯 살이었고 선수 생활의 끝물이었지만 세계 전부가 스키에 의지하고 있다는 듯이 스키를 탔다. 여러 질문 가운데 자신의 위대함의 근원이 무엇이냐는 물음에 그는 "욕망입니다"라고 답하고는 "제가 엄청난 재능을 지녔다고 생각하지 않습니다" 하고 덧붙였다. 욕망과 연습을 입에 담자 그 보답이라도 되는 것처럼 기 큰 금빛의 여성이 들어와 저녁 식사를 위해 소파 위의 재킷을 입혀주었다.

시도는 계속된다. 눈이 바람에 휩쓸린다고 강사가 설명한다. 대리석이라 불린다. 가랑눈이라고도 불리는, 스키를 타기에 습도가 적당한 눈이다. 나를 가까이 따라오세요, 하고 그가 말한다. 내가 따라 할 수 있기라도 한 것처럼 자기가 꺾는 데서 꺾으라고. 그를 따라 하려다가 몇 가지를 잊고 또 기억해 내며 어떻게든 따라간다. 경로는 좁아지고 필요 이상으로 속력이 붙어 배겨낼 수 없는 수준으로 멀어진다. 갑자기 그가 경사 반대로 방향을 홱 돌려 멈추고는, 똑같이 따라 하자 놀랍다는 듯 돌아본다. "Jawohl!(좋습니다!)" 그 단어의 달콤함이라니.

어느 날 아침에 생각 없이 깨어나서는 신비롭게도 변화가 일어났음을 감지한다. 그가 미끄러지는 곳에서 미끄러지고 꺾는 곳에서 꺾으며 그의 어깨와 무릎의 움직임을 따라 할 수 있는 날이 찾아왔다. 엄청나고 견줄 데 없는 행복에 휩싸여 하루 종일 달리고 또 달린 뒤 마지막에는 쉬운 경사를 따라 마을에 함께 내려가서는 녹초가 되어 저녁을 먹고 스키복은 입은 채 밤새 불을 밝혀놓고 잠들어버린다.

*

4월에 스키를 또 탄 뒤 베네치아로 내려갔다. 당시 그리티팰리스 호텔 숙박비가 비싸지 않았다. 대리석 바닥에 홀은 금박을 입힌 무어 양식 손잡이가 달린 등을 밝혔다. 가본 적 있노라고 어떻게든 둘러댈 수 있는 곳이다. 사실 지루했다. 우리는 우디네Udine와 코르티나Cortina로 차를 몰고 올라갔다. 다음 해에 가격을 물어볼 생각이었다. 방, 욕실, 1박에 조식과 석식이 딸린 숙박비가 제철에 3600리라, 당시 6달러였다.

우리는 코르티나에 돌아가지 못하고 그해 내내 유럽의 다른 동네에서 스키를 또 탔다. 큰 대회가 열리는 키츠뷔엘Kitzbühel. 오스트리아 티롤 주의 도시과 벵엔에서도 탔으며, 고전 코스인 라우버호른Lauberhorn과 하넨캄Hahnenkamm에서는 언제나 1월 중순에 탔다.

유럽의 스키 대회는 영웅적인 스포츠로 미국보다 인기도 높고 상금도 훨씬 더 많이 준다. 엄청난 관중이 코스를 따라 몰려들여 활강하는 선수들에게 쇠종을 울리며 "Hopp! Hopp! Hopp!(뛰어라! 뛰어라! 뛰어라!)" 하고 외친다. 기자도 몇 백 명이 따라붙는다.

하넨캄에서 토니 자일러Toni Sailer, 1935~2009. 오스트리아 스키 선수와 스키를 탄 적 있다. 그는 힌터지어, 프라우다, 몰터러와 함께 유명한 1950년대 키츠뷔엘 분더팀Wunderteam의 일원이었다. 몰터러가 1956년 코르티나 올림픽에서 은과 동메달을 땄다. 힌터지어는 1960년 미국 스쿼밸리Squaw Valley에서 금메달을 땄다.

키츠뷔엘은 스키와 망가지지 않은 경관으로 유명한 잘생긴 마을이다. 후자는 몇 세기에 걸친 유산이지만 스키의 인기는 전반적으로 마을 출신의 훌륭한 선수들 덕분이다. 자일러가 가장 잊히기 않는다. 코르티나담페초의 1956년 올림픽에서 그는 산악 스키 세 종목을 휩쓸었는데, 장클로드 킬리JeanClaude Killy, 1943~ 말고는 유일하다. 그 과정에서 킬리처럼 가장 유명한 완전 내리막 경기를 이겼다. 이 경기는 키츠뷔엘의 고유한 종목인 하넨캄으로, 오스트리아 티롤의 어두운 전나무 속에서 약 3킬로미터를 거꾸러지는 코스다.

하넨캄은 가장 오래된 코스 가운데 하나고 논란의 여지 없이 가장 어렵다. 시작부터 엄청나게 가파르고 지형이 급작스레 바뀌며 회전도 어려워 존경과 두려움을 동시에 받는 코스다. 용기, 인내, 재주 모두를 요구한다. 모든 내리막 경주처럼 가진 능력보다 좀 더 많이 짜내야 한다. 하넨캄에서 이긴다면 뭔가 이뤄낸 것이다. 대회 참가 자체가 성취다.

500명 가운데 하나로 대회를 취재하던 어느 해, 나는 코스를 데리고 내려가줄 이를 찾고 있었다. 코스가 열렸을 때 웬만큼 스키를 탄 사람이라면 내려올 수 있었지만, 나는 세부 사항이나 내부자만 알 만한 미세한 지점을 설명해줄 코치나 친절한 선수가 필요했다.

누군가 "자일러와 함께 내려가지 그러세요?" 하고 말했다.

"자일러요?"

그는 어린이 스키 학교를 운영 중이니 올라가서 말해보라고 권했다. 그는 하넨캄에 다섯 번 참가했다. 두 번 우승했다.

"자일러라고요?" 내가 말했다.

"안 될 거 있나요?"

슬로프 맨 아래의, 결승선에서 멀지 않은 스키 학교로 찾아 갔다. 작은 부스에서 자일러에 대해 물어보았다. 그가 자리에 없다고 해서 쪽지를 그의 이름이 보이도록 스키 선반 맨 위에 꽂아두고 왔다. 그날 늦게 돌아왔더니 그가 있었다. 자일러는 마흔일곱 살이었지만 훨씬 젊어 보였다. 정상을 맛본 적 있는, 차갑고도 잘생긴 남자의 얼굴이었다. 여전히 스키 선반에 있는 걸로 보아 쪽지를 읽지 않았음을 알아차렸다. 그와 함께 코스를 타고 내려가며 진짜 특징을 알고 싶다고 원하는 걸 설명했다. 자일러는 무뚝뚝했고 별 관심 없어 보였다. 마침내 그가 말했다. "좋아요. 아침 8시에 만나요. 아니, 7시 45분으로 하죠."

잠을 설치고 아침 7시에 일어났다. 창밖으로 어두운 눈길을 따라 아이들이 등교했다. 약속 장소에 이르니 해가 훤히 뜬, 그림자나 온기의 약속조차 없는 1월 아침의 추운 날씨였다. 얼씬거리는 이 하나 없었다. 정확히 7시 45분에 스키 한 쌍을 들고 홀연히 누군가 나타났다. 자일러였다. 그는 살갑게 인사하고는 케이블카 정거장으로 향했다. 이른 연습 중인 참가자들을 포함해 몇몇이 이미 기다리고 있었다.

빨간 파카와 검정 바지 차림의 자일러가 거기 서서 어린 오스트리아 소년들 몇몇과 짧게 이야기를 나누었다. 그는 한참 동안 그들의 팀을 지도했다. 그러고 벤치에 앉아 장화를 채우기 시작했다. 마지막으로 두 가는 끈을 꺼내 무릎 위에서 조심스레 묶었다. 나는 공허한 불안함을 품고 그를 바라보았다. 우리는 침묵 속에 케이블카를 타고 올라갔다. 서리 낀 창 밖으로 일부가 칙칙한 나무에 가려진 채 반들거리는, 황량한 코스를 볼 수 있었다.

차넨칸은 꼭대기도 그렇기만 결승 선 근치기 특히 이렵다. 급한 내리막 이후 갑자기 평평해지는 구간의 압축compression이나 바깥으로 흐르는 회전을 감당할 체력이 모자라 여성은 참가하지 않는다. 유럽에 처음 발을 디딘 선수는 하넨캄의 공포담을 듣는다. "안개 속에서 시속 130킬로미터로 달렸어요." 끔찍한 충돌 뒤에 피에 젖은 시체가 들것에 실려 나간다. 2만 5000에서 3만 명이 참관하고 몇 백만이 텔레비전으로 시청한다.

꼭대기에서 자일러는 말없이 스키를 신고는 출발 지점으로 향하는 작은 언덕을 올랐다. 우리는 옆걸음질로 올라갔다. 정상의 눈은 이전에 연습 차례를 기다리던 선수들의 장화로 짓밟혀 있었다. 지금은 아무도 없었다. 건너가기 시작하면서 나는 마침내 그를 멈춰 세우고 뭘 할 건지 잠깐 이야기 좀 할 수 있느냐고 물었다.

"아래에서 이야기하는 게 나을 겁니다." 그가 말했다.

그는 출발점으로 향했으나 나는 한 번 더 그와 이야기를 시도했다. 몇 번이나 이 코스를 타보았습니까? 그는 잠깐 생각했다.

"1952번." 그가 말했다 "1953번인가……."

"대회만 말하는 게 아니라 모두 합한 거군요. 연습까지."

"그건 중요하지 않아요." 그가 말했다.

출발점의 건물엔 바닥이 없었다. 눈 위에 세운 벽일 뿐이었다. 한쪽에 대기 지점을 만들기 위해 중간에 난간을 내어놓았다. 자일러가 주변을 돌다가 출구에 섰다. 잠깐 멈추더니 음산하게 비어 있는 코스를 잠깐 내려다보았다. 그 주 내내 손질한 코스였다. 그의 생각, 기억을 헤아리기가 어려웠다. 그는 첫 우승을 하던 때 올림픽을 휩쓸었는데, 대개 100분의 1초 단위로 승부가 갈리는 활강은 3초 반, 슬랄롬은 4초, 자이언트 슬랄롬은 6초도 넘게 차이를 벌리며 우승했다. 특히 자이언트 슬랄롬에서는 아무도 그만큼 시간 차를 벌린 적이 없노라고 대회 운영자 한 명이 말했다. 킬리는 간발의 차이로 우승했다.

*

출발선으로부터 코스는 좌측으로 급선회해 마우스팔레Mausfalle. 쥐덫라 불리는, 더 가파르고 좁은 경사로 이어진다. 그러다 슈타일항Steilhang. 급경사면이 등장한다. 자일러는 아무 데도 매달리지 않고 스키 끝으로 서 있었다. 나는 절벽으로 떨어지는 것처럼 느꼈다.

그가 머리를 돌려 처음으로 뭔가 알려줬다.

"스키 날 상태가 어떻습니까?" 그가 물었다. "날카로운가요? 여긴 온통 얼음이에요. 날카롭지 않으면 못 내려갈 겁니다."

그러고 그가 출발했다. 나는 그가 확신에 차 한두 번 선회한 뒤 왼쪽 아래로 시야에서 사라지는 광경을 불신에 찬 눈으로 봤다. 내 스키는 대여품이었다. 나는 스키 날로 치고 나아갔다. 원래 우리가 코스 가장자리에서 유유자적 함께 내려갈 거라 상상했지만 그럴 일이 아니었다.

나는 앞으로 밀치고 나아갔다. 바로 브레이크 안 듣는 자동차의 느낌이 났다. 얼어붙은 표면에서 내 스키 날이 배겨나지 못했다. 나는 선회를 시도했지만 스키는 덜거덕거릴 뿐이었다. 속도가 붙으니 마지막 선회를 할 수 없어 넘어졌고 잽싸게 일어났다. 자일러는 마우스팔레 꼭대기에 서 있었다.

"얼음이 나쁘지 않군요." 내가 다가가자 그가 말했다. "착 붙네요."

그가 선수로 참가했던 시절에는 이 지점에서 프리점프경사가 급해지는 지형을 지날 때 넘어지지 않도록 미리 점프하는 동작해 대부분을 공중에 뜬 채로 내려갔다. 이제 스키를 바닥에 눌러 대고 나아가며 공기를 탄다. 아래쪽에서는 갑자기 평평해지는데—이를 압축이라 부른다—다리를 몸에 올려붙인다. 회복할 시간이 없다. 재빨리 세 번 선회하면 더 어려운 슈타일항으로 이어진다. 이 선회가 아주 중요하다고, 최고 속력을 유지하면서 방향을 잘 틀어야 한다고 자일러가 덧붙였다. 나는 주저하며 고개를 끄덕였다.

슈타일항에서 예기치 못한 일이 벌어졌다. 오스트리아 스키부대가 코스를 손질하고 있었다. 그들은 60대인 윌리 새플러Willy Schaeffler, 1915~1988 전 미국 스키 팀 코치의 지도 아래 움직였다. 아는 이인 새플러를 보니 안심이 되었다.

"여기에서 뭐 하시오?" 그가 물었다.

우리는 그 옆에 멈춰 섰다. "토니가 하넨캄을 구경시켜주고 있습니다." 나는 무심코 말했다.

"토니? 그가 하넨캄에 대해 뭘 안다고. 다 잊었을 텐데." 윌리의 말에 나는 놀랐다.

그는 자기 농담에 웃었다.

자일러는 아무 말도 하지 않았다. 잠깐 뒤 그저 "갑시다" 하고 말했다.

그는 나무를 따라 난, 상대적으로 평평한 슈타일항의 나머지 구간 이삼십 미터에서 스키가 저절로 미끄러져 내려가도록 둔다. 시속 100킬로미터로 내려가는 느낌이 든다. 실제로는 시속 40킬로미터쯤일 것이다. 긴장감이 잦아들기 시작한다. 가장 어려운 건 꼭대기다. 아마도 우린 그곳을 타게 될 것이다.

우리는 아주 가파르지 않은 다른 경사에 접어든다. 자일러가 1958년에 넘어진 알터슈나이저Alteschneise—오래된 숲길—다. 그가 넘어졌던 지점 근처를 어렴풋이 가리킨다. 눈의 흐름이 빠른 곳이나 둔덕을 쳤을 텐데 그도 정확히 모른다. 당시에 더 좁고 거칠었던 코스를 지날 때 스키가 부러졌다.

그는 그제야 나의 실력을 평가한다. "스키를 잘 타시는군요." 그랬을지 모르지만 느끼지는 못했다. 차가운 물 한 양동이를 끼얹고는 "일어나, 네가 싸움에서 이겼어" 하고 말하는 걸 듣는 느낌이었다. 꼭대기의 첫 선회에서 손과 무릎으로 넘어진 걸 그가 못 봐서 운이 좋았다고 느꼈다.

중간 구역은 빠르게 타야 하지만 그걸 강요하지는 않는 지형으로 상대적으로 즐겁다. 그리고 덜 얼었다.

눈앞에 마지막 경사가 있다. 경주 최후의 관문으로 바닥면에 잔혹한 압축이 일어나 꽤 많은 선수가 넘어지고 커리어를 마감한 구간이다. 거기 이르기 직전 누군가 코스에 있는 게 보인다. 땅땅한 체형에 푸른 스키복을 입고 거의 수심에 잠긴 듯 산을 내려다보는 이다. '내리막 찰리'라 불리는 오스트리아의 코치 카르였다. 오스트리아는 대회가 자신들의 것이라 여기는, 독점한다는 느낌을 가지고 있다. 카르와 자일러는 어부 한 쌍처럼 말 몇 마디를 조용히 주고받는다. 해가 내리쬐어, 카르가 지적한 것처럼 시속 140에서 145킬로미터의 최고 속력을 낼 수 있는 바닥에 그림자를 드리우고 있었다. 둘은 눈 상태가 완벽하다는 한 가지 사실에 동의한다.

우리는 마지막 가파른 경사를 함께 내려간다. 만만치 않지만 꽤 넓다. 선회할 공간이 있고 적당한 속력으로 각도를 주며 지나 압축이 없다. 결승점까지 긴 직선로는 박수갈채의 구간 같다.

자일러는 약속을 지켜 슬로프 밑의 작은 레스토랑에서 대회 참가와 승리의 의미에 대해 이야기해준다. 코치에게 배울 수 있는 게 있고 없는 게 있다. "배짱과 의지 말이에요."

우리는 30분 동안 이야기를 나눈다. 그는 거의 친근한 게 거의 다른 사람 같다. 지붕 수리공의 아들로 태어나 위대한 챔피언이 되어 모든 부와 명예를 맛보고 이제 고향으로 돌아왔다. 군중은 이제 다른 이들을 응원한다. 경주, 영예, 아마 깨지지 않을 기록, 이 모두를 돌아보면 무슨 생각이 들까? 질문을 던지자 그는 잠시 생각에 잠기더니 말한다.

"글쎄요, 좋은 일이었다고 생각합니다. 스포츠는 인물을 만들죠."

나는 호텔로 걸어 돌아온다. 고작 9시다. 이른 스키꾼들이

나를 지나쳐 케이블카로 향한다. 하루가 겨울의 찬란함, 빛나는 눈, 생기 있고 밝은 얼굴을 받아들이기 시작한다.

"했소? 자일러와 함께 코스를 내려왔소? 어땠소?"

당장이 아니더라도 언젠가는 사실일 것이다. "생애 최고의 스키였습니다." 나는 그렇게 말하고 방으로 올라가 다시 잠이 든다.

*

비행기 옆자리에 앉은 프랑스인이 삶에 관해 나와 토론했다. 아마 순전히 지루해서 그랬을 것이다. 그를 떨쳐버리기 위해 나는 미국보다 유럽, 특히 그의 고국인 프랑스의 삶이 훨씬 낫다는 입장을 취했다. 호들갑을 떠는 셈이었지만 다만 어떻게 이야기가 흘러갈지 궁금했다. "빵이 훨씬 낫습니다." 나는 말했다.

"빵이요? 네, 그럴 거예요."

"음식이 훨씬 낫습니다." 내가 말을 이었다. 그는 어깨를 움츠리고는 거의 동시에 살짝 끄덕였다. 우리 사이에 배우자를 비교하는 남자들의 분위기가 서렸다. "삶의 세부 사항에 기울이는 주의도 다르죠."

"맞아요, 맞아요." 그가 말했다. "하지만 미국이 세상에 더 중요한 공헌을 했습니다. 현대는 그것 없이 존재하지 않을걸요."

"그게 뭐죠?"

"미국이 신용카드를 발명했잖아요."

플라스틱. 비단 신용카드 재료뿐 아니다. 군중이 출현하고 유럽이 돈에 휩쓸리기 이전의 시절—사실 일종의 가난이 닥쳤을 때—에는 스키 장화를 가죽으로 만들어 이틀사흘 내로 배달해줬다. 발을 갈색 포장지에 올려 본을 따고 치수를 잰 뒤 돌아오면 장화가 나왔다. 앙시앵레짐구체제 시절이었다. 스위스 벵엔에 사는 칼 몰리터는 공장을 차려 가죽 장화를 만들었다. 그 또한 선수였고 스키 장화에 대한 기준을 가지고 있었다. 그도 벵엔 위의 라우버호른에서 대회에 참가한 적이 있고 자일러와 그랬듯 나와 코스를 함께 활강한 적도 있다. 베지히티궁Besichtigung, 말하자면 정찰이라고 말했다. 아름다운 스위스 여인이 딱 맞는 스키복을 입고 우리와 동행했다. 나는 그녀와 그 코스 또는 몰리터의 관계를 이해할 수 없었는데, 스키를 향한 국가적 열정이라 받아들였다. 스위스가 이기면 바의 문을 닫지 않는 차원의 열정 말이다.

코스에 오르려면 기차를 타고 클라이네샤이데크kleine Scheidegg까지 올라가서는 리프트를 탄다. 라우버호른은 아주 긴 코스가 4.3킬로미터로 다른 대회보다 30퍼센트쯤 길다. 그리고 어느 선수가 설명했듯 지형 변화, 어려운 선회, 가파름, 마지막엔 최고 난이도 구간까지 모든 걸 가지고 있다. "페이스를 잘 지켜야 합니다" 하고 그가 말했다. "당신을 얼마나 쏟아낼 수 있는지 정해야죠." 그냥 총공세를 펼치기보다 더 전략적으로 접근해야 한다는 말이다.

몰리터가 코스 담당이어서 대회 당일 아침에 스키를 탈 수 있었다. 그는 60대 초반이었지만 최소 10년은 젊어 보였다. 눈이 내렸고 추웠다. 몇 주 만에 내린 눈으로 땅에 새 켜가 깔렸다. 몰리터가 한두 바퀴 돌았다. "스키 타기에 너무 좋은 눈이군요." 함께 아래를 내려다보는데 그가 만족스러운 듯 말했다.

시작은 점진적이었다. 첫 번째 큰 경사는 도그스헤드Dog's Head라 불리는데, 선수들이라면 공중에 날아오르는 지점이라고 몰리터가 알려줬다. 그는 다리 이전에 선회하는 게 중요하다고 조금 뒤 말했다. "빠른 부분에서 버는 시간보다 느린 부분에서 잃는 시간이 더 많아요."

가장 유명한 특징은 어느 해 오스트리아 팀 전체가 충돌해 오스트리안홀Austrian Hole이라 불리는 코스였다. 마침내 줄곧 직활강인 코스가 나타났다. 딱히 길지는 않지만 생각하게 만드는 구간이었다. "틀면 안 됩니다" 하고 몰리터가 경고했다. 눈의 표면을 망가뜨리지 않기 위해서였다. 나는 그와 스위스 여인이 차례대로 내려가는 걸 지켜보았다. 그러고 따라 내려갔다. 빠르다는 느낌이 들었다.

몰리터는 자신이 여섯 번 우승했노라고 인정했다. 언제였죠? 내가 물었다.

"100년 전이었죠." 그가 무심하게 말했다.

활강한 뒤 나는 경주를 지켜보았다. 안개 낀 듯 보였으나 사실은 옅고 낮게 구름이 깔린 코스의 윗부분에서 딱 붙는 스키복 차림의 선수들이 튀어나오더니 군중과 검은 나무를 지나 최고 속도로 공중을 날고 성공적으로 선회했다. 공교롭게도 바는 늦게까지 열지 않았다. 오스트리아인이 우승했기 때문이다.

*

　1968년 그르노블 동계 올림픽 몇 주 전, 로버트 레드퍼드—함께 작업 중이던 〈다운힐 레이서〉의 주연배우—와 나는 미국 스키 국가 대표 팀과 여행하며, 정밀성은 진실이 아니라는 마티스의 유명한 경구에 반기를 들고 일과를 쫓으며 대화를 경청했다. 팀에서 가장 눈에 띄고 중요한 인물은 활강이나 슬랄롬에서 우승할 수 있다는 희망을 품고 있던 빌리 키드Billy Kidd, 1943~였다. 그는 축축하고 쓰라리며 때로 얼음도 어는 겨울이 있는 뉴잉글랜드 출신이었다. 나는 그를 보았다. 영화의 영웅에게나 적합할 암울함을 보았다. 거만하거나 수줍어서, 아니면 둘 모두 때문에 키드와 이야기를 나눌 기회가 많지 않았다. 나는 이런 생각을 전부 정리해 어느 날 저녁 자리에서 레드퍼드에게 설명했다.

　그는 머리를 흔들었다. 아뇨, 키드는 안 됩니다. 그는 다른 이를 마음에 품고 있었다.

　"누구 말입니까?"

　"저기 식탁 끝에 있습니다."

　금발에 내가 아는 특징이라고는 다리를 부러뜨렸노라고 제 입으로 수없이 뽐내던, 거의 알려지지 않은 팀원이었다. 이름은 스파이더 사빅Spider Sabich, 1945~1976이었다. 레드퍼드처럼 그도 캘리포니아 출신이어서, 나는 레드퍼드가 자신이 잘 아

그때 그곳에서

는 유형의 사람, 즉 그 자신을 보았기 때문에 추천했음을 알아 차렸다 .

몇 년 동안 사빅을 파악해보니 레드퍼드의 판단이 좋았다 는 사실이 명확해졌다. 그는 장한 남자였다. 스키 선수였는데, 사실 스키가 미국에서 누린 인기에 크게 공헌했으며 미심쩍은 영예지만 세계 챔피언의 자리에도 올랐다. 레드퍼드처럼 그도 유명세를 이루었다는 말이다.(《다운힐 레이서》는 레드퍼드의 출세 작이 아니었다. 그는 대리인의 충고를 거스르고 콧수염을 길러 폴 뉴 먼의 상대역으로 〈내일을 향해 쏴라〉에 출연한 뒤 인기를 얻었다.)

사빅은 그의 상대역인 클로딘 롱제Claudine Longet, 1942~. 프랑 스 가수만큼 운이 좋지는 않았다. 둘은 애스펀에서 말싸움을 벌였고, 질투에 휩싸인 그녀가 사빅을 쏴 죽였다. 사빅은 최소 한의 우세만으로 승리를 거둬왔는데 죽을 때도 같은 방식이었 다. 롱제에게 22구경 권총으로 맞았는데 이 총은 웬만하면 크 게 다치지 않는다. 하지만 총알이 경동맥을 찢었고, 처치를 하 기도 전에 출혈로 죽었다.

*

나는 애스펀에 1959년 처음 스키를 타러 갔다가 바로 팔을 부러뜨렸지만 그 동네에 품은 인상이 바뀔 정도는 아니었다. 애스펀에는 당시 의사가 두 명 있었는데 둘 다 백만장자가 아 니어서 예약이 필요 없었다. 한 명이 팔에 깁스를 처치해주었 고, 나는 하루이틀 뒤 느린 속력으로 스키를 다시 탔다. 당시엔 차를 산발치에 놓고 1년에 1달러만 내면 슬로프에서 비상 사태가 벌어졌을 때 병원에 데려다주는 이도 있었다. 한마디로 이능했다.

10년 뒤 애스펀으로 이사하니 거리는 포장되어 있었지만 개는 여전히 주인인 양 돌아다녔고 때로 교차로에 앉아 교통 정리를 했다.

애스펀의 이른 영광은 강렬했지만 짧았다. 도시는 1878년에 태어났고 바로 번성했으나 1893년 은의 몰락과 더불어 들판에 버려진 자동차처럼 길고 느린 쇠퇴가 찾아왔다. 의자가 사라지고 핸들과 타이어와 문이 없어진 다음 엔진마저 떼어 가면 마침내 녹슨 뼈대만 남는다. 같은 분위기로 애스펀의 목조 주택, 전철과 호텔이 스러져갔다.

옛 군중, 은의 호황 이후 애스펀에서 태어난 세대는 1960년대 말까지 남아 있었지만 역경과 세월에 점차 줄어들었다. 알고 지내던 바텐더가 애스펀 광산 재벌 상속자의 사무실을 구경시켜주었다. 그 상속자는 유명한 광산인 스머글러Smuggler와 다른 광산을 소유한 형제 가운데 한 명이었다. 우리가 발을 들였을 때 그는 회진주색의 구겨진 정장에 깃이 삐딱한 흰 셔츠, 넓은 실크 넥타이 차림이었다. 바지를 죄어놓은 큰 종이 클립이 보였다. 그는 모자를 옆으로 썼고 공기에는 담배와 위스키의 향이 배어 있었다. "릭," 그가 바텐더에게 말했다. "여기 물건 옮기는 것 좀 도와주지 않겠나?"

물건은 짝 맞는 의자 한 세트가 딸린 커다란 말털 소파로 최소한 60년은 묵어 보였다. 우리는 계단 셋을 내려가 소파를 트럭이 기다리고 있는 길가에 가까스로 옮겨놓았다. 분명히 일종의 회사 이사 같았다. "무겁네요." 바깥에서 마지막 의자와 씨름하며 우리가 말했다. "그가 앉은 채로 옮기지 않아 다행이오." 뭔가 아는 것 같아 보이는 트럭 운전사가 말했다.

축축하게 땀에 젖어 위층에 다시 올라가자 릭이 말했다 "저게 전부입니까? 금고는 어쩌고요?"

"아냐아냐." 늙은 거물이 말했다 "하지만 물건 내리는 건 도와줄 테지? 안 그런가?"

짐을 싣고 간 아파트엔 아무도 없어서 가구를 밖에 내렸다. 이후 그는 돈을 주고 싶어 했다. "제군들 얼마나 받으면 되겠나?" 그가 말했다.

"얼마 가지고 계신데요?" 릭이 물었다.

"2달러씩이면 충분하겠나?"

"2달러라고요! 모욕이죠."

"어니언으로 오게나." 거물이 상냥하게 제안했다. "그럼 술을 사지."

레드어니언Red Onion은 채굴 시절부터 애스펀 최고의 바이자 마을 최고의 레스토랑이었다. 누가 술을 샀는지 기억나지 않는다. 늙은 베테랑은 알고 보니 돈이 별로 없었다. 그는 레드빌Leadville 출신 여성과 결혼했는데 이혼이 임박하자 그녀가 가져가지 못하도록 재산의 절반을 형제에게 주었다. 그러고는 다시 돌려받지 못했다.

*

아내와 나는 오래된 거주 구역인 애스펀 서쪽 끝에 살았다. 마을은 여전히 유행에 무관심했다. 스키는 추수감사절에 타기 시작했는데, 얼굴을 추위에 긁어대고 준비 안 된 다리는 푼린 채로 산에서 내려와서는 앉아서 가장 인상적인 식사를 했다. 4월 초, 종종 최악의 폭풍이 찾아오는 부활절 언저리에 스키 철이 끝났다.

동부에 살았을 때에도 스키를 타겠다고 몇 시간을 차를 몰고 가서는 긴 줄에서 차례를 기다렸다. 스키는 일종의 순례였다. 애스펀에서는 달라서, 겨울과 스키에 둘러싸였다. 날씨가 여전히 더운 10월 초에도 첫눈이 멀리 꼭대기에 쌓이고, 밤은 추워지고, 가을이 끝나고, 폭풍과 서사시 같은 나날이 찾아오고, 마을에서 아침 식사를 먹노라면 창에 성에가 낀 차들이 내보내는 배기가스가 추위 속에서 피어올랐다. 세계는 멀었다. 아니, 사실 이게 세계였다. 남쪽과 서쪽으로는 구름이 짙은 푸른색이 되었고 특정한 냄새, 이를테면 비 냄새 같은 게 공기에 깔렸다. 엄청난 폭풍이 다가왔고 지붕에는 눈이 높이 쌓였다.

벨Bell, 코크스크루Corkscrew, 로어스타인Lower Stein을 계단을 미끄러져 내려오듯 활강해보면, 스키 날이 바닥과 결합하고 둔덕이 무릎 높이 아래로 사라지는, 천하무적인 느낌이 며칠, 몇 달, 심지어 몇 해를 가기도 한다. 이 모든 기억이 영원히 남을 것이다. 누구라도 그 기억이 끝나는 걸 원치 않을 것이다. 칼로 그러듯 스키로 산을 가른다. 물론 훌륭한 날에도 홀로 스키 타는 이는 언제나 있다. 그는 이상한 차림새로 코스의 가장자리를 지나쳐 옆으로, 가장 가파르고 아무도 건드리지 않은 눈 위를 절대적인 우아함으로 미끄러지며 폴을 짧게 툭 건드리고 매혹적으로 선회한다. 언제나 그런 존재, 내가 다다를 수 없는 사람이 있다. 어쨌건 뜨거운 목욕을 마치고 어둠이 깔리고 밖에 눈이 깊이 쌓이면 시내 길거리는 연인들로 차고 아는 얼굴들이 레스토랑을 가득 채운다.

산에는 칙칙한 나날, 코스는 텅 빈 데다 공기는 추위가 배어 묘사할 수 없이 즐거운 나날이 있다. 당신이 이름을 알려주었던 이들이 마을로 찾아와 저녁을 먹는다. 겨울은 사람을 모아 친구로 만들어준다. 당신은 일종의 안내자가 된다. 대학 스키 팀의 전 유망주들이 이 도시에서 오래 세월을 보냈는데도 자신감에 넘쳐서는 기대에 엉덩이를 흔들며 "스키 타러 가야겠으니 안내하라" 하고 말한다. 몇 분을 못 참고 그들은 소싯적의 자세를 잡으며 경쟁할 준비를 한다. 스키는 춤이랑 비슷한 면이 있어서 우아함이 존중받기 원한다. "어디로 가야 되지?" 그들이 칭얼거린다. "다음엔 뭐야?"

"아, 그럼 바로 올라갑시다. 정상 바로 너머 코스가 있어요." 좁고 울퉁불퉁한 비탈로 올라가기 전까지는 코스가 보이지 않으며, 아주 불편한 지점에 오랫동안 나무가 있어왔으니 겸손함을 심어줄 것이다. 아래 도착하거든 그저 말을 보태면 된다. "엄청났죠. 안 그래요?"

"거기 이름이 뭐라고요?"

"블론디스Blondie's요."

*

한 저녁 자리에 자연스레 매력적인 영화제작자과 그가 베일 Vail에서 찾은 수려한 여자가 합석했다. 산장에서 일하는 여성이었다. "베일에서 두 가지를 좋아합니다" 하고 내가 인정했지만 대화를 서두르느라 말을 끝내게 놓아두지 않았다. 나중에 그녀가 내 쪽으로 기대어 말했다. "말해주세요."

"뭘요?"

"베일의 두 가지 말이에요."

"두 이름이죠." 나는 말했다. "두 코스의 이름. 아디오스와 포에버요."

정말로, 세월에 영향을 받지 않고 재난도 지나치는 것 같은 때가 있다. 잭 니콜슨이 야구 모자를 쓰고 냉소적이지 않은 미소를 지으며 제롬 바를 호령한다. 그는 바는 물론 마을 전체의 새로운 왕이므로 카우보이모자를 쓴 젊은 남자와 강아지처럼 순진한 눈의 여자까지, 주변 모두가 그의 존재에 감동받기를 원한다. 페이지는 넘어갔고 새로운 이들이 찾아왔으니, 화려한 옷차림의 섬뜩한 20대 젊은이들이다. 남자들은 머리를 멀끔하게 뒤로 넘겼고, 여자들은 중독자 같다. 나는 무사태평한 날들을 돌아본다. 마인샤프트 같은 동네 바깥 게시판의 판매란에 핀으로 고정시킨 종이를 본다. 구인 : 동부로 갈 여자 두 명. 엉덩이와 가솔린 맞교환.

*

나는 스키를 철 내내, 날씨와 몸 상태에 상관없이 매일 타는 여인을 알았다. 스키를 타려고 태어났다고 말할 수 있었다. 아버지가 오스트리아 국가 대표였다. 그녀는 크고 늘씬했고, 결혼해서 아이 둘을 낳았다. 나는 슬로프에서 그녀를 자주 보았다. 물론 그녀는 자연스럽게 스키를 아주 잘 탔다. 누군가 너무 바쁘거나 안 내켜서, 동네를 떠나고 없어서 스키를 못 타더라도 그녀는 언제나 거기 있었다. 일종의 조약이었다. 용어는 몰라도 짐작은 할 수 있었다. 그녀의 아버지는 스키를 타다가 눈사태에 휩쓸려 죽었다. 어찌 되었든 스키에 충실했지만 삶의 나머지는 아수라장이었다.

어느 오후 나는 덴버에 있었는데 전화가 울렸다. 친구가 말하길 사고, 눈사태가 났고 메티가 갇혔다는 것이었다. 사람들이 올라가 장대로 눈▥을 찌르며 그녀를 찾았다. 이야기를 나누며 호텔 창밖을 내다보니 이미 어두워져 있었다.

그녀는 혼자 너무 멀리 스키를 타고 나갔다. 많은 이들이 그랬다. 남편은 그녀가 평소처럼 돌아오지 않자 걱정했다. 결국 그녀를 찾은 이는 남편이었다. 어둠 속에서 시신을 파내 거둬 내려왔다. 콜로라도와 서부 전역에서 매년 눈사태로 사람들이 죽지만 언제나 상징적인 인물은 아니고 언제나 여신은 아니다. 나중에 누군가 말했다. 그녀가 아버지의 기일에 죽었노라고. 확인해볼 생각조차 하지 않았지만 사실이리라 생각했다. 그녀가 맺은 조약의 일부라 생각했다.

*

시간은 변하고 세상도 변한다. 그곳은 안락했지만 쇠락한, 한때 아름다웠던 마을이다. 겨울은 길고 눈부셨으며, 아무도 문을 잠그지 않았고, 우리는 시골 사람이었다. 천천히 바뀌었다. 사람들이 도시와 그에 맞는 스타일을 가져왔다. 메타 버튼은 떠났다. 랠프 잭슨도, 프레드 이젤린도, 벅시도. 모두가 죽은 건 아니지만 사라지고 가버린 것 같다. 때로 낡은 마을이 다시 나타난다. 절반쯤 희미해졌지만 황홀한 재로 잠시 발치에 펼쳐진다.

여러 해 동안 나는 스키에 헌신했다. 시간을 들였고 뼈가 많이 부러졌다. 뼈는 아물었고—이제 어느 쪽 어깨나 다리였는지조차 말할 수 없다—시간은 허투루 쓰이지 않았다. 말해줄 것도 회상할 것도 없는 시간이 진정 낭비된 시간일 뿐, 많은 것을 기억하고 있으니 시간은 허투루 쓰인 게 아니다. 오트 루트Haute Route, 알프스의 하이킹 경로나 버거부Bugaboos, 캐나다 브리티시컬럼비아 주 동부의 산맥엔 못 갔지만 나머지는 나의 일부다.

나는 어린 사내아이와 리프트를 타고 올라가고 있었다. 옛날 버몬트에서 겪은 일이다. 여덟아홉 살쯤 되었고 영국인 같은 금발에 잘생긴 소년이었다. 그가 친구에게 그러듯이 내게 몸을 돌리더니 눈 덮인 세상에 둘러싸여 털어놓았다. "진짜 재밌어요. 그렇지 않나요?"

그가 진짜 맞았다.

고전적인 티롤

　본 적도 없이 사랑하는 장소가 있는데, 대개 글로 소개되어 그럴 것이다. 시릴 코널리가 프랑스에 대해 쓴 것처럼 피를 끓게 만드는 글이 있다. 7번 국도에 뻗은 검정색 액체가 지글거리며 졸아들면 플라타너스가 열린 창으로 샤–샤–샤 흔들리고 바람막이는 으깨어진 각다귀로 노랗게 물든다. 미슐랭가이드와 함께 내 옆에 있는 그녀는 손수건으로 머리를 묶은 차림으로…… 이렇게 감각에 호소하는 작가는 드문데, 물론 헤밍웨이가 있다. 헤밍웨이가 나에게 소개해주었을 것이다. 그가 1920년대 시간을 보낸 길고 은밀한 겨울과 산자락 마을을.

　헤밍웨이는 이름으로 옷을 엮었다. 산시로San Siro, 앙기앵 Enghien, 세인트클라우드의 경마장. 밀라노, 산세바스티안, 키웨스트 같은 도시들. 늦가을 궂은 날씨가 닥치면 그는 아내와 어린 아들을 데리고 파리를 떠나, 비가 눈으로 바뀌어 소나무에 내리고 추위 속에서 밤길을 걸어 집에 돌아갈 때면 발밑이 뽀드득거리는 지역으로 옮긴다고 했다. 그는 겨울엔 스위스에 가까운 오스트리아 포어알베르크의 슈룬스에서 지냈다 거기에 대해서는 물론 질브레타Silvretta, 키츠뷔엘, 엥가딘에서 타는 스키에 대해 썼다. 『태양은 다시 떠오른다』도 슈룬스에서 썼다. 그 덕분에 스키가 좋아졌지만 내가 직접 타게 되리라고는 꿈꾸지 않았다.

오래전의 일이다.

오래 살아 세상의 변화를 보면 놀랍다. 샹보르나 카페 쇼브롱Café Chauveron처럼 뉴욕의 절대적 상징 격인 레스토랑이 사라졌다. 피터다이치Peter Deitsch's 같은 갤러리나 호텔, 극장, 경기장이나 거리조차 사라진다. 완전히 새로운 군중이 몰려와 새로운 장소, 거만하고 폼 나는 바에 자리를 잡는다. 그러는 가운데 학교가, 이발사가, 문지기가 사라진다. 누군가는 아직도 거기 남아 있는 더럽혀지지 않은 진짜를 찾는다. 그 가운데 하나가 우리가 아는 그 스키가 비롯했고 아직도 좋은 스키가 있는 오스트리아의 산맥이다. 포어알베르크를 지나면 바로 있는 티롤 주에 훌륭한 지역이 두 군데 있다. 서쪽 끝과 동쪽에 있는 상트안톤과 키츠뷔엘이다. 하네스 슈나이더Hannes Schneider, 1890~1955가 1907년 처음 현대 활강 스키의 기반이라 할 수 있는 알베르크 기술을 관광객에게 소개한 이후, 그곳들은 비유적 의미 이상으로 스키의 시작이자 끝이 되었다. 가장 크고 아마 최고일 스키 학교가 여전히 있다. 제철일 때는 약 300명의 강사가 상주하는데 대부분 영어를 할 줄 한다.

키츠뷔엘은 1930년대 신비의 휴양지였다가 매력을 아주 조금 희생시켜 오스트리아 최대이자 최고의 스키 기지가 되었다. 중세 마을이 여전히 존재하고, 좁은 거리와 튼튼한 말, 케이블카가 걸어서 가까운 거리에 있고, 어깨에 스키를 걸친 채 사각대는 눈을 부츠로 밟을 수 있다. 햇살, 얼음처럼 차갑고 순수한 공기, 검은 전나무와 낙엽송을 뚫고 미끄러지듯 활강하는 흥분을 느끼는 단순한 일의 나날이 기다리고 있다. 콜레트가 말한 것처럼, 육체적이라고 가볍게 일컬을 만한 일이다.

티롤은 거의 온전히 나무로 이루어져 있고 작은 알프스 골짜기로 갈린다. 위쪽 평원을 뚫고 나무를 없애 스키 타는 공간의 대부분을 만들었다. 18세기까지 오랫동안 고립되었고 기의 이교도적이었으며, 생활이 힘든 고도에서 사는 농부는 세금과 군역이 면제되었다. 사람들은 정직하고 열심히 일하며 독립적이고 뿌리를 준수한다. 전통의 힘이다.

나는 상트안톤에서 스키를 배웠다. 적어도 첫 모욕을 그곳에서 당했다. 보름이 저물 무렵에야 뭔가를 배웠는데, 주로 스키가 얼마나 어려운가 하는 것이었다. 다음 해 돌아와 근처 마을인 상트크리스토프에서 머물렀다. 40년 뒤에도 여전히 이름을 기억하는 강사와 함께 처음으로 스키의 가능성에 흥분해 내려갔는데 꼭대기에서 그가 경고했다. 여기에서 넘어지면 그대로 아래까지 곤두박질칠 거라고. 스키를 바르게 탈 때마다 강사가 뒤에서 "Ja, Ja(좋아요, 좋아)" 하는 걸 듣는 즐거움은 압도적이었다. 그는 많은 강사가 그렇듯 시골 소년으로 조용하고 차분했는데, 그에게 배우기 시작했을 때부터 나는 열다섯 번의 겨울을 더 연습한다고 스키가 나아지지는 않으리라는 걸 알았다.

스키는 항해처럼 그 자체가 세계다, 영광을 훼손할 수 없다. 스키는 인간을 온전히 포용한다. 여정 뒤에 여정이 따르고, 무넘의 분투와 응징 없는 즐거움으로 사람을 이끈다. 셀 수 없는 스키어들이 예전에 코스를 탄 적 있는데 그들은 아직도 정복당하지 않은 것 같다. 이따금 발 디딘 적 없는 가파른 경사를 내려다보며 냉정하게 준비를 할라치면 누군가 혼자 또는 쌍으로 빠르게 스치고 지나갈 것이다. 그들은 내가 생각하는 것보다 어려운 경로를 활강하고, 재빠르고 전문가다운 선회를 보여주며 문득 내게도 할 수 있다는 자신감을 안긴다. 말하자면 산이 회복하기 전에, 지금 시도해보라고. 그런 뒤에는 기적 같이, 모든 것을 뒤로한 채 리듬을 찾으며 활강 선을 따라 내려가면 비단 위를 달리듯 스키 밑에서 슬로프는 사라진다. 가장 어려운 부분이 지나갔다. 승리감이 압도한다.

*

크로스컨트리 외에는 관중이 참관하지 않는다면 완벽할 것이다. 요즘은 어디에나 관중이 차를 끌고 따라와서 모든 문명의 목을 조른다. 산마을에서 나무꾼을 만나는 일도, 발견되지 않은 호텔에서 겨울을 나는 일도 끝났다. 양차 대전 사이의 환멸스럽고 덜 번창한 유럽은 돌아오지 않을 것이다. 지금의 구성원으로도 티롤은 엄청난 세 가지 미덕을 여전히 지니고 있다. 아름답고, 친절하며, 싸다. 방, 식사, 리프트 표, 택시, 디스코텍까지 모두가 미국 물가의 절반이다.

오래된 호텔일수록 방은 더 깨끗하고 편안하며 리넨은 서걱서걱하다. 여전히 직원도 많다. 그들은 젊고, 대부분 웨이터와 식당 보조다. 비번 시간에 그들은 주방이나 바로 밖의 방에 앉아 쉰다. 대외적인 관계가 존재한다. 프런트데스트엔 몇 년 전 키 크고 잘 꾸민 소녀가 일하고 있었다. 다른 마을 출신이었다. 꽃 드레스와 머리는 싸구려 잡지에 나올 법한 주의 깊은 우아함으로 매만졌다. 그녀는 고용주의 사무실에서 내다보이는 자리에 책상을 놓고 앉아 있었다. 열쇠를 가지러 가거나 카운터의 버스 시간표를 읽으려고 몸을 기울이는 모습을 볼 수 있었다. 호텔 주인은 문을 살짝 열어두고 일하는 척했다. 때로 그는 그녀를 책망할 이유를 찾곤 했다. 그는 마흔으로, 갈망하는 나이였다.

티롤은 더 넓었지만 남부를 제1차 세계대전 이후 이탈리아에 빼앗겼다. 오스트리아인들의 마음속에서는 땅을 넘겨준 적이 없었다. 그들은 그 땅에 거의 모두가 친척을 두고 있고, 땅이나 집을 소유한 이도 많다. 티롤 남부는 포도주 양조 지방이고, 키츠뷔엘이나 상트안톤에서 와인을 사면 그들은 "우리 와인"이라고 말한다.

영국인이 티롤을 발견했고 다른 곳처럼 유행 타게 만들었다. 제2차 세계대전 이후 경제 사정이 나빠져 영국인들이 빠져나가자 독일인들이 차지했는데, 그들 중 다수는 잘 닦은 새 길을 통해 북쪽으로 몇 시간 거리인 뮌헨에서 온 사람들이었다.

아직도 영국인들이 몇 있는데 얼굴이나 창백한 안색으로 구분이 쉽다. 절대 바뀌지 않는 어떤 우아함이 있다. 어느 저녁비에 앉아 있는데 젊은 영국인 한 쌍이 들어왔다. 여자는 꼭 맞는 클로쉬 모자1920년대 유행한 종 모양의 모자를 쓰고 있었다. 턱이 넓었고 마스카라를 짙게 바른 눈은 아주 매력적이었다. 그녀는 오스트리아인에 대해 말하고 있었고 "수수께끼enigma" 같다는 단어를 몇 번 썼다. 그녀가 마네킹이 아니라는 걸 알 수 있었다. 그녀는 침범할 수 없는 습관이라도 되는 양 발상과 표현을 분명한 목소리에 담아 영국인의 방식으로 표현했다.

키츠뷔엘은 좋아할 이유가 여럿 있다. 하나는 그곳의 느낌이다. 고대 해저면처럼 여러 켜로 이루어져 있다. 뮌헨과 빈에서 온 멋진 방문객들, 프랑스인과 영국인, 가족들, 겨울을 나려고 찾아온 독신 남성들. 스포츠 용품점, 부티크, 카페 프락스마이어Café Praxmair, 큰 호텔, 언 숨결로 머리에서 김이 모락모락 나는, 담요를 덮고 끈기 있게 기다리는 썰매 조랑말. 하지만 눈 속 어디엔가는 프루스트의 말을 빌리자면 그 냄새가 오롯이 삶의 은밀한 체계를 알려준다는 방이 딸린 작고 아늑한 민박도 있다. 케이블카로 올라가면 알피나Alpina와 하넨호프 Hahnenhof처럼 조용한 호텔들도 있는데, 기차역 근처에 있는 에거비르트Eggerwirt, 티롤, 클라우스너 호텔만큼 숙박비가 적당하다. 키츠뷔엘은 큰 루프선 위에 놓여 있어, 일반 열차와 더불어 상트안톤과 인스브루크를 거쳐 영국 운하와 파리까지 가는 알베르크 특급이 있다. 안타깝게도 키츠뷔엘에는 사람들이 산에 올랐을 시간인 정오에 도착한다. 급행열차가 밤에 호텔을 지나가는 소리만큼이나 감정을 격앙시키는 게 없다. 이 소리는 특히 대성당, 수위, 환전소처럼 유럽다운 요소로 미국에는 존재하지 않는다. 몰랐다면 당신의 삶은 척박한 것이다.

광활하고 서로 연결되어 있는 스키 코스와 리프트 들이 떨어져 있는 두 산, 하넨캄과 호른을 연결한다. 호른은 쉽고 사람도 적다. 이름을 따서 세계에서 가장 유명한 활강 대회를 만든 하넨캄은 매년 1월 월드컵의 일부로 열리는데, 리프트로 여러 이웃 산들과 연결되어 있으니 플렉Fleck처럼 잊을 수 없는 몇 킬로미터를 활강한 뒤 다른 마을에 닿아서 버스나 택시로 돌아오면 된다.

상트안톤은 좀 다르다. 윔블딘이나 세인트앤드루스처럼 성지에 가깝다. 키츠뷔엘보다 작아, 겨울에는 온 세계가 집결한 것 같아도 고작 1700명이 머문다. 스키를 배우러 많이 찾아오는데, 잘 타는 사람도 있고 매년 다시 찾는 사람도 있다. 따라서 엄청난 군중과 활기와 포스트 호텔이 있고 유럽에서 가장 어려운 코스들을 지녔다. 이 코스들은 키츠뷔엘보다 높지만 미국 서부 표준만큼 높지는 않고, 수직으로 더 큰 폭으로 떨어진다. 갈치히Galzig 산과 팔루가Valluga 산은 최고의 코스와 함께 솟아 있고, 좀 더 쉬운 그람펜Grampen도 있다. 이 모든 코스를 돌아 예나 지금이나 대부분 호텔로 구성된 상트크리스토프가 있다. 리프트는 상트안톤망과 연결되어 있다. 폭풍에 발 묶인 여행자의 안식처지만 15세기부터 상트크리스토프는 스키 타기 좋고 사람도 적다.

겨울에는 춥고 붐비는 뉴욕도 있는데 사면이 좁고 높으며 교통이 복잡하고 사고, 상행위, 간통이 많다라고 델모어 슈워츠Delmore Schwartz, 1913~1966가 묘사한 바 있다. 배에 핏줄로 검은 지하철이 들이기 있고 탑과 교량은 그고 무감가하고 무의미하다. 이렇게 새로운 세대로부터 겨우 몇 시간 거리에서는, 하룻밤 졸음 속에서 바다를 건너면, 겨울의 정적과 하얗게 안개를 감은 나무들로 둘러싸인 취리히의 아침 속에서 차를 몰고 나올 수 있다. 그러면 이내 고요하고 변함없는, 지붕돌을 인 헛간과 교회 주변에 마을을 지은 다른 세상에 들어선다. 길은 눈밭을 지나 고요함이 몇 세대나 지속된 먼 농가로 닿는다.

신이 거의 언제나 그러듯 인간은 때로 아름다움을 만들어낸다. 이 산들도 그런 것 같다. 스키촌은 산 아래에 놓여 있다가 일몰에 생기를 띤다. 내일이면 하루의 마지막 스키를 타고 바인딩을 벗고서, 다리는 풀리고 폐와 영혼은 숙청당한 채로 변함없는 집을 꿈꾸며 터덜터덜 내려갈 것이다. 다음 날과 그 다음 날이 오고, 그렇게 2주 혹은 3주가 다 지나면 어느새 떠날 때가 다가온 줄도 모르게 닥친다. 당신이 떠날 때 사람들은 마을로 차를 몰고 들어오고, 차창으로 건너보이는 새로운 얼굴들은 이제 막 시작할 채비를 한다.

"그리고 그 모두를 거친 다음 장크트모리츠Saint Moritz에서도요?" 헤밍웨이의 책에서 누군가 물었다.

"장크트모리츠? 천박하게 굴지 마시오. 키츠뷔엘이겠지. 장크트모리츠에서는 마이클 알런Michael Arlen, 1895~1956 같은 치나 만나는 거요."

유럽의 최장 코스

물론 클로스터스Klosters도 바뀌었다. 취리히에서 두 시간 거리로 눈에 묻혀 있는 걸 1950년대 어느 겨울 파리에서 차를 몰고 내려가다가 어윈 쇼가 발견한, 손을 안 탄 마을이 더는 아니다. 낙원과 농부, 트인 들판, 주옥같은 호텔은 거의 사라졌다. 그 완벽함이 망쳐놓았다. 군중이 찾아왔다. 건물이 올라갔다. 하지만 스키 타기는 여전히 빼어나 스위스의 최고 가운데 하나다. 작은 호텔은 매력을 전혀 잃지 않았다. 미슐랭 별 한두 개는 받을 만한 레스토랑이 적어도 한 군데는 있으며 최정상에서 길고 아름다운, 유럽의 최장 코스를 탈 수 있다.

그 호텔은 렉스 해리슨Rex Harrison, 1908~1990. 영국 배우, 맥스 슈멜링Max Schmeling, 1905~2005. 독일 권투 선수, 트루먼 커포티 등의 유명한 이름이 들어찬 방명록을 가지고 있는 체사그리슈나Chesa Grischna다. 현재 받는 모든 애정에 걸맞은 호텔이다. 예약은 몇 달 전 이루어지는데, 묵고 떠나는 길에 이듬해 예약을 하는 이도 있다. 종종 취소가 나온다.

훌륭한 레스토랑은 발저스투버Walserstube고, 스키 코스는 클로스터스의 저 위에서 시작해 (11킬로미터를 뻗다가) 파르젠Parsenn이라는 완전히 다른 마을의 골짜기를 한참 내려가 끝난다. 유럽의 스키 코스 작명은 좀 더 진지하다. 거꾸러짐The Plunge, 진실의 순간Moment of Truth, 또 내가 가장 좋아하는 것 가운데 하나인 아디오스 같은, 미국 서부의 전형인 극적 요소는 찾아볼 수 없다. 하지만 파르젠은 극적 요소를 화려함과 길이로 벌충하고도 남는다. 경관 또한 유럽 최고 가운데 하나다. 유럽에서 가장 오래된 스키 경주, 파르젠 더비는 유럽 정규 코스에 속하지는 않지만 거의 대부분이 열정적인 아마추어, 희망적이거나 또는 그 반대로 더 이상 희망적이지 않은 남성 및 여성, 젊은이와 늙은이로 이루어진 600에서 700명의 참가자를 매년 유치한다. 코스가 퀴블리스Küblis까지 내려가면 최고 실력자도 거의 12분 걸린다. 참고로 통상적인 활강이 2분 안쪽이다. 요즘은 코스 절반쯤 되는 지점에 있는, 동떨어진 산장 콘터스슈벤디Conters Schwendi가 결승선이다. 그리고도 여전히 6킬로미터가 넘으니, 길기로 유명한 정규 활강 코스인 벵엔의 라우버호른보다 거의 두 배 길다.

육칠십 년 전 초기에 더비에는 오로지 출발선과 결승선밖에 존재하지 않았다. 경주자는 내키는 대로 내려갈 수 있어서 지름길과 가속용 내리막을 아는 지역민에게 유리했다. 제대로 표기한 코스를 만든 이후에도 지역민은 여전히 이겼다. 다리

힘이 빠질 만큼 긴 코스에 익숙했기 때문이다. 국가 대표 팀이 참가를 중단하자 파르젠 더비는 일반인과 노인 부문으로 갈린 일종의 지역 경주로 바뀌었다. 경주는 아침 9시에 시작하고 참가자들은 30초 간격으로 내려가 오후까지 계속한다. 긴 경주 기간 동안 코스 조건은 종종 바뀌고, 때로 날씨도 그렇다. 체사그리슈나에서 스포츠 용품점을 운영하는 코르비 보너라는 남자가 긴 경주의 최종 우승자였다. 더비에 여섯 번 참가해서 최고 2, 3위까지 올랐지만 마지막 시도 전까지 우승은 못했다. 그의 기록은 11분 30초 정도였다.

산의 한쪽에는 클로스터스, 반대쪽에는 다보스가 있다. 어느 쪽에서도 올라갈 수 있다. 클로스터스에서는 마을 중심 기차역에서 떠나는, 오직 한 대뿐인 고트슈나Gotschna 케이블카를 탄다. 때로 30분에서 45분까지 대기가 있다. 올라가면 줄지어 늘어선 나무 위로 온갖 리프트가 딸린 훌륭한 개방 슬로프가 열린다. 그 위로는 연결된 두 정상, 바이스플루요흐Weissfluhjoch와 바이스플루기펠Weissfluhgipfel이 있다. 후자는 2816미터로 인근에서 최고봉이다. 두 번째 케이블카로 정상과 파르젠 더비 출발점에 올라갈 수 있다. 서두를 필요가 없다. 코스는 길다. 군중으로부터 떨어져 순수한 공기 속에서 잠깐 머물 수 있다. 어느 방향을 봐도 희미하고 푸른 봉오리가 있다. 다른 나라인 오스트리아나 이탈리아에 속하는 것도 있다. 공허함, 고요함과 추위 모두가 하얗게 빛난다.

*

가장 어려운 첫 내리막이 시작하자마자 두 봉우리 사이에 있는 일종의 도랑이 나온다. 하지만 지나고 나면 완만한 구간 ─ 도끼로 ＿ 을 만나게 되고, 어떤 경우라도 평균 스키 실력이면 쉽게 탈 수 있다. 스위스인은 이 꼭대기를 슈베어schwer, 전문가급이라고 평가한다. 나머지는 전부 미텔슈베어mittelschwer다. 별로 어렵지 않다.

아주 빨리, 상부의 끝에서 크로이츠베크Kreuzweg라 부르는 오래된 순찰 파출소가 나타난다. 이름이 말하는 것처럼 경로가 여러 갈래로 갈려 내려간다. 파르젠 코스는 슬로프의 왼쪽 어깨를 넘어가고 더비 직활강로라 부르는데, 2월의 대회 주간에는 붐비지만 평소에는 눈만 좋다면 언제든지 탈 수 있다. 이 직활강로의 아랫부분은 깊은 협곡이고 시합 날에 관리단이 눈을 메우기 전 엄청난 충돌이 일어났던 지점이다.

절반쯤 내려가면 나무가 시작되고 얼마 내려가지 않아 내리막의 밑에는 표지에 쓰인 것처럼 "서 1931 기"에 지은, 간단한 헛간 같은 산장인 콘터스슈벤디가 있다. 추위에 있다가 들어가면 풍부한 음식 냄새, 따뜻하고 붐비는 부스, 웃음, 유리와 식기 달그락거리는 소리 같은 훌륭한 광경을 맞게 된다. 장화를 벗는다. 소시지 수프. 뢰스티Rösti(노릇하게 지진 맛있는 감자)와 달걀. 고명 없은 앙트르코트entrecôte.

그러고 나서는 가지에 눈이 쌓인 짙은 색 나무를 헤치고 내려간다. 스키가 스치고 지나가며 내는, 부드러운 쉭쉭 소리만 들린다. 여기에서 코스에 얼음이 낄 수도 있지만 지형의 평원과 나무 사이의 공지를 헤치고 벌목 길과 나무다리가 놓인

그때 그곳에서

지형을 넘어간다. 어렵지는 않지만, 짧고 인공적인 코스로 이루어진 현대 스키가 대부분인 시대라 언제나 다채롭고 실감난다. 눈 덮인 건초 길을 따라, 들판을 지나쳐 콘터스 마을의 똥과 건초 냄새 밴 헛간을 지나 내려가고 또 내려간다. 생명하나 안 보이는 집을 이따금씩 지나 마침내 종점인 퀴블리스에 이른다. 잠깐 폴에 기대어 섰다가 스키를 벗어 길 건너 기차역까지 이고 간다. 기차는 매 20분마다 출발하고, 클로스터스까지 그만큼 걸린다. 얼마나 걸렸는지 기다리는 동안 물어본다. 슈벤디에서 보낸 시간을 빼면 40분에서 한 시간? 그렇게 힘든 활강은 아니다. 어렵지 않은 코스니 도전하고 싶다면 드로스토벨Drostobel 산 어깨에서 떨어져 고트슈나 케이블카 오른쪽으로 내려가거나 아니면 케이블 바로 아래이며 더 어려운 방Wang으로 가면 된다. 파르젠은 그저 아름다운데, 한겨울인 12월이나 1월에 눈이 내리고 아마 저 아래 집들이 이른 황혼 속에서 불을 켜면 더욱 그럴 것이다. 겨울의 심장은 최소한 내게 스키를 타는 최상의 원천이었다. 고전적인 모습들과 순수한 기쁨의 원천. 눈과 추위, 그 모든 것이 얼어붙고 환해지며, 마지막 질주를 끝낸 저 아래쪽에서는 모닥불의 온기가 기다리고 있는.

*

클로스터스의 중심가는 큰 회색 호텔 베레이나에서 시작하고 체사그리슈나, 기차역, 슈퍼마켓, 유리와 강철로 지은 은행

건물과 소규모 상점을 지나 거의 1마일 뒤에 콘도미니엄과 언덕바지 아파트에서 끝난다. 헛간과 오래된 목조 주택이 있지만 대부분 마을의 다른 부분이고 건축의 분위기에 일조하기 않는다.

기차역과 케이블카 건너편에는 현대적이며 인근에서 가장 대규모인 알피나 호텔이 있다. 아래로 강 건너에는 실브레타 Silvretta 호텔이 있는데, 1880년대에 다보스로부터 여름에 영국 관광객을 끌어 오고자 함께 지은 베레이나와 더불어 여전히 최고다. 또한 강가에는 아바헬스 Aaba Health라는 큰 새 호텔이 있다. 위치가 그렇게 좋지는 않지만 클로스터스로 가는 길에 있는 발저호프 Walsserhof는 모든 호텔 중에서 최고로, 훌륭한 레스토랑인 발저스투버도 갖추고 있다.

마을의 반대쪽 끝이자 등반로에는 작은 호텔 가운데 가장 친근한 비네크 Wynegg가 아주 인기 많은 레스토랑과 함께 있다. 영국인이 가장 좋아하는 레스토랑으로 예전에 찰스 황태자가 머무르기도 했다.

유럽 대륙에서 겨울 스포츠, 특히 스키의 인기를 일으킨 건 영국인이지만 요즘 영국인은 소수다. 클로스터스에 찾아오는 대부분은 스위스인이고 독일인, 마침내는 10퍼센트 정도일 미국인이 찾아온다. 거의 모두가 차를 몰고 오지만 기차를 타고 오면 엄청나게 편하다. 그리고 예를 들어 알피나나 체사에 머무른다면 임대 기차를 길 건너 기차역에 끌고 오는 거나 마찬가지다. 1920년대까지만 해도 농부들이 막아 그리송 Grisons에 차를 몰고 오는 게 금지됐었다. 요즘 새로운 주택, 호텔, 콘도미

니엄 없는 마을을 떠올리는 것만큼이나 상상하기 어려운 일이다. "단순 배관공도 죄 백만장자가 되죠." 호텔 소유주 한 명이 의견을 밝혔다. "모든 건축가도요. 스위스에서 건축가는 명망 있는 직함이 아니에요. 모두가 자칭 건축가니까." 그는 침울하게 말을 보탰다.

하지만 정상에서 몇 킬로미터나 계속되는 길고 긴 코스, 눈에 갇힌 겨울 풍경을 달리다 보면 옛날 같은 느낌이 든다. 저 아래 멀리 계곡에 자리한 집들, 빠르게 내닫는 흔적이 스키 밑에서 영원할 것만 같다.

불멸의 나날

몇 해 전 여름, 공룡 발굴터를 찾아 콜로라도 서부의 드베크DeBeque라는 작은 마을에 들렀다. 식료품점, 오래된 자동차 정비소, 우체국과 바가 있었다. 도로 시공 도중 발견되었다는 4000만 년 묵은, 거북이라 추정되는 동물의 화석이 창고에 있다는데도 아무도 공룡에 대해서 모르는 것 같았다. "아먼드 드베크한테 가서 물어보지 그러세요" 하고 다들 말했다.

아먼드 드베크Armand DeBeque, 1912~1998는 마을 어귀 잘 관리한 주택에 살았지만 집에 없었다. 우리는 그가 저널리즘을 가르친다는 고등학교로 찾아가 만났다. 그는 졸업 앨범(연감)을 만들고 있었다. 그는 예순여덟이었고, 남북전쟁 이후 불하 받은 땅에 드베크를 설립한 이의 아들이었다. 그는 아버지가 참전했다고 말했다. 할아버지시겠죠, 라고 나는 다시 물었다. 아뇨, 아버지입니다. 그가 답했다. 아버지는 1840년에 태어났고, 그를 일흔둘에 낳았다. 한 세대 만에 콜로라도 주, 거의 서부의 역사를 가로질렀다.

콜로라도는 둘로 나뉜다. 동부는 평평하며 미국을 먹이는 위대하고 비옥한 심장부다. 덴버가 이 평야의 마지막 도시다. 그곳 호텔 창문으로 서쪽을 보면 산이 벽처럼 솟아 있다. 로키 산맥이다. 산 아래에는 광산촌을 이룬 엄청난 은 광맥이 보인다. 이 고립된 지역에서는 거의 모든 공정이 손으로 이루어졌다. 나무를 베고 터널을 파고 수직과 수평의 갱도에 부목을 댔다. 때로 황야 깊숙이 쌓인, 풍화된 광미鑛尾 무더기에서 광산의 잔재를 찾아볼 수 있다. 애스펀에서 크레스티드뷰트 Crested Butte 가는 산길에 광산이 여러 군데 있다. 길이나 마을에서 멀리 떨어진 곳의 노동이 얼마나 고된지 상상하기란 어렵지 않지만, 기억되는 것은 이따금 찾아지는 광석의 순도와 덩어리의 크기뿐이다. 한 유명한 경우는 순은이 950킬로그램이 넘었다.

크레스티드뷰트까지는 걸어서 하루가 걸린다. 이른 아침 출발점을 지나는 길은 좁지만 잘 나 있다. 그러다 점진적으로 잦아들기 시작해 마침내 수목한계선 위로 높은 평원을 거쳐 방향을 잃고 헤매다가 평평한 마지막 바윗길을 지나간다. 고지대라 공기가 희박하다. 눈이 마르고 피부는 가렵다. 야생과 달 뜬 푸른색의 하늘에 둘러싸인다. 친구 하나는 길 끝에서 어렵게 걸어 내려오는 두 여인과 마주친 적이 있다. 여호와의증인으로 굽 높은 구두를 신고 있었다. 그들은 마을로 향하는 길을 궁금해했다.

로키산맥 너머 주州 끝은 셰일 석유 부지로서 유타 주로, 북쪽으로는 와이오밍 주로 이어지는 지탁地卓꼭대기가 평평한, 벼랑처럼 솟아오른 언덕이다. 몇 배 킬로미터에 이르는 시름디운 쌔의 뜨거운 땅에 종종 프루타Fruita나 팰리세이드Palisade 같은 농업 공동체가 있다. 이를 뚫고 그랜드캐니언을 형성하고 멕시코와 캘리포니아 만에 물을 대는 콜로라도 강이 흐른다. 물은 서부에서 가장 중요한, 금이나 은보다 더 귀중한 자원이다. 광물은 캐가더라도 땅이 남지만 물은 사라지면 아무것도 남지 않는다. 땅에는 물의 권리가 딸려 오니 조심스레 규정되고 종종 대립도 벌어진다.

그렇다, 아름답다. 젊기 때문에 여전히 아름답다. 열려 있고 광활하며, 일상적인 방식으로 망가지지 않았다. 인간의 손길로 세운 것들도 땅을 압도하지 않으니 땅은 품위를 지킨다.

최근 약 50년 전까지 콜로라도는 고립된 시골이었고 대체로 정직한 지역이었다. 나는 평생 애스펀에서 산 늙은 판사를 안다. 그는 쇠락한 광산 마을부터 전설적인 휴양지까지 모든 변화를 보았다. 그는 구식 옷을 입고 평범한 집에 살고 체납 세금이 싸던 시절 부동산을 많이 모아 부자였다. 그만 보면 옆걸음질 치곤 했던 여인이 판사가 트위드 바지를 입고 길거릴 돌아다니는 걸 보고 말했다. "나는 당신이랑 달라요. 생존을 했죠. 남편을 열 둬봤고, 매음굴도 운영했고, 안 살아본 데가 없고, 삶을 두루 경험했어요."

콜로라도가 그렇다. 별 곳도 아닌데 부유하고, 이제는 세계가 몰려온다.

여름내 실외에 머물렀던 것 같다. 숲속, 헌터Hunter나 머룬크릭Maroon Creek의 나날, 로어링포크Roaring Fork의 오후. 모든 주에서 하이킹을 할 수 있고 숲과 하천이 존재하지만 콜로라도에서는 규모가 다르다. 주머니에 넣을 수 없다. 산은 하천에서 치솟았는데 그 건축이 광활하다. 며칠 동안 걸어도 다른 인간, 심지어 야영장 하나 볼 수 없다. 호숫가나, 한 세기도 안 되었으나 묘비가 벌써 기울고 절반은 지워져 버려진 공동묘지에서 지낼 수 있다. 연중 그렇듯 날씨는 완벽하다. 위대한 온화함, 땅은 마르고 나무는 한숨 쉰다. 우리는 부드럽고 소나무 둥치의 그늘에 누워 얼굴을 지면에 대고 잠에 빠진다. 개울로 낚시하러 간다. 완벽하고 날씬한 갈색 뱀이 서늘한 곳으로 서둘러 물러나서는 바위와 덤불 사이에 똬리를 튼다. 녀석은 망설이더니 우리가 보러 다가가자 연기처럼 사라진다.

서부의 크나큰 해가 진다. 뉴멕시코와 애리조나를 훤하게 비추는, 캘리포니아에서 숭상하는 성스러운 태양이 향유고래가 죽어가면서 배를 뒤집는 방향으로 사라진다.

한 시간의 서늘함, 한 시간의 기우는 빛. 노란 도로 청소차들이 갓길을 따라 주차되어 있다. 은색의 관개수가 치솟는다. 우리는 운전 중이다. 길은 매끈하고 검은색이다. 수망아지가 어미 말과 어두워진 들판을 질주한다. 언덕의 녹색이 희미해지고 평원은 연못처럼 변한다. 산은 푸르고, 온화함과 장엄함이 외경심과 함께 깃든다.

이것이 오스카 와일드가 둘러보고는 오페라하우스 무대에 서서 공단貢緞 정장과『첼리니의 자서전The Auto-biography of Benvenuto Cellini』을 광부에게 읽어주던 지역이다. 광부들은 그가 탁자 밑에서 술을 먹이던 능력에 더 감명했다. 그들은 오스카 와일드가 다음 해에 첼리니와 함께 돌아오기를 바랐다. 그럴 수 없노라고, 첼리니는 죽었다고 와일드는 설명했다.

"누가 쐈습니까?" 그들은 알고 싶어 했다.

*

광산을 오가던 철도는 파산해 사라졌다. 콜로라도 미들랜드Midland는 애스펀 근처 버솔트Basalt에서 레드빌까지 터널을 지나 콘티넨털디바이드Continental Divide, 대륙 분수령 꼭대기에서 동부 비탈을 타고 콰이 강의 다리보다 더 큰 목조 구름다리를 건넌다. 나는 고지대에서 나타났다 사라지는 노반을 따라 그 경로를 걸어보았었다. 철로는 물론 침목조차 사라졌다. 철둑만 남았고 간헐적으로 한 번 잘라낸 풀이 두 번째 성장을 겪어 나무를 뚫고 나 있었다. 우리는 첫 밤을 야영하고 다음 날 정오에 디바이드 근처에 이르렀다. 노반은 보기가 어려웠다. 쉰 번의 겨울 속에서 지워졌고, 평원에는 오래된 굴착 자국이 여전히 남아 있었다. 그 끝—처음에는 돌무더기 같았다—에 터널 입구가 있었다. 그곳은 침수되었다. 춥고 오래된 공기가 어둠 속에 맴돌았다. 두께 35센티미터 목재가 떠받든 지붕은 튼튼해 보였지만 표면 아래가 썩었는지 확인할 길이 없었다. 물은 8월임에도 살얼음이 끼어 있었다.

고작 몇 십 미터 위로 분화구가 있었다. 왜 이토록 정상 가까이 터널을 뚫었을까? 정상에 이르렀을 때 알 수 있었다. 산의 저편이 가파르게 무너져 있었다. 당최 뭐라도 지을 수 없어 보였다. 터널 출구의 흔적이 없었는데, 한참을 내려가 거대한 바위들이 있는 지역에서 출구를 찾았다. 비탈에서 굴러떨어진 바위들로 몇몇은 트럭만 했다.

옛 사진에서 너무나도 아름다웠던 구름다리는 사라졌다. 지면에 목재 몇 조각이 굴러다녔다. 다리의 그 우아함, 그 놀라운 강도, 이런 것들은 흔적조차 없었다. 프랑스 가르Gard에 로마인이 시공한 유명한 구름다리를 생각했다. 그건 석재나. 2000년이 지났지만 오늘날까지 버티고 있는데, 강바닥에서 한참 올라오는 최고층을 걷는 경험은 잊을 수 없다.

"퐁뒤가르가르 다리 알지?" 나는 물었다. 쌍둥이인 막내들과 함께였다.

"뭐라고요?"

아이들도 프랑스에 산 적 있지만 한참 전 일이었다.

"로마 수로교水路橋 말이야."

말이 없었다. 그들은 기억을 더듬었다.

"레드빌까지 얼마나 더 가야 돼요?" 그들은 궁금해했다.

맨 처음 광부들은 레드빌에서 출발해 인디펜던스패스Independence Pass. 콜로라도에 있는 산길에서 고생고생을 하며 1879년 애스펀에 왔다. 길은 포장되었고, 이제 한 치 여유도 없는 2차선이다. 차가 몇 백 미터 아래로 떨어질 수 있는 지점도 있다.

9월이 지났다. 빛이 바뀌고 있다. 일요일 오후 음악 친밀이 끝나면 남녀는 좋은 옷을 차려입고, 학생은 셔츠와 청바지 차림으로 콘서트로 거닌다. 개는 밖에서 신음한다. 테니스장은 이상할 정도로 비었고, 레스토랑과 바에서 사람들은 더는 줄을 서지 않는다. 목장주들은 말려 올라간 볏짚 모자를 쓰고 마을로 와, 바에서 몇 시간 동안 서서 술에 취해서는 분노에 휩싸인 듯 길고 고의적인 침묵을 섞어가며 말한다. 이는 누렇고 필터 없는 담배를 피운다. 땅을 팔아 부자가 됐을 텐데, 그게 삶을 망쳐놓았다.

언젠가는 훌륭한 도시가 될, 콜로라도 주에서 두 번째로 크다고들 말하는 그랜드정션Grand Junction으로 차를 몰아간다. 태양이 휘황찬란한 힘으로 때려 과수원의 나무들이 흐늘거리며 춤춘다. 고등학생들이 운동장에 누워 존다. 어린 소녀들이 작은 상점에서 어슬렁거리며 빠져나와 주유소에서 그들의 가까운 미래인 주부—머리를 말고 아름다운 다리에, 남편은 오렌지색 헬멧을 쓰고 '공사 중' 표지 근처에 서 있는—를 스치고 지나간다. 모든 삶의 공허함이 합창 소리처럼 올라와 시골을 더 아름답게, 세월에도 변치 않고 슬프게 만드는 듯하다.

시간이 지나며 빛이 점점 더 강렬해지는 것 같다. 밤은 더 춥다. 들쥐가 목초지를 떠나 헛간으로 들어가기 시작한다. 코요테는 사치스러운 꼬리를 기른다. 빛나는 햇빛 속에서 일렁이는 금빛의 반라 소녀들이 응원봉을 휘두르며 경기장 가장자리의 연주대에서 빠져나오고, 콜로라도 대학 미식축구 팀이 인조 잔디로 달려 나온다. 여름 내내 함께했던 목수의 망치 소리가 더 뜨겁게 달아올라 공중에 퍼진다. 어디에나 건물을 세운다. 케루악이 노래 불렀던, 지저분한 라리머Larimer가는 사라졌다. 이제 근처에 큰 아파트가 있는 관광지다. 검은 유리와 스테인리스의 탑이 덴버에 솟아오른다. 공항은 국제선에 취항하고, 건조함과 순도 때문에 결핵 환자에게 추천했던 공기는 이제 도시 전체에서 흙처럼 갈색이다. 겨울이면 커다란 대접을 뒤집어놓은 듯하다.

하지만 그건 동쪽 경사고 멀리 떨어져 있다.

어느 해는 실트Silt. 흙모래라 불리는 마을의 골짜기에서 지붕 덮는 일을 도와줬다. 나무 위 높이 올라갔다. 먼 목초지, 사방의 산, 눈이 좀 쌓인, 멀리 떨어진 사일로의 반짝임까지 경치가 끝내줬다. 해는 아주 뜨거웠다. 망치질은 강력한, 거의 환각제 같은 효과를 냈다. 푸른 하늘, 따스함과 어울려 황야의 집짓기라는 행위가 신비로움의 일부가 된 느낌이 들었다. 소유주의 배우자 달린과 두 아이가 집이 완공될 때까지 아래 천막에 머물고 있었다. 천막엔 가구를 들였고 그늘이 있었으며 베두인족의 천막을 연상시키는 동양풍 깔개가 땅에 깔려 있었다. 친구 형제가 한번 와서 별 감흥을 못 받고 말했다. 산만 없으면 정확히 뉴저지 같겠구먼.

*

나는 부에나비스타와 테일러 호수, 듀랭고, 포트콜린스Fort Collins의 가을을 보았다. 거위들의 멋진 대열이 남쪽으로 이동하는 크레스티드뷰트와 이글Eagle의 가을도 보았다. 하지만 대부분은 애스펀의 가을이었다.

그러고 가을이 다가온다. 말이 움직임 없이 서서, 따스함을 빨아들이며 마지막 나날을 보낸다. 털이 무거워진다. 얼굴에도 부드럽고 굵은 모피가 자란다. 귀를 기울이면 꾸준하고 고요한, 풀을 씹는 소리가 난다. 나는 사과의 과심을 가져다주러 길 건너 조랑말을 맡긴 이웃의 목장에 간다. 말은 게걸스레 먹는다. 젖은 혀가 들락날락하고 주둥이에서 침이 떨어진다. 늙은 여인처럼 약간 자란, 성긴 턱수염이 났다. 숨결은 어지럽도록 달콤하다.

언제나 마지막 순번인 것 같은 한 가지가 남아 있다. 장작패기다. 나도 내가 왜 미루는지 모르겠지만, 트럭을 빌리기 골치 아프기 때문이리라. 사슬톱을 꺼낸다. 여느 때처럼 제대로 소제가 안 되어 있다. 톱날은 글쎄, 썩 나쁘지는 않지만 혼자 만지거나 몇 달러면 면도날처럼 벼려주는 조 보게슨에게 가져간다. 조 보게슨은 1934년 인디펜던스패스 확장을 도왔다. 이제 집 꼭대기에 올라가 지붕을 고치고 있다. 집은 1915년에 산 이래 계속 주저앉고 있다고 그는 말한다. 콜로라도엔 그 같은 사람들이 많았다. 애스펀도 마찬가지였다.

원래 벌목장이었던 아스팔트가 레나도Lenado로 향하는 긴 흙길로 바뀐다. 오두막, 주택, 고장 난 가솔린펌프가 있고, 이 모두를 지나 라크스퍼Larkspur 산에서 길을 나서면 어린 딸과 내내 둘이서만 살고 있는 캐시 램의 티피원뿔형 천막가 있다. 그녀의 등 굽은 말은 작은 골짜기에서 풀을 뜯는다.

캐시의 집을 넘어서면 주거지도 아무것도 없고 위로 올라가는 도로를 따라 경치가 넓어지며 피라미드, 머룬벨스 같은 면 봉우리가 모습을 드러낸다.

숲에서는 서 있건 누워 있건 오직 죽은 나무만 자를 수 있다. 20미터에 이르는 깨끗하고 질 좋은 나무는 자연적으로 한참 들어가야 있다. 기적적으로 간과된 나무를 때로 멀리서 볼 수 있지만, 가까이 가면 길에서 겨우 6미터밖에 안 되는 가파른 경사면에 자라 있다.

하루 종일 장작을 자르고 다듬어 120제곱센티미터 면적에 쌓는다. 톱밥이 옷과 얼굴을 뒤덮는다. 나무를 주워 모으는 것 말곤 별다른 노동이랄 게 없는데 부와 행복감을 주므로 옷이 더러워져도 만족스럽다. 눈보라와 칠흑의 추운 밤을 불이 타닥거리는, 그 자체로 만족스러운 소리로 채운다.

장작은 한 다발에 25달러씩 팔기도 했다. 이제 숲 마을에서도 200달러나 해서, 바른 줄로만 알았던 남자가 산장의 크고 사치스러운 무더기에서 몇 점 슬쩍했노라고 고백하는 것도 들었다.

옛사람들은 대부분 떠났지만 이곳을 규정하는 이들은 몇 남아 있다.

지인으로 예전에 해양생물학자였던 이는 산자락에 낀 골짜기로 내려와 집을 지을 때까지 오랫동안 작은 아파트에서 살았다. 지금은 날씬하고 탔으며, 팔다리만 금색에 가까운 털로 덮여 있다. 그는 책, 음반, 식물, 피아노, 엽서, 공구 들에 둘러싸여 산다.

나는 뭔가 할 줄 아는 새 있고 나무와 엔신 무뭄의 이름을 알며 구름과 바람의 움직임의 의미를 아는 남자를 좋아한다. 시간이 걸리고 고독하게만 습득할 수 있는 지식을 존경한다. 무엇보다 소유를 우선으로 삼지 않는 남자를 좋아한다.

그는 이 지역의 모든 산을 올랐고 모든 길을 걸었으며 무릎 꿇고 계곡물을 마셨다. 그는 결혼한 적이 있다. 여자들에게 인기가 많다. 여흥에 능하다. 하지만 삶이 그를 재촉하지는 않는다. 그는 친숙한 탁자라도 되는 양 삶에 올라앉는다. 겨울이면 스키 순찰대의 눈사태 구역 팀장으로 일한다. 여름이면 무언가를 짓는다.

다른 이들이 도시로 떠나고 구경꾼들이 새로움을 찾아 나설 때에도 나는 그가 여전히 거기 있을 거라고, 아침이면 혼자 일어나 지적이며 정감 있고 변하지 않는 체호프처럼 홀로 살고 있을 거라고 생각하기를 즐긴다.

*

겨울이 찾아온다. 예상치 못했는데 온화한 오후를 한 번 더 겪었다. 길이 막히기 전에 덴버에 또 한 번 들른다. 10월 어느 때인가—하루 만인 것 같다—숲이 금색으로 바뀐다. 산을 덮은 사시나무는 눈부시게 빛난다. 무언가 끝나가며 총력을 쏟아붓는다. 아침에 풀은 은색을 띤다. 나무는 헐벗는다.

내 삶의 여름이 막바지였을 때, 풍부한 경험으로 역사에 이름을 남긴 톰 프로스트와 함께 롱스피크Long's Peak의 동면을 올랐던 마지막 등반을 기억한다. 수직으로 뻗은 화강암 판, 롱스피크가 자갈 비탈과 빙하 같은 얼음을 넘어 한참 올라가야 하는 등반로 끝에 있다. 오랫동안 어렵다고 알려진, 다이아몬드라고 일컫는 중앙부가 남자들의 마음속에서 타올랐다. 이제 쉽게 오를 수 있지만 당시엔 내 능력 밖의 일이라 우리는 오래된 경로인 스테트너스레지Stettner's Ledges를 골랐다. 아주 놀라운 건 없으나 종종 노출된 장소—방해받지 않는 아래쪽 경치—는 으스스했다.

우리는 180미터 위에서 누워 잤다. 동쪽 평원 마을의 불빛이 밤새 빛났다. 다이아몬드의 불길한, 천정의 어둠이 옆으로 밀려났다. 북극성이 뜨고 졌다. 잤다고 말은 하지만 정말로 자는 사람은 없다. 하늘이 밝아오고, 푸른색을 되찾고, 낮이 찾아온다. 그날 오후 등정을 마쳤다. 롱스피크의 정상에서 북쪽으로는 와이오밍, 남쪽으로는 파이크스피크Pikes Peak를 볼 수 있다. 아름다운 하늘, 깨끗한 공기, 흥분된 성취. 걸어 내려오는 몇 시간이 꿈처럼 지나갔다.

*

우리는 기다리고 있다. 투표가 다가오고 있고 해리 호프먼 가게의 와인 할인과 아름다운 의상에 파티가 있는 핼러윈이 오고 있지만 우리는 다른 걸 기다리고 있다. 우리는 기다림에 거의 지쳤다. 시간이 됐다. 그리고 마침내 하루의 끝에 다가선다. 저무는 빛. 어디서 오는지 모르게 눈이 내린다. 말들이 등에 고운 켜를 입는다. 길이 지워지다. 하얀 저녁을 헤치고 다니는 오리의 희미한 소리가 할람Hallam 호수에서 들려온다. 우리는 창에 불이 켜진 집으로 걷는다.

*

밤새 눈이 내린다. 이른 아침 철책 끝에 담뱃재처럼 길고 섬세한 고깔이 생긴다. 연기가 굴뚝에서 솟아오른다. 한 줄짜리 타이어 자국이 길에 놓인다. 만찬이 찾아온다—추수감사절, 크리스마스. 불멸의 나날이 시작된다. 이내 리프트가 열리고 산 높은 곳에서 어떤 질주가 시작되면 누군가의 발 사이로 마을은 누울 것이다.

나는 유럽과 스키 배우기를 생각한다. 상트안톤에 있던 그때 산에서 본 70대 남녀를 기억한다. 삶의 마지막 겨울에 원기왕성하고 순수하게 스키를 탄다는 게 그들에게 야망이고 꿈인 것 같았다.

오스트리아 국가 대표와 스키를 함께 탄 적이 있다. 그녀는 쉰을 넘겼고 몸이 예전 같지 않다고 불평했다. 그녀는 바람처럼 스키를 탔다. 가장 좁고 가파른 코스를 골라 1분 안에 사라졌다. 멀리 떨어진 그녀의 등을 쫓아가려고 애쓰는 사이 리프트 타워도 나무도, 아무것도 못 보았다. 그녀의 뒤에서 남편이 위험하게 넘어지며 거품기로 휘젓듯 눈을 거칠게 날렸다.

그의 몸은 넝마처럼 주저앉았다. 그는 멈춰서 꼼짝 않고 누워 있었다. 우리는 스키를 타고 올라갔다. 그는 눈을 떴고, 그녀는 웃기 시작했다. 그녀는 그가 세상에서 가장 웃긴 행동이라도 한 양 배꼽을 잡고 웃었다. 그를 일으켜 세우면서도 웃었다. Schadenfreude ist die schoenste Freude. 최고의 행복은 남의 불행이라고 그녀는 설명했다. 그는 몸을 털며 말했다.

"Ja.(그렇지.)"

나는 팔, 다리, 발 그리고 어깨를 애스펀에서 부러뜨렸었다. 고통이 잦아들기를 바라며 새벽 3시에 수없이 했던 뜨거운 목욕. 부상당한 장소는 절대 잊히지 않는다. 바닥에 등이 닿은 채 가속이 붙어 머리부터 미끄러져 내려가던 젠틀맨스리지 Gentleman's Ridge 부근에서 낯선 감정을 느꼈다. 어떤 코스들은 이름만 들어도 심장이 더 빨리 뛴다. 매그니피코Magnifico, 스티플체이스Steeplechase, 엘리베이터섀프트Elevator Shaft. 모굴비탈길의 눈 둔덕과 스키 자국 없는 빈터. 끝나지 않을 행복에 흠뻑 젖는다.

글렌우드Glenwood와 베일에도 눈이 내리고 있다. 눈이 덴버를 지나, 평원을 지나 네브래스카마저 휩쓸고 있다. 일몰의 마을 불빛, 스키 코스에 내리는 어스름, 겨울의 긴 나날이 찾아왔다. 제롬 호텔의 바에 사람들이 모였다. 큰 창문에 김이 서린다. 한 시간 뒤 웨이터가 될 젊은 남자들이 옷을 갈아입으러 간다.

우리가 사는 것은 삶이 아니다. 영원해 보이지만 그렇지 않다는 걸 잘 알기에 아름다운, 삶의 보상 같은 것이다.

승리 아니면 죽음

　무거운 신발과 빌린 바지 차림으로 샤모니Chamonix를 처음 올랐다. 우리는 호텔에서 안락하게 살았다. 각국에서 찾아오는, 자신감 품은 진짜 등반가들은 야영장이나 대피소에 있었다. 그들은 잘생기지 않았고, 추레하고 강인해 보였다. 나는 갖가지 장비—가게를 가득 메우는—가 있다는 걸 알았고 등산 농담도 처음 배웠다. 일본인들이 많아 어디에서나 볼 수 있었는데, 그들은 등산로에 떼로 몰렸다. 그중 한 명이 추락하며 영국 등반가를 지나치자 그가 동행에게 이렇게 말했다. "공기에 왜놈이 낀 것 같은데."

　인덱스Index, 코스믹Cosmic의 일부인 피스트베르트Piste Verte, 플로리아Floria를 등반했는데 전부 너무 쉬워 기억에서 사라졌다. 첫날 한두 시간 탔던 붐비는 연습용 절벽은 아직도 기억난다. 8월이었고 뜨거웠다. 나는 등산용 안전 멜빵을 입고 밧줄을 채웠다. 설명 몇 마디를 듣고 시작했다. 땅에서 3미터 오르자 겁나기 시작했다. 땀에 흠뻑 젖었다. 안전한지 알 수 없는 손잡이를 찾아 디딤고 놓쳤다. 고뇌와 불확실함에 휩싸였다. 쉬워 보였는데 헤쳐나갈 수 있을지 믿을 수 없었다.

가장 훌륭한 순간에 등반은 시련이고, 대부분의 시련이 그렇듯 사람을 거기에 바싹 결속시키는 힘이 있다. 사람들은 모두 끝난 뒤의 승리를 기억하지만 그건 행복처럼 막연한 것이다. 절망의 순간이 훨씬 더 생생하고 잊히지 않는다. 최소 두세 지점 앞서, 아무것도 없이 횡한 공기만 아래 펼쳐진 노출된 장소에 있다고 해보자. 아래에는 아마 작은 차와 트럭이 지나가는 길이 있을 것이다. 당신은 아주 작은 점 위에 서 있고 그보다 더 작은 걸 잡고 있으며, 발을 뻗어 손마디 크기 지점에 올려놓아야 하지만 움직일 수 없다. 당신은 서너 번 시도하다가 떨어질 뻔했거나 아니면 이미 떨어져 팔이나 다리가 부러진 적이 있다. 자신감을 깡그리 잃은 상태다. 힘은 빠지고, 뭔가 더 중요한 것이 줄어들기 시작한다. 믿음. 그 자리에 공포가 치고 올라온다. 지탱하는 다리가 덜덜거리기 시작한다―재봉틀 다리가 된다. 왼쪽엔 아무것도 없고, 오른쪽에는 손가락을 넣기에 너무 얇은 틈뿐이다. 당신은 찾고 또 찾아보았다. 이를테면 붙잡을 곳, 어떤 결합을. 뭔가를 보고 지나친 게 분명하지만 무엇이었는지 찾을 수 없고, 내려갈 수도 없다. 다운클라이밍은 훨씬 어려운 일이다. 내 숨소리가 들리고 내 떨림을 자각하게 된다. 절대적으로 혼자다. 도와줄 사람도 없다. 여기 아닌 다른 곳에 있을 수만 있다면 무엇이라도 감수하려 들 것이다.

그때 그곳에서

육상 선수는 탈락하고 비칠거릴 수 있다. 야구 타자는 헛스 윙을 할 수 있고, 테니스 선수는 전력 쏟기를 포기할 수 있다. 가장 높은 수준의 권투 선수조차 포기를 할 수 있다. 등반의 핵심은 때로 탈출구가 없다는 점이다. 포기가 불가능하다. 로 베르토 두란Roberto Durán, 1951~. 파나마 권투 선수이 등반가였다면 추락사했을 것이다. 과장된 위험보다 이 점이 등반에 더 힘을 실어준다. 등반은 원시적이어서, 멍청하고 마초에 이기적일 수 있는 등반가들도 한 가지 공통점을 지니는데, 자신의 영혼, 말 하자면 자신의 품성에 관해서 알게 된다는 것. 물론 대가를 치러야 얻을 수 있으니 스스로를 밀어붙여야 한다. 가장 즐거 운 경우라도 등반은 도전이다. 도전이 없다면 의미도 없다.

나일론 밧줄, 너트, 갈고리, 카라비너, 한마디로 장비가 필요 한 등반은 산술적으로 등급을 매기는데 원래 5.0에서 5.10 사 이였다. 지금은 한때 불가능하다 여겼던 영역을 포함하고자 최고 등급이 5.13이나 5.14로 상향됐다. 완전히 경험 없는 이는 약간의 교습으로 예컨대 5.5에서 시작해 곧 5.6이나 5.7을 오를 수 있다. 그 뒤로는 급격히 어려워진다. 5.11은 거미 인간을 위 한 것이고, 5.12나 5.13은 거의 믿을 수 없는 수준이다.

전력을 다하지만 5.8을 넘지 못하는 등반가들이 있다. 대척 점에는 성인聖人이자 선각자로 요세미티나 엘도라도캐니언에 살며 매년 300회 길고 위험한 경로를 단독으로, 밧줄도 없이, 유한한 인간이 갈 수 있는 곳 이상을 등반하는 철인들이 있 다. 대부분의 영웅처럼 그들은 일상 환경에서는 드러나지 않 는다. 그들은 위대함을 입고 다닌다. 실패의 가능성을 인정하려 들지 않는다. 나는 유명한 단독 등반가에게 안전의 가능성이 거의 0에 가까울 때 두려워한 적이 있느냐고, 그럴 때 무엇을 생각하느냐고 물어본 적이 있다. 그는 겨우 60센티미터 올랐다고 암시하며 걱정 없는 척한다고, 그러면 먹힌다고 말했다. 그는 아이거 북벽을 그렇게 단독 등정했다.

등반은 엘리트 스포츠라는 점에서 매력적이지만 부자를 위한 종목은 아니다. 19세기 영국 상류층에게 인기를 끌고 귀족적 명성을 얻었지만 노동계급이 장악했고, 미국에선 학생, 의사, 낭만주의자 등 모든 계층을 파고들었다. 신발 한 켤레와 허리에 두르고 밧줄을 매는, 나일론으로 직조한 스와미swami 허리띠만 갖추면 된다. 그것만 있으면 밧줄을 갖추고 파트너를 찾는 사람을 아래에서 기다릴 수 있다. 일종의 캐디가 되어주는 것으로, 이것이 등반을 배우는 고전적인 방법이다. 등반 학교에 갈 수도 있다. 하지만 미래의 등반 챔피언 후보는 바닥에서 함께 올라가려고 끝없이 기다리는 아이들 중에 있다. 챔피언이라는 게 있다면 말이다. 등반은 그런 격식 위에 존재한다. 오직 전설을 향해 한 땀씩 나아가는 이름만이 다른 이름 위에 존재한다.

*

이른 아침에 길을 나섰다. 파란 하늘은 공허했고 로키산맥은 풍성하고 푸르렀다. 모니터록Monitor Rock이라는 곳으로 가고 있었다. 길은 끝이 없었다. 마침내 숲의 벽 위에 높이 걸려 있는 듯한 거대한 회색 물체가 멀리서 모습을 드러냈다. 우리가 다가가자 그것은 천천히 땅으로 내려오며 작아졌다. 우리는 솔숲을 헤치며 솔잎과 짙고 마른 땅을 밟고 걸어 올라갔다. 전진기지에서 바위는 교회 첨탑보다 높이 솟은 듯 보였다. 로빈스Royal Robbins, 1935~2017가 서서 올려다보고 있었다. 긴 등반이라고 그는 말했다. 몇몇 구역은 나에게 어려울 거라고.

"얼마나 어려울 거라는 이야기인가요?"

"5.8입니다." 그가 짐작했다.

우리는 밧줄을 맸다. 나는 약간 불안했다—일단 발을 땅에서 떼면 쉬워진다. 그는 좀 더 서서 보다가 바위로 걸어가 등반을 시작했다.

불멸의 존재와의 등반. 오래 기다렸는데도 또 기다리며 올려다본다. 그가 절벽 너머로 사라졌다. 때로 밧줄이 생명을 얻은 듯 요동치다가 똬리를 튼 땅에서 끌려 올라갔다. 그는 시작부터 내가 자일을 매도록 두지 않았다.

위대한 단독 등반가가 땅 근처에서는 불안하다고 내게 말했다. 나는 이해했다—땅은 겁을 주고, 사람을 놓아주길 망설인다. 때가 왔을 때 나는 등반을 시작했다. 첫 구간은 어렵지 않았으나 두 번째는 달랐다. 꽤 긴 침니절벽 등에 있는 좁고 가파르게 갈라진 틈에 이어 짧고 아무것도 없는 횡이동 구역, 얕은 함몰 구역이 나타났다. 이미 한참 올라간 상황이었다. 그가 횡이동 구역 바로 위에서 기다리는 걸 보았다. "지금까지 한 등반 가운데 최고 난이도입니다" 하고 그가 첨언했다. 황홀한 말이었다. 불안한 마음에 와 닿았다. 우리는 골짜기를 올려다보았다.

꼭대기 근처에 큰 바위―꽉 붙어 있으리라 짐작하는―가 박힌 침니가 하나 더 있었다.

"조심하세요" 하고 로빈스가 충고했다. "왼쪽에 붙어 올라가고 만지지 마세요."

나는 고개를 끄덕였다. 그가 올라가려 준비하는 동안 나는 다른 걸 의식했다. 바람이 올라오고 있었다. 갑자기 구름이 낀다. 그가 올라가며 손으로 모든 걸 점검하는 모습을 올려다보았다. 종종 헐거운 돌이 있었다. 하지만 그는 아무것도, 거의 아무것도 밟아 떨어뜨리지 않았다. 나는 거기 서서 그에게 자일을 걸어주고 폭풍이 다가오는 파란 하늘을 보고 있었다.

캘리포니아 주 머데스토의 샌드위치 가게에서 로열 로빈스를 처음 만났다. 그는 침착하고 무뚝뚝했으며 입술에 일광 화상 물집이 잡혀 있었다. 우리는 그의 배경에 대해 이야기 나누었다. 그의 삶에서 일찍 사라진 아버지는 웨스트버지니아 주의 웰터급 챔피언이었다. 로빈스는 안경을 썼고 말라 보였지만 강한 인상을 풍겼다. 그는 미국에서 가장 유명한 등반가였다. 하프돔Half Dome의 역사적인 하강, 엘캐피턴El Capitan 단독 등정 여러 번, 거기다 다른 최고의 등정들도 기록했다. 순수하고 원칙을 준수하며 승부욕 있는 그는 10년도 넘게 미국 등반의 지도자 격 영혼이었다. 그는 랠프 월도 에머슨을 읽었다. 그는 품성을 믿었다. 자신의 품성은 어떻게 형성되었느냐고 묻자 로빈스는 유전일 거라 답하며 덧붙였다. "책도 있고요."

"어떤 책 말이죠?"

"대부분 개에 관한 책이에요." 그가 마침내 말했다.

침니를 올라가기 시작하자 바람이 아주 셌다. 그가 나를 내려다보며 말하는 걸 들었지만 말이 날려 이해할 수 없었다. 서두르라고 했겠지. 쐐기돌chockstone이 크게 다가왔다. 잠시 후 그 바로 아래에 이르렀다. 돌은 화덕 크기만 했고, 떨어진다면 나도 함께 떨어질 것이었다. 돌을 만지기가 무서웠으나 다른 도리가 없었다. 이것저것 시도해보았다. 결국 쐐기돌에 손을 가볍게 가져다 댔다—다른 길이 없었고, 균형을 유지하려면 그 돌밖에 없었다. 돌은 단단히 박힌 듯 느껴졌고, 나는 거의 매달리지 않고 아주 약간의 무게만 실어 넘어갔다.

이때쯤 하늘이 어두워졌다. 나는 다급해졌고 로빈스는 소리를 질렀으며 첫 빗방울이 떨어지고 있었고 당연하게도 이제부터가 가장 어려운 부분이었다. 나는 쐐기돌 몇 미터 위에 있었지만 아무것도 찾을 수 없었다. 잡을 곳이 모두 둥글고 매끈했다. 나는 꾸역꾸역 올라갔다. 로빈스가 나를 불러 나아갈 방향을 말해주었는데, 그때 내 발이 미끄러졌다. 난 발 디딜 곳을 찾지 못했고, 한쪽 손마저 미끄러지고 있었다. "밧줄!" 내가 외치자 밧줄이 팽팽해졌고, 나는 잠시 매달려 있다가 어떻게든 발을 디뎌 위로 올라갔다.

그에게 이르렀을 때 전반부 거의 꼭대기임을 알았다. 위와 옆에 넓고 평평한 지역이 있었다. 우리는 서둘러 올라갔다. 나무가 하나 있었는데 번개가 내릴까 봐 두려웠다. 위로는 가파른 경사가 두 군데 있었는데, 로빈스가 첫 번째 것을 가장 노출된 부분을 타고 넘어갔다. 3미터 정도 올라가다가 그가 내려왔다. 너무 어려웠다.

"아마 갈 수 있겠지만 너무 힘들어요" 하고 그가 말했다.

그러는 사이 비가 잦아들었다. 폭풍이 지나간 듯했다. 그는 더 안쪽 틈에서 시작했다. 10미터쯤 되는 높이인데 내가 서 있는 곳부터 3분의 1 위까지는 아무것도 없어 보였다. 그 위로는 어찌 알겠나?

"꼭대기까지 올라갑니까?" 나는 무심코 물었다. 유예할 거리가 생긴 것 같았다.

"승리 아니면 죽음이라는 말 들어보셨지요?" 그가 말했다. 옅은 미소도 지어 보였다.

마지막 피치는 얇은 발판에 서서 풍화된 틈새에 핸드잼¹⁾ 으로 시작했다. 모퉁이 위로 약간 돌출된 것이 있었다. 바위가 수직으로 치솟은 걸 보고 나는 그게 뭔가 말하려 든다고 느꼈다. 거의 끝에서 힘이 완전히 빠졌다. 나는 그 자리에 매달려 힘을 모았다. 마침내 그가 서 있는 곳까지 올라갔다. 그가 뭔가 말을 했는지는 기억나지 않는다. 우리는 정상에 올랐다. 숭고함을 느꼈다. 넓은 정상에서 나무가 자라고 있었다.

가장 어려운 면도 대체로 뒤나 옆을 타 쉽게 내려올 수 있다. 몇 분 서 있다가 우리는 걷기 시작했다. 정상을 완전히 가로질러 길을 통해 내려가 출발점으로 돌아갔다. 위에는 이미 오른 곳보다 더 가파르고 매끈하고 무서운 벽이 있었다. 로빈스가 멈춰 올려다보았다.

"저게 진짜 등반입니다." 그가 마침내 입을 열었다. 그러고는 그곳을 가리키며 "당신도 저기 갈 수 있다면 분명 공략 가능한 지점이 있어요" 하고 말했다. "오른쪽에서 올라가면 아마 넘어갈 수 있을 겁니다."

공략 가능한 곳이 거의 없었다. 암벽은 120미터 높이에 위안을 주는 특징이 별로 없었지만, 가파름만으로 등반이 어려워지는 건 아니라고 로빈스는 처음 만났을 때 말했다. 나는 무엇이 영향을 미치느냐 물었다.

"마땅히 잡을 곳이 없는 상황이죠." 그가 대답했다.

등반은 자아를 죽이지만 또한 고무시킨다. 큰 바위 얼굴은 종종 도시와 문명에서 멀리 떨어져 숲에 둘러싸여 있고, 사막과 고독 속에서 분연히 일어선다. 그것은 야생의 일부이며, 가장 오래되고 성스러운 신화가 그것을 감싸고 있다. 리오넬 테레Lionel Terray, 1921~1965의 책 제목을 빌리자면 등반가는 conquérants de l'inutile(무용함의 정복자), 흔히 번역되는 아름다운 구절로 말하자면 '옷 한 장을 걸치기 위해 무엇이라도 할 사람들'이다. 안나푸르나 등정으로 유명세를 탄 테레는 알프스 등반가였다. 물론 암벽등반은 날씨, 즉 얼음, 눈, 눈사태 등 등반가가 객관적인 위험이라 일컫는 요소를 무릅쓴다. 당대의 가장 위대한 등정이라 일컫는, 아무도 발 디딘 적 없는 드루Dru의 남서쪽 어깨를 엿새 걸려 단독 등정한 이탈리아인 보나티Walter Bonatti, 1930~2011가 주도한 세대에서 테레는 가장 매력적인 인물 가운데 하나였다. 이후 주목할 만한 단독 등정이 있었다. 헨리 바버Henry Barber, 1953~의 센티넬록Sentinel Rock, 존 배커John Bachar, 1957~2009의 아치록Arch Rock의 뉴디멘션New Dimensions으로 둘 다 요세미티에 있다. 등반의 황금기라는 말이 아니면 가당치 않다.

*

　나는 초대를 받은 적은 있지만 엘캐피턴은 오른 적 없고 드루도 마찬가지다—남쪽으로 괜찮은 경로가 있고 몸 상태와 동반자가 괜찮다면 할 만했을 테니 때로 등반한 적 있는 것 같다고 넘겨짚는다. 나는 이제 시도하지 않을 것이다. 등반 안 한 지 몇 년이 지났고 이제는 멀어졌다. 어느 이른 봄 나는 잘 아는 등반가가 "세계에서 가장 어려운 5.4"라 일컬은 타키츠록 Tahquitz Rock에 그와 함께 올랐다. 그해 첫 등반이라는 이유에서였다. 이젠 더 어려울 것이며, 시간과 햇살 쨍쨍한 날과 자유는 어디서 찾을 것인가?

　그래서 시인이 말했듯, 나는 산들을 훗날 만날 것이다. 산은 더 늙지 않는다. 나는 땅이나 밴의 트렁크나 얼어붙고 어두운 절벽에서 잠자며 첫 빛을 기다릴 것이다. 들판 멀리 마을에는 가로등이 켜져 있고, 차 한 대가 쓸쓸히 길을 달릴 것이다. 이 시간에 어디로들 가는가. 선술집일까, 모텔일까, 집일까. 그 위로 어둠 속에 정상이 있다. 그 밖에는 고요함, 별, 날이 밝으면 쟁취할, 다른 무엇보다 순수하고 영속적이며 부질없는 승리의 약속.

그때 그곳에서

잘 안 가는 길

어릴 때 일본을 사랑하지 말라고 배웠다. 뉴스 영상에서는 왜소한 남성들이 중국 도시를 점령해 의기양양하게 총을 추켜올렸고, 일제 싸구려 장난감은 언제나 망가졌다. 이와는 반대편에 두 황홀한 헌사 〈미카도〉와 〈나비 부인〉도 존재했다.

그러다 전쟁이 찾아왔다.

첫 여정을 기억한다. 우리는 오키나와에서 날아갔다—전후 8개월이 지난 1946년이었다. 나라는 폐허였다. 맥아더 장군이 점령군 사령관으로 직접 방문했을 때 경로였던 요코하마 근처 아쓰기 비행장에 내려, 종종 보이는 육군 트럭 빼고는 아무것도 없는 도로를 타고 도쿄까지 올라갔다. 도시는 허름했고 배설물 냄새가 났다. 밤엔 사방이 어두웠다. 껍질을 벗기지 않았거나 익히지 않은 것은 먹지 말라고 교육받았다. 담배 한 갑이면 주말을 살 수 있었다. 완전한 패배였다.

몇 십 년이 흘렀다.

내가 전투기를 조종―파일럿이 아닌 모든 이의 부러움을 살 거라 생각했다―할 때에는 태어나지도 않았던 아들과 함께 일본을 한 번 더 찾았다. 오래된 임페리얼 호텔은 사라졌다. 탈진과 전쟁의 모든 흔적이 사라졌다. 태평양을 하루 종일 날아 건너 저녁이었다. 교통이 혼잡해 로스앤젤레스나 퀸스래도 될 법했다. 우리는 네 주도 가운데 두 번째로 작고 가장 남쪽인 규슈로 향했다. 공교롭게도 나흘이나 늦게 호주인의 자전거 관광에 합류할 예정이었다. 우리가 도착할 시점이면 그들은 이미 고참이 될 참이었다. 주최 측이 추천하는 목록에 맞춰 나는 남극이라도 여행하는 양 짐을 쌌다. 아들은 권유받은 5분의 1만 자신 있게 쌌다. 그가 옳았다.

그날 밤은 공항 호텔에서 잤다. 저녁 먹기에 너무 늦었고 피곤했다. 도쿄 자이언츠 야구 경기가 텔레비전으로 중계되고 있었다. 오랜 부재 이후 처음이거나 아예 처음인 일본 방문에서 먼저 와 닿은 건 엄청난 물가였다. 호텔은 마지막 방문보다 열 배가 올랐고 뉴욕보다 두 배 비쌌다. 다음 날 아침 일찍 규슈행 비행기에 올랐다. 우리는 유일한 비非일본인 승객이었고, 친절한 여승무원이 승객의 카메라로 함께 사진을 찍었다. 몇 시간 뒤 미야자키 시가 바로 북쪽인, 바다를 면한 공항에 내렸다. 야자수 그리고 친근한 오렌지색과 흰색으로 칠한 경량 철골 구조물이 있는 물 위를 날아 도착했다. 열대의 명쾌함과 공허함이 느껴졌다.

안내인 하나가 차를 몰고 나왔다. 이미 며칠 자전거를 탄 일행은 60킬로미터 떨어진 작은 마을 니치난日南 근처에서 쉬고 있다고. 화창한 아침에 남쪽으로 차를 몰았다. 안내인의 이름은 야스히로였다. 그는 구릿빛 얼굴과 찬란한 흰 미소를 지녔다. 아는 영어를 총동원해 "야스라 불러주세요" 하고 말했다. 길이 해변을 감싸 안았다. 왼편으로 푸른 바다가 보이고, 라디오의 일요일 콘서트에서는 기백 넘치게 편곡한 〈닻을 올리고 Anchors Aweigh〉미 해군가를 들려주었다.

50분쯤 뒤 도로를 벗어나 초목에 반쯤 가려진 좁은 길을 달렸다. 해변에서 멀찍이 떨어진 작은 빈터에 현관에 막을 쳐놓은 특징 없는 건물이 있었다. 작은 일본식 여관인 민슈쿠民宿였다—객실은 단순하고 거의 아무것도 없으며 고작 차폐막이나 창호지 바른 미닫이문으로 나뉜다. 영어는 통하지 않고 두 끼 식사는 유료다. 신발은 물론 문 왼편에 놓는다.

호주인들은 처음에 안 보였다. 주인은 혼자 앉아 야구 중계를 보다가 말없이 차를 가져다주었다. 우리는 바닥에 앉아 홀짝거렸다. 객실에서는 거의 안 보이던 호주인들이 밖에 혼자서 아니면 두셋씩 흩어져 빈둥거리고 있었다. 가볍게 소개를 나눴다. 나이 많은 부부를 포함해 남녀 각각 다섯 명이었다. 20대 중반부터 쉰 사이였다. 여행을 다니면 누구든 만날 수 있다. 교사, 남녀 간호사, 약사, 비서, 기사가 있었다. 초서의 문학 세계 같은 인물 구성이었다. 정오께 출발을 위해 모였을 때 만남의 폭은 비약적으로 넓어졌다. 그들은 무뚝뚝해 보였다. "무수한 고통"이라 묘사한 힘든 여정을 지난 뒤라 다들 탈진했음을 나중에야 알았다. 게이이치라는 이름의 책임 안내인은 마흔쯤 됐고 그을었고 강단 있었고 확고히 여정을 이끌었다. 1942년 말레이반도를 헤치며 싸웠던 소대장일 수도 있었다. 난 그가 절대 자지 않는다는 인상을 받았다.

밖에서 자전거를 받았다. 한참 쓴 10단 기어의 관광용으로 안장주머니나 기타 딸린 것이 없었다. 아들과 나는 남은 두 대를 받았다. 착오가 있었다. 왜 그랬는지 내 아들을 어린아이라고 넘겨짚어 작은 자전거를 가져온 터라, 가이드 한 명이 나서서 그걸 타고 다른 이는 짐 실은 밴을 몰기로 합의했다. 그러고 출발했다. 자전거 앞바퀴가 살짝 불안하게 흔들리는 채로 나는 경로를 따라 길을 타고 무리를 따랐다. 아들이 동급생이라도 되는 양 웃으며 괜찮으냐고 물었다. 나는 10단 기어 자전거는 타본 적은 없지만 그건 문제가 아닐 거라 느꼈다. 괜찮아, 하고 말했다. 지금까지 여행은 성공적이었다.

우리는 고속도로를 따라 줄지어 왼쪽으로 달렸다.(일본은 영국처럼 차가 왼쪽으로 다닌다.) 곧 나는 일행 가운데 두셋밖에 볼 수 없었다. 목적지와 숙박지가 어딘지 몰랐다. 많은 정보는 어쨌든 고통이다. 조금 알아야 행복하고, 그래서 자연스럽게 아는 게 별로 없는 길로 접어들었다. 자전거는 사람을 삶의 세부적인 것들에 가깝게 데려다놓는다—깜짝 놀라 손을 세게 흔들어대는 아이들의 학교 운동장, 골목에서 모습을 드러내며 놀라는 고양이, 쇼핑에서 돌아오는 여인, 다리, 길가의 고요한 신사神社.

첫날 우리는 프랜차이즈 레스토랑인 듯한 곳에서 플라스틱을 씌운 패스트푸드를 점심으로 먹었지만 다른 날에는 작은 식료품점에서 음식을 사서 물을 댄 논이나 해변의 큰 바위에서, 수영을 하고 나서 서늘한 녹색 바다에서, 국적과 일종의 특별한 미덕을 지녔다고 믿는 성스럽고 망가지지 않은 일본의 바다에서 소풍처럼 먹었다. 때로 모험적인—미리 만들어 포장해 무엇인지 모를—음식도 있었다.

첫날 밤을 보낸, 지도를 자세히 들여다보아야 찾을 수 있는 작은 마을 가노야鹿屋 시의 뉴월드 호텔은 이름처럼 서양식이었다. 내 방 접이의자만 한 욕조에서 다리를 한참 적시고 누워 베개에 다리를 올렸다.

그날 저녁 우리는 일본식 삶의 면면을 엿보는 대접을 받았다. 식당은 호텔 꼭대기 층에 있었고 일본인 여덟 명이 들어올 때까지 저녁 손님이라고는 우리가 전부였다. 그들은 옷을 잘 차려입었으며 한둘은 아주 취해 있었다. 알고 보니 결혼식을 치렀으며 동네 레인보우룸 격인 곳에서 피로연을 이어가는 중이었다. 몇 분 뒤 고전적인 검정 칵테일드레스 차림의 수려한 여인이 일어나 혼자 춤추기 시작했다. 지르박 스텝을 밟았다. 마치 우리는 존재하지 않는 것 같았다. 그러더니 그녀가 의외로 마이크를 집어 들고 노래를 부르기 시작했다. 전문 연예인 같은 침착함으로 몇 곡을 불렀다. 일행이 그를 북돋우며 이름을 외쳤다. 그제야 나는 이게 노래 가사가 반주와 함께 텔레비전 콘솔에 딸려 나오는 가라오케임을 알아차렸다.

잠시 후 남자 하나가 마이크를 잡았다. 라스베이거스에서 청백색으로 집중 조명을 받을 수준이었다. 그가 노래를 마치자 일행은 취한 사람 하나에게 노래를 시키려 시도했는데 그가 응하지 않자 아까 여인이 다시 일어났다. 그렇게 계속되었다. 음식점과 나이트클럽에서 사람들은 갑자기 일어나 노래를 불러것했다. 에의 비르고 수줍던 일본인이 손늬긴에 깡만내도 변했다.

나는 존 톨런드John Toland, 1912~2004의 책『떠오르는 태양 The Rising Sun』을 가져왔는데, 잘 쓴 책이긴 하지만 나라면 제2차 세계대전의 군사작전만 가지고 일본인의 본성을 짐작하지는 않았을 것이다. 혹은 매 시간마다 길을 벗어나 자동판매기에서 차가운 과일 주스를 산다는 것만 가지고는.

나는 차츰 일본인의 극기와 근면한 천성을 확인했다. 우리는 태평양 물이 들이치는 만곡의 만과 해안가를 빠르게 지나쳤다. 길은 대개 해안을 안고 있었다. 먼 시골에서는 여인이 홀로 길가에서 해초를 손질했다. 교외 기차역엔 도심의 직장에서 돌아올 주인을 기다리는 자전거 몇 백 대가 서로 기대어 있었다.

남북으로 놓인 규슈는 길이 400킬로미터, 너비 160킬로미터쯤이고 뒤집힌 'J' 자 모양이다. 휘어진 북쪽 끝이 몇 백 년 동안 외국인에게 유일하게 개방된 도시 나가사키다. 남쪽으로는 길이 80킬로미터, 너비 25킬로미터인, 큰 물이 들어오는 가고시마鹿兒島 만이 있고, 가장 깊숙한 곳 주변이 가고시마 시다. 일본 전역이 그렇듯 규슈도 산악 지역이다. 큰 도시와 주도로가 해안가를 따라 자리 잡고 있다.

우리의 경로는 최남단으로, 가고시마 만의 측면을 이루는 긴 부지를 포함했다. 5월 말이었고 더웠다. 우리는 대부분 바다에 붙어 머물렀다. 어딘지 모를 마을, 이름 없는 길. 일본 마을은 눈동자가 검다는 점에서 다른 섬 시칠리아와 비슷했다. 건물은 규모에 상관없이 광고며 간판이 달려 외관이 훼손되었고 건축적으로 구분이 어려웠다. 회색이 지배했다. 그래도 고요함과 질서가 존재했다. 열린 해안도 사람 손이 닿지 않았다. 길과 바다 사이에 드물게 집이 있고, 음식점이나 호텔은 찾아볼 수 없었다. 마을의 상황은 물론 달랐다.

우리는 대개 아침에 세 시간 정도를 달리고 멈춰 점심을 먹고는 오후에 서너 시간을 더 탔다. 나는 투르 드 프랑스프랑스에서 열리는 최고 권위의 사이클 일주 대회에서 그러는 것처럼 전날 코스 우승자의 노란 재킷을 입어본 적 없다. 세월에서 얻은 지혜대로, 이길 생각조차 하지 않았다. 사실 노란 재킷은 존재하지도 않았지만, 선두는 늘 같은 얼굴이었고 그중엔 내 아들도 있었음을 첨언해야겠다.

한번은 우체국에 들르려고 몇 분 일찍 출발해 모두를 앞지른 적이 있는데, 그 즐거움을 음미하려고 때때로 어깨 너머를 돌아보았고 아무도 쫓아오지 않는 데서 행복을 느끼며 한 시간이나 전속력으로 달렸다. 그러다 마침내 앞에서 다른 자전거를 발견했고 이내 철렁했다. 아는 모양이었기 때문이다. 그는 일행 중 교사였고 나는 고작 무리의 꽁무니를 따라잡은 것이었다.

지형에 따라 우리는 매일 35킬로미터에서 70킬로미터를 달렸다. 페이스는 적당했고 다들 가장 가파른 언덕일지라도 내려서 걸어가는 건 별로라고 동의하고 있었다—몇몇 언덕은

진짜 가팔랐다. 유럽 자전거 경주의 기준을 빌리자면 난이도
는 일급이었고 그 이상인 경우도 있었다. 태양이 딱딱한 노면
에 내리쩌고, 눈썹은 땀에 젓고, 길은 끝없이 온라가기만 하
고, 어디라는, 심지어 끝이 날 거라는 표식도 없이 광산, 숲, 모
든 것을 지나쳤다―그건 일상의 즐거움의 일부였다. 페달을
밟아도 거의 움직이지 않는다. 자전거는 실질적으로 움직임이
없다. 아무도 보이지 않는다. 높은 지점에서 길이 꺾인다. 아마
도 산마루 전 마지막 방향 전환일 것이다. 아니면 다음이 마지
막일 수도 있다. 이런 걸 관광이라 묘사할 수 있을까? 일부는
그렇다. 이때쯤 나는 쑤시는 다리는 거의 잊었고, 스무 번만
더 밟으면 된다고 스스로 중얼거리며 다독였다. 마침내 목적
지에 이르러 침구를 꺼내 30분에서 한 시간 말없이 자는 영광
만 남았다.

　일본 여관은 료칸旅館과 더 작은 규모의 민슈쿠, 두 종류가
있다. 화장실과 공중목욕탕이 복도 끝에 딸린 평범한 방으로
비슷하다. 바닥에 깔린, 깨끗한 리넨을 덮은 얇은 싸개인 요에
누워 오리털 이불을 덮고 잔다. 5월 말 날씨는 더웠고 따뜻한
날씨보다 모기가 더 골칫거리였다. 낮은 탁자에 뜨거운 물이
담긴 큰 보온병과 차 상자가 있다. 텔레비전이 놓인 경우도 있
다. 그게 전부다. 창밖에는 야자수와 빈 해안, 논, 이름 없는 호
텔의 뒷면과 기차가 있다. 주된 여흥은 목욕이다.

　모든 외국인이 이것을 안다―일본은 목욕으로 유명하다.
일본인들은 유전적으로 숙취에 시달리지 않는다고 한다. 그들
은 물 온도를 낮춰줄 여접객원이나 다른 이의 도움 없이 물에

잘못 들어가면 입는 2도 화상으로부터 안전한 것 같다. 어떤 이유에선지 손님이 스스로 물 온도를 낮춰서는 안 되는데, 이는 진지한 사안이고 적절한 절차를 거쳐야 한다. 물론 목욕탕엔 몸을 담그기만 해야지 씻으면 안 된다. 탕 옆에서 비누칠하고 씻어낸 뒤, 깨끗해진 몸을 부드럽게 삶는다. 일본인은 오랫동안 견딘다. 최근까지 혼탕이었지만 관습은 사라지고 있다.

"이부스키指宿 가고시마 현의 도시로 온천으로 유명하다의 정글 목욕탕에 가봤나?" 1970년대에—그 자신을 위해—화려한 일본 여행을 갔다 온 친구가 물었다.

"그랬지."

"그럼 그 모든 여인들과 함께 목욕했나?" 그는 초조하게 물었다.

"여탕은 떨어져 있지" 하고 나는 대답했다. 농구장만큼 큰 목욕탕을 강둑처럼 쌓은 높은 벽이 완전히 가른다. 하지만 웃고 이야기하는 소리는 들을 수 있다.

"벽?" 친구가 말했다. 얼굴에 절망이 서렸다. 채 10년도 흐르지 않아 그가 알았던 전설 속 일본이 사라지고 있었다.

목욕탕에서 남성은 탕에 들어가며 일부를 가리기 위해 작은 수건을 부케처럼 들었다. 어린 아들은 물론이고 때로 아주 어린 딸을 데리고 들어가는 사람도 있었다. 한 남자가 네 살과 일고여덟 살쯤 되어 보이는 딸 둘을 데리고 들어왔다. 부끄러워하지도, 호기심을 품지도 않았다. 그들은 뜨거운 탕에서 수영했고, 팔다리가 빛났으며, 젖은 검은 머리가 사랑스러운 얼굴들을 에워쌌다.

음식도 일식, 호텔과 여관도 일식, 바다와 하늘도 일식이다. 우리는 일본 베개를 베고 요에 누워 잔다. 탕 밖에서 씻고 문 앞에 신발은 벗어두고 작은 앉은뱅이 의자에 앉고 붕대를 살균할 정도로 뜨거운 물에 몸을 담그는 데는 금방 익숙해지지만 자갈로 채운 것 같은 베개에 익숙해지기란 다른 문제다. 나는 속이 사실 보릿겨로 채워져 있으며 잘 두들기면 움푹하게 만들어 벨 수 있음을 알아냈다.

베개 자체에는 정을 들이지 못했으나 여정 이후 그것에 배어 있는 소박하고 전통적인 면에 정이 들어서 집에 있는 가족들에게 감동을 주려고 베개를 찾아 도쿄 백화점 몇 군데를 돌았으나 성공하지 못했다. 일정이 끝나는 어느 밤, 나는 저녁을 함께 먹은 일본 친구에게 이 일에 관해 말했다.

"보릿겨 베개라고요?" 그가 물었다.

"네. 찾을 수가 없네요. 어디에서 살 수 있나요?"

"아, 그건 못 사요."

"못 산다고요? 그럼 어디에서 찾을 수 있죠?"

"엄마가 만들어주죠."

일본말 몇 마디 할 줄 알고 낯선 옷차림으로, 풍경에 속하지 못한 채 임시 숙소를 전전하던 우리가 일본 사람을 알 수는 없었다. 부부 가운데 교사였던 부인은 일본의 첫 위대한 현대 작가로 다니자키 준이치로와 가와바타 야스나리와 미시마 유키오 같은 후대 작가에게 심오한 영향을 미친 나쓰메 소세키의 소설을 가지고 다니며 읽었다. 아들은 일본을 우리에게 가장 잘 알려준 라프카디오 헌Lafcadio Hearn, 1850~1904. 그리스에

서 태어난 일본인 작가로 본명은 고이즈미 야쿠모小泉八雲을 읽고 있었다. 헌은 귀화해서 도쿄제국대학에서 가르쳤으며 사무라이 일가의 딸인 일본 여성과 결혼하는 등 외부인으로서 최대한 일본인처럼 살았다. 그의 이야기 가운데 하나인『풀종다리草ひばり』, 풀종다리의 삶과 죽음을 그린 그 이야기는 내가 아는 어떤 것보다 순수하고 잊히지 않는다. 그의 글 속의 나라는 이미 존재하지 않지만 영혼은 바뀌지 않았다.

나는 젊었을 때는 깨닫지 못했던 일본 작가의 작품 수준과 우아함 덕분에 일본에 굉장히 끌렸다. 하지만 동정과 존경만으론 일본을 진짜로 이해하기에는 충분치 않다. 언어와 관습이라는 명백한 장벽이 너무 폭넓다. 일본은 의복, 음악, 스포츠, 음식 등 눈 닿는 거의 모든 분야에서 서양의 발상과 유행을 열정적으로 따라가지만 서양과 가공할 정도로 괴리를 보이며 떨어져 있다. 그들의 문화는 통일체로서, 피로 나눈 문화다. 알려지기를 거부하는 문화다. 여정의 세부 사항을 일관적으로 짜 맞춤으로써 커튼 너머에서 벌어지는 일을 파악해볼 수도 있지만, 그건 우리 방식이고 서투를 뿐이다. 진짜 유형과 깊이는 우리를 교묘히 빠져나간다. 미시마의 충격적인 생애 마지막 장은 묘사도 할 수 있고 심지어 어느 정도 이해도 가능하지만 그 충동은 이해할 수 없는 채로 남는다.

우리는 남쪽으로 만과 평행하게 31번 도로가 지나쳐 어렴풋이 유명해진 사타 같은 곳이나, 치료 효과가 있다는 뜨거운 모래가 있고 호텔 엘리베이터에 '지진' 경고 카드가 붙은 이부스키에 머무르며 일주일간 자전거를 탔다. 호텔의 창문으로 판화 풍경 같은 야자수와 멀리 안개에 휩싸인 넓은 만과 산을 볼 수 있었다. 아침이면 낮고 아름답게 철컹거리는 소리를 내며 기차가 지나갔다. 바다 건너 연기를 뿜는 화산이 있고 밤낮 없이 고운 재가 깔리는 가고시마에도 머물렀다. 일본 공군 조종사들이 진주만 공습 당시 여기에서 훈련받았다. 그들은 서쪽 산에서 나와 지붕에 닿도록 하강하고는 집과 백화점 위로 치솟아 만의 선창과 푸른 바닷물 위를 향했다. 그 백화점들 가운데 하나인 미쓰코시에서 나는 새로운 일본을 엿보았다. 빛나는 장식, 유행 양품점, 아름답게 빛나는 설명문과 함께 온갖 식음료가 진열된, 미국의 메이시스Macy's와 영국 해러즈Harrods의 1층을 조합한 것 같은 지하층. 미국 것이라곤 쿠키 몇 개와 캘리포니아산 와인 몇 종뿐이었다. 뭘 사든 잰 손놀림으로 아름답게 포장하는 게 일본다웠다. 도쿄의 백화점에선 매니저조차 포장을 할 줄 알고 기꺼이 행동에 옮겼다. 포장을 흉내 내볼까 여러 번 포장지를 버리지 않고 두었지만, 숫자를 붙여 순서를 따라 해도 불가능했다.

가고시마에서 상업적이고 객실이 굉장히 좁은 현대식 호텔에 머물렀다. 꼭대기 층 식당에서 아침을 먹었다. 태양에 은색으로 빛나는 만과 나름의 베수비오 화산이라 할 사쿠라지마櫻島 산이 있어 나폴리라고 해도 그럴싸했다. 참전 전, 일본 군인은 고전적으로 밥과 미소국일본 된장국을 먹고 말린 밤을 안주로 일본주를 마셨다. 우리는 미소국과 생선 몇 종류, 밥, 날달걀(일본인들이 밥에 깨어 비비는), 샐러드, 김, 과일 주스, 차, 토스트, 채소 절임과 이것저것 대여섯 가지를 더 먹었다.

도시는 다른 측면에서 이탈리아를 연상시켰다―군중, 다시 찾기 불가능한 좁은 거리, 셀 수 없는 작은 레스토랑과 상점. 볼로냐나 밀라노처럼 상가와 길고 지붕 덮인 회랑이 존재하며 전차, 그리고 주차장을 감추기 위해 차양을 신중하게 걸어둔, "러브" 호텔이라 불리는 살짝 야하고 파스텔색인 건물.

　일종의 문화 교류 프로그램을 통해 일본 가정을 방문할 수도 있어 주선을 받았다. 이틀째 밤, 20대 젊은 남녀가 아들과 나를 차로 태워 갔다. 새 차에는 우리와 함께 뒷좌석에 앉고 싶다고 투덜대고 칭얼거리는 두 살짜리 아이가 있었다. 아이들이 둘 더 있다고 부인이 알려줬다. 그녀의 이름은 마유미였다. "아이를 좋아하세요?" 그녀가 물었다.

　"싫어하는 사람도 있습니까?" 내가 답했다.

　그들의 집은 차가운 물이라는 의미의, 히야미즈冷水라 불리는 거주 구역이었다. 이미 어두웠다. 길은 좁고 구불구불했다. 우리는 입구 바로 앞의 작은, 정확히 차만 한 공간에 주차했다. 다른 아이들, 일곱 살짜리 딸과 다섯 살짜리 아들이 밖에서 기다리고 있었다. 나는 아이들이 고개 숙여 인사하고 집의 분리된 공간으로 수줍게 물러갈 거라 막연히 예상했지만, 어린 여동생이 부모와 함께 다니는 걸 보고 생각을 달리했어야만 했다. 우리는 비싸지 않은 서양식 가구로 장식한 작은 응접실에 앉아, 소파 등을 넘어 우리 다리 사이로 파고들고 장판 바닥에 뭔가를 흘리며 주의를 끌려고 책이나 좋아하는 장난감을 가져오는 아이들을 상대했다.

　남편인 겐이치는 은행에서 일했다. 가고시마에서 가장 큰,

지점이 많은 곳이었다. 그는 초급 관리자로 일하는데, 기억하기로 한 주에 하루, 그리고 월 2회 토요일 오후에 쉬었다. 1년에 휴가는 일주일이었다. 우리는 혼란 속에서 부인이 차려놓은 저녁을 먹고 멀지 않은 곳에 사는 부모님을 만나러 일어섰다. 문을 잠그지도 않고, 아이들도 씻고 자라는 말만 한 뒤 두고 간다는 점에 놀랐다. 이상했지만 이게 그들의 일상이라는 인상을 받았다. 나는 일본과 비교하면 폭력적이고 위험한 고국을 생각했다. 가고시마에서는 아침이면 대여섯 명의 아이들이 교복을 입고 길과 골목을 따라 보호자 없이 걸어가고, 교외의 길에서는 하얀 블라우스 차림의 소녀들이 자전거를 타고 미끄러져 등교해 학 떼같이 교실로 들이닥친다. 다른 세계다. 버스와 전차는 표면이 닳지 않았고, 사람들은 친절하며 예의 바르다. 마약도 거의 안 한다. 가족은 긴밀하다.

다음 날 가족이 보낸 선물을 호텔에서 받았다. 내가 감탄했던 아이의 문법책이었는데, 우리가 가졌으면 좋겠다고 딸이 바라더라는 쪽지가 딸려 왔다. 영원한 건강과 행복을 기원합니다 라고 쪽지는 끝맺었다.

우리는 가고시마의 부석浮石만큼 고운 재가 켜켜이 쌓이도록 자전거를 놓아두고 기차를 탔다. 마침내 자유로워진 갤리선 노예가 자기를 놓아두고 떠나가는 배를 슬픔에 차 바라보는 모습을 노래한 키플링의 격렬하게 낭만적인 시가 있다. 부역의 대가를 다 받았노라. 부역이 정녕 나의 것이었다면! 그런 구절이었다. 호텔 바깥에 줄지어 선 자전거를 보았다. 다시 볼 일도, 햇볕이나 빗속에서 다시 탈 일도 없을 것이었다. 여정의 마지막 무렵 나는 웬일인지 외톨이가 되었었다. 일행이 어디 있는지, 앞서갔는지 뒤처졌는지 몰랐다. 구름 끼고 서늘한 날씨였다. 종종 비가 아주 가볍게 내렸다. 내 생애 가장 아름다운 아침 가운데 하루였다. 시두르지 않고 매끈하게 해안을 따라 달렸다. 과거도 미래도 없었다. 모두를 빈 도로에 버렸다. 저 아래 바위 위로 물결치는 바다는 깨끗하고 푸르렀다. 작은 논이 길과 해안 사이에 자리 잡고 있었다. 바랜 집, 조용한 마을. 나는 천지와 평화롭게 노래 부르며 달리고 있었다.

현대적이고 견고하게 뽑은 기차는 저녁 6시 가고시마를 떠났다. 수백 대의 자전거를 세워둔 기차역이 흘러 지나갔다. 작은 주택들의 빛이 다가오기 시작했다. 철로 변에 옷을 걸어 말리는 방에, 아내가 저녁을 짓는 동안 속옷 차림으로 다다미에서 텔레비전을 보는 남편이 보였다. 노반은 유난히 매끈했고 객차는 불을 잘 켜놓고 청결했다. 우리는 네 명씩 잤다. 새로 다림질한 유카타, 나염 면옷이 각 승객의 베개 위에 개켜 있었다. 밤중 언젠가는 시모노세키 해협 아래 터널을 지나갔다. 시모노세키 해협은 규슈와, 도쿄와 오사카가 있는 주도인 혼슈本州를 갈랐다. 또 그날 밤 자는 사이에 우리는 히로시마를 지나쳤다.

여정의 출발지였던 오사카에서 바로 1200년 전 수도였던 나라로 향했다. 장엄한 나무 사원의 도시로, 그 사원들은 이곳을 통해 일본에 유입된 불교의 유산이다. 절 가운데 하나인 도다이지東大寺는 세계 최대 목조건물이라고 한다. 일본에는 불교와 신도神道라는 두 흡사한 종교가 있는데 상호 배타적이지 않다—삶의 일부가 하나에, 나머지가 다른 종교에 속한다. 신사도 절도 존재한다. 나라의 절과 탑은 전쟁, 화재, 자연재해로 훼손되어 짓고 또 시어졌다. 불상을 빼면 완전히 원전은 아니지만 그렇다고 새롭지도 않다. 도다이지에는 훌륭한 불상이 있는데 그 콧구멍에 들어갈 수 있다면 극락에 간다는 말이 전해 내려온다. 비교를 위해 콧구멍과 같은 크기로 나무 기둥을 깎아놓았는데, 우리가 방문한 날 아이고 어른이고 할 것 없이 그 사이로 비집고 들어가려 애썼다.

문화 탐방을 온 초등학생들이 사찰 건물을 돌아보고 있었다. 교복 차림으로, 소녀들은 대개 해군복 닮은 블라우스와 치마를 입고 소년들은 흰 셔츠와 바지 차림이었다. 학생들은 영어 실력을 시험해보고 싶어 했다. 급우들에게 떠밀려 가장 불안초조한 아이들이 다가왔다.

"익스큐즈 미." 급우들이 웃음을 터뜨리는 가운데 그들이 말을 건넸다. "왓 타임 이즈 잇?"

이때쯤 내 아들은 냉담해 있었다. 그에게 호주인들은 재미가 없었고, 무리 지도자에게 끌려다니는 데에도 억압을 느꼈다. 자전거 여정 두 번째 날에 그는 티셔츠 소매를 잘라내고—그 뜻을 알아차렸어야 했다—리더 자리를 다투기 시작했다. 집에 있었더라면 했을 암벽등반을 그리워했다. 기회 닿을 때마다 호텔 문간이나 여객선의 차양 등 잡을 만한 데만 찾으면 턱걸이로 힘을 길렀다. 그는 남들과 어울리지 않고, 버스에서 안내인이 볼 것들에 관해 말할 때도 등반 잡지를 읽었다. 하지만 어쩐지 마법에 홀린 것처럼 꺅꺅거리며 말 붙이려 애쓰는 일본 학생들에게 둘러싸여 대답하던 아들의 이미지가 잊히지 않는데, 그의 얼굴에 나타난 표정과 그의 미소가 지닌 따뜻함이 그의 선함과 일치하지 않았기 때문이다. 내 두 번의 방문과는 다른 환경을 겪었으니 아마 그는 언젠가 돌아와 다른 눈으로 이 나라를 볼 것이다. 일본엔 마음을 그저 어루만지는 것들이 존재한다. 우리는 일본 불교 도입에 가장 중요한 역할을 했을, 첫 사찰의 건축을 관장했던 중국 승려 감진의 무덤 근처에 갔다. 많은 불교 유명 인사의 묘가 유실되거나 소재 파악이 불가능하지만 그 무덤은 1200년 이상 버텨왔다. 근처에 녹색을 띤, 이파리 몇 장이 고요하게 떠 있는 연못이 있었는데, 그 언저리에 서자 큰 잉어가 느긋하게 떠올라 나뭇잎을 뒤집어썼다.

나라에서 안내인은 30대 중반의 대학교수 부인이었다. 그녀가 사찰을 도는 사이 자신의 이야기를 해주었다. 그녀는 남편과 눈이 맞아 나라로 도망쳤다고 한다. 당시 둘 다 교사였고 아주 젊었다. 시아버지가 파산을 해 돈이 없었다. 둘은 아주 작은 부엌이 딸렸고 화장실은 없는, 다다미 여섯 장짜리 작은 방(한 장은 90×180센티미터다)에 살았다―공중화장실을 써야만 했다. 먼 옛날의 이야기였다. 결혼 생활이 길었다고, 너무 길었다고 그녀는 말했다.

"일본의 아내들은 아주 바빠요." 그녀가 나중에 설명했다. "요를 말리고, 매일 빨래하고, 장도 매일 보고, 청소합니다. 아주 바빠요. 저는 그런 부류는 아닙니다."

교토로 떠나는 날, 아주 이른 아침 혼자 걸어 다녔다. 빽빽

211

한 오이 넝쿨 사이에 거의 숨다시피 한 한 여자가 이미 일을 시작한 밭 너머로 새소리와 기차가 우르릉거리는 낮고 매끈한 소리가 들렸다. 좁은 길 끝에는 기찻길이 있었다. 어떤 주택의 위층 창가에서는 여자 홀로 담배를 피우며 바깥을 내다보았다. 갑자기 과감한 움직임으로 내려다보며 여느 아침과 다른지 살펴보는 듯한 그녀의 검은 머릿결이 흔들렸다. 그러더니 그녀는 갑자기 사라졌다. "여성의 일은 지키기입니다" 하고 안내인이 말했는데, 보존을 의미했으리라. "그리고 남자의 일은 파괴입니다. 일본 남자는 언제나 싸우고 죽입니다. 여성은 언제나 지키기에 능하죠."

나라에서 한 시간 거리인 교토는 시끄럽고 현대적인 도시의 조용한 섬 같은 아름다운 신사와 사찰과 궁궐이 있는, 일본의 영적 중심이다. 우리는 기온祇園이라는 활기찬 구역의 작은 료칸에 머물렀다. 신사 맞은편의 붐비는 사잇길에 있었다. 우리는 성지까지, 선禪 정원Zen Garden. 가레산스이枯山水과 궁까지 끝없이 곧게 뻗은 길을 종일 걸었다. 밤이면 기차가 일터에서 돌아오는 몇 천의 승객을 내려놓고, 가모가와鴨川 강을 따라 자리 잡은 레스토랑들은 셀 수 없이 늘어선 배처럼 불을 밝힌다. 우리가 늦게 거기 갔을 때는 잘 맞아떨어진 타일과 담배 연기가 눈에 띄었고, 접수처 뒤편 사무실에서 서너 명의 남성과 도박하는 여성 사주의 중얼거림이 들렸다.

료칸은 4층이었고 그럭저럭 현대적이었다. 천성 좋고 싹싹한 여자 한 명이 모든 일을 도맡아 했다. 미소 지으면 금니가 보였고 끊임없이 웃었다. 목욕할 때 열린 창문으로 자주 지나가는 것 같았고 종종 뭐라고 외쳤다. 일본인 투숙객이 조용히 식사하며 텔레비전 뉴스를 보는 아침, 그녀는 작은 식당으로 들어와 우리에게 "토스-토? 토스-토?"라 물으며 접객했다. 어찌 된 영문인지 그녀는 내가 방을 함께 쓰고 있던 운동선수의 아버지라고 알고 있었고, 그 사실에 엄청나게 즐거워하는 것 같았다.

그녀의 이름을 모르고 있었지만 떠나는 날 아침 내가 유카타 차림으로 식사를 하고 나와 복도를 걸으니 그녀가 씩 웃으며 무엇인가 말했다. 그게 뭔지는 이해하지 못했다. 그녀는 내 배를 두들기고 문지르며 "토스-토" "파파-상"을 포함한 다른 말을 몇 번이고 했다. 료칸 주인도 주방에서 나와 나를 안아주고는 배를 문지르고 친근하게 등을 두들기고 웃으며 몇 마디 했다. 그사이 아들이 지나쳤다. "무슨 일이에요?"

"모르겠다."

옛 시절의 사람들인가? 갑자기 생각이 들었다. 그들이 나를 아나? 도쿄, 회색의 도시, 조종사의 도시, 추억, 나이트클럽의 광휘光輝, 길거리의 잔해, 낯선 방에서 깨어난 아침을? 그럴 리 없었다. 나이를 감안해도 그들은 그때 너무 젊었다.

우리는 어린 학생들과 초고속 열차로 도쿄에 갔다. 후지 산은 안개에 가려 보지 못했다. 그날 밤 호텔의 이탈리아 레스토랑에서 송별연이 열렸다. 무리 중 몇은 일본에 오기 3, 4주 전에 중국을 자전거로 횡단했고 이제 집으로 돌아가는 길이었다. 부부는 북쪽, 아마 홋카이도로 갈 예정이었다. 몇은 블라디보스토크에서 시베리아 횡단 열차를 타고 모스크바를 통해 영국으로 가려 했다. 아침엔 모두 떠나고 없었다.

그때 그곳에서

미시마의 선택

A. J. 리블링Abbott Joseph Liebling, 1904~1963. 저널리스트은 프랑스에서 존속하는 두 계층, 즉 사제와 매춘부가 단골로 삼는 평범한 레스토랑을 믿곤 했다. 그가 말하길, 양쪽 모두 좋은 음식을 좋아하고 가격에 민감하다.

다소 비슷한 방식으로 나는 팔꿈치가 해진 재킷을 입은 부유하지 않은 작가들이 좋아하는 호텔들, 그리티팰리스는 아니지만 가격만큼이나 시설도 안정감이 있는 호텔들을 언제나 좋아했다. 알곤킨이나 첼시 호텔, 런던 듀크스 호텔 같은 곳을 말하는 것이다. 듀크스는 리블링이 잘나가던 시절의 선택이었는데 지금은 조금 비싸졌다. 로마의 오래된 잉길테라Inghilterra, 파리의 위니베르시테 거리나 시릴 코널리가 "가을 숙박을 알아보는 흥미진진함"을 알았던 자코브 거리의 작은 호텔들도 괜찮다.

이 호텔들은 모두 비슷한 특성이 있거나 있었다. 약간 닳았고 친근하며 대개 입지가 좋다. 운영은 안정적이다. 완벽을 향해 미친 듯 헌신하지 않는다. 하지만 규칙에는 예외도 있다. 각각이 독특하다.

예상과 달리 그런 호텔이 일본의 수도에도 한 군데 있다. 최고 레스토랑은 엄청나게 비싸고 프랑스식이며 두려움 없이 지하철을 탈 수 있지만, 도쿄는 확실히 파리가 아니다. 도쿄는 광활하고 붐비며 많은 측면에서 당황스럽다. 구역은 몇 세기 동안 구분된 마을이었다가 최근 합쳐졌지만 여전히 구별 가능하다. 많은 거리에 이름이 없고, 몇은 어찌 된 일인지 두 번째 방문 땐 찾을 수 없다. 교통은 무섭고 택시 기사는 뻣뻣하다. 마천루와 러시아워, 그리고 특히 업무 구역에 많은, 창문이 열리지 않는 똑같은 객실에 대리석 안내 데스크와 상점으로 로비를 꾸민 새 호텔이 잔뜩이다.

힐톱 호텔—미시마가 가장 좋아했던—은 다른 종류의 장소다. 첫인상은 별로다. 진짜 도심인 황궁터에서 800미터쯤 떨어진 작고 붐비는 언덕에 미미하게 현대적인 노란색 벽돌 건물 두 채가 있다. 그 사이를 따라 근처 메이지 대학 학생들이 수업을 위해 오가는 굽은 길이 나 있다. 일본은 통행자에게 감춰진 미美로 유명하다. 이다지도 개성 없는 건물들 속에 월셔가의 무명 백화점이라고 해도 믿을 만한, 친근하고 호화스러운 세상이 담겨 있다니 믿기 어렵다.

특이하고 부자연스러운 서양 가구 취향이었던 미시마는 힐톱에 많이 머물렀다. 그는 사생활과 안락함, 현대와 전통 일본

요소의 혼합을 좋아했다. 고요함, 유럽식 침대, 도시를 굽어보는 전망, 카펫을 간 계단. 그는 종종 이틀이나 사흘씩 머물며 쉬었다. 미시마의 스승이자 일본의 첫 노벨문학상 수상자인 가와바타 야스나리도 힐톱의 단골이었다. 두 작가 모두 자살로 삶을 마감했다. 미시마는 죽기 고작 며칠 전 호텔에서 마지막 독자 모임을 가졌다.

일흔 다섯 객실 대부분에 서양식 가구를 들여놓았다. 다다미를 선호하는 투숙객을 위해 다다미방도 몇 개 있다. 작은 개인 정원이 딸린 객실도 있다. 날씨 좋으면 후지 산이 내다보이는 방도 있다. 일본어에 아늑하고 안락하다는 뜻의 '요조한四疊半'이라는 표현이 있다. 구체적으로는 다다미 네 장 반짜리 방도 뜻한다. 아파트가 그렇듯 도쿄의 다다미는 평균보다 조금 작지만 전통 다다미는 가로 90센티미터, 세로 180센티미터고, 그런 방은 대개 가로세로 각 아홉 칸씩이다. 전혀 과장 없이 아주 아늑하다. 힐톱의 객실은 보통 가로 여덟, 세로 열 칸 다다미로 카펫이 깔렸고, 살짝 남성적이지만 무거운 느낌은 안 드는, 시대에서 좀 벗어난 가구를 들여놓았다. 작은 책상과 나무를 두른 옷장, 침대에는 보릿겨와 새털로 채운 베개가 각각 있으니 스파르타 같은 일본식과 호화스러운 외국식이 공존한다. 미시마는 종종 호텔의 광고 문구를 썼다. 물론 일본에서 일반적으로 베는 딱딱한 베개에 대해선 언급하지 않았다. 아침 5시면 차를 위해 각 객실에 뜨거운 물을 가져다 드리고, 갓 빤 면 가운에 칫솔에 빗까지 매일 새로 제공합니다. 그는 산의 공기 같도록 순수한 산소를 더 첨가한 공기에 대해서도 언급했을 것이다. 유익하다 추정되는 음이온도 더했습니다.

*

"작가와 예술가가 총애하던 곳"이라는 안내 책자의 묘사에
이끌려 택시를 타고 문 바로 앞에서 내렸다. 로비에는 아주 희
미한 키치의 흔적, 이를테면 책으로 배운 우아함이 배어 있었
다. 하지만 이게 매력을 망치지는 않았다—기억에 남는 호텔
들은 불완전하다. 하루이틀 뒤 투숙의 즐거움에 책임자를 알
고 싶어졌다. 나에게 호텔 주인이란 견고하고도 부러운 직함이
다. 적절한 의식과 함께 만남이 주선되었다.
  "요시다 씨는 영어를 못합니다." 보조 매니저가 설명했다.
"이해는 하지만 말씀은 못합니다."
  우리는 점잖은 여종업원들을 지나쳐 복도를 걸어 내려갔다.
보조 매니저인 아키야마 씨는 호텔에 35년 동안 근무했다. 청
소부로 시작해 웨이터에서 벨보이, 안내 데스크를 거쳐 승진
을 거듭했다. 이제 운영의 2인자인 그는 공손하게 답변을 회피
하며 책임자인 요시다 씨에게 넘겼다. 우리는 긴 탁자와 나무
및 가죽으로 만든 의자가 있는 작은 회의실에 발을 들였다. 잠
깐 뒤 문이 열리고 주인—사실 그 이상—이자 호텔의 창조
자, 하나하나 존재를 불어넣은 남자가 들어왔다. 진한 청색 정
장에 옅은 색 셔츠, 줄무늬 넥타이 차림이었다. 그런 옷차림에
현명하고 싹싹해 부처님 같았다. 나는 그가 즉시 좋아졌다—
대화를 나눌 수 없다니 정말 유감이었다. 그는 70대에 머리칼

은 철회색이었다. 전쟁과 그 여파를 아는 사람이었다.

나는 호텔에 품는 내 애정, 안락함과 접객에 대해 설명했다. 그는 고개를 끄덕였다. 나는 배경에 대해 좀 더 알고 싶었다. 그는 다시 고개를 끄덕였다. 예를 들어 어떤 연유로 힐톱이란 상호를 붙였을까?

요시다 씨가 보좌관에게 일본어로 말했다. 아키야마 씨가 다시 말했다. 분명한 목소리에 완벽한 영어로 요시다 씨가 말했다. "점령 기간에 미국인들이 힐톱이라 불렀습니다. 육군 여군 임시 숙소였지요."

"그렇군요."

그는 고개를 끄덕였다. 우리는 30분 정도 이야기를 더 나누었다. 시간이 멈춘 듯싶었다. 그의 목소리는 낮고 편안했지만 힘이 없지 않았다. 호텔의 내력이 뒤따랐다.

*

사토라는 석탄 채굴 재벌 업자가 직원을 위해 1937년 원래 건물을 지었다. 이 건물은 황궁이나 긴자의 몇몇 백화점, 도쿄 역, 그리고 프랭크 로이드 라이트Frank Lloyd Wright, 1867~1959가 디자인한 오래된 임페리얼 호텔과 더불어, 도쿄 대부분을 파괴한 1944년의 공습에서 살아남았다. 외국인 투숙에 적합하다고 판명 난 호텔이 당시 고작 너덧 군데였다. 점령이 끝나자 요시다는 건물을 임대해 천천히 호텔로 바꾸었다. 낡은 미 육군 가구를 들인 작은 객실 쉰 개로 시작했다. 청소, 벽 철거,

가구 마련, 점진적 재디자인에 거의 10년이 걸렸다.

미시마와 다른 작가들이 찾아오기 시작했다. 명망 있는 대학의 문학 교수인 요시다의 아버지는 초기 문학 종사기 고객의 대부분을 알았다. 그들은 조용하고 동정적이며 또한 싸서 호텔을 찾았다. 환영받는다고 느꼈다. "정신은," 요시다가 설명했다. "료칸에서 이어받았습니다. 나머지는 내가 원하는 대로 꾸몄죠."

1980년까지 그는 두 번째로 호텔 전체를 개수했다. 마침내 레스토랑 여섯 군데, 와인 저장고, 아늑한 바 몇 군데를 여기저기 갖췄다. 중식, 일식, 프랑스식 등 원하는 요리를 고를 수 있었다.

호텔엔 230명이 넘는 직원이 일한다. 모두가 헌신하는 건 아니겠지만, 그러지 않는 듯한 이들은 스스로를 감춘다. 객실 청소부에게 메뉴를 요청하면 룸서비스에 전화하라고 말하는 호텔이 아니다. 모든 욕망이 충족되지만 완전히 자유로운 민박에 머무르는 것 같다. 호텔을 떠나면 거의 즉시 도시의 삶에 발을 들일 수 있다. 언덕을 몇 분만 내려가면 출판과 의료 구역인 야스쿠니 도로가 나오고 서점, 그림 상점과 포르노 가게, 여러 종류의 저렴한 음식점이 즐비한데, 그중엔 도쿄에서 최고로 꼽히는 소바집 두 곳도 있다. 소바는 메밀국수인데 차게 먹도록 나온다. 젓가락으로 집어서 여러 소스에 찍어 입으로 가져가 요란하게 빨아들여 먹는다. 정식이 8달러면 될 텐데, 반면 힐톱의 레스토랑에선 열 배도 더 들 수 있다. 제철이면 다른 즐거움도 있다. 도쿄 자이언츠가 경기하는 고라쿠엔의 도쿄 돔이 도보 약 15분 거리다.

*

달러가 급락해 일본 여행이 사치가 되었지만 힐톱은 여전히 갈 만하고, 거기서 누리는 여러 가지를 생각하면 싸다. 1인실이 하룻밤에 100달러, 2인실이 150달러쯤 든다. 503호는 특히 훌륭한 디럭스 1인실로 밤늦게도 반겨주고, 406호엔 개인 정원이 딸려 낮이 즐겁다. 데스크 직원은 영어를 쓴다. 보스턴, 로스앤젤레스, 샌프란시스코, 뉴욕 등으로 보내 호텔 경영을 공부시키니 미국에 가본 이들도 있다. 도쿄에서 가장 비싸고 장대한 오쿠라 호텔의 총지배인도 힐톱에서 일한 적 있다.

요시다는 공교롭게도 미국에 가본 적이 없다. 대신 유럽을 10년에 한 번쯤 방문한다. 그는 취리히의 스토르헨Storchen 호텔 같은 곳—푸근하지만 호화롭지 않은 강가 호텔—이나 잘츠베르크Salzberg 어귀의 작은 산장에 머문다고 언급했다. "파리에서는 마스네Massenet 호텔에 머뭅니다. 그곳은 심장이 있죠."

나는 마스네에 묵은 적은 없다. 오래된 미슐랭가이드에서 실크스타킹 지구인 16구에 있는 호텔이라고 읽은 적 있지만 이후 목록에서 사라졌다. 객실 마흔한 개에 레스토랑은 없었고, 개를 데리고 묵을 수도 없었다.

나는 언젠가 콜로라도의 유서 깊지만 쇠퇴한 호텔의 주인을 유럽 관광에 데려간 적이 있다. 그의 첫 유럽 방문이어서 경영하는 데 자극이 될 만한 호텔들에 묵었다. 취리히의 보오라크 Baur au Lac, 런던의 코노트Connaught, 파리의 로텔과 내가 진짜 좋아하는 클로스디스의 세사그리슈나 호텔이다. 체사그리슈나는 훌륭한 레스토랑에 온실도 보유해 1년 내내 식탁에 올릴 생화를 기른다. 당시 힐톱을 몰랐던 게 다행이다. 알았다면 여정을 이어 아마 마스네에서 하룻밤 묵었을 것이다. 어떤 이들이 추천한 장소는 어긋나는 법이 없다.

트리어

건축과 음식은 내 여행의 진짜 동기다. 둘 모두를 찾을 수 있다고 확신하는 곳에 가기 좋아하지만 때로 좀 돌아가는 것도 즐긴다. 몇 달 전, 30년 만에 트리어Trier. 독일 남서부의 도시로 룩셈부르크와 독일의 국경 부근에 다시 들렀다.

모젤Moselle 강에 자리 잡고 룩셈부르크, 프랑스와 아주 가까운 트리어는 거의 확실히 독일에서 가장 오래된 도시다. 로마 시대 중요한 주도였고 실제로 황제의 주거지이자 무역 중심지였으며 고대에 와인을 경작하던 지역 중 가장 큰 시장이어서 '제2의 로마Roma secunda'로 알려졌다. 로마가 몰락했을 때 트리어는 음지로 전락해 몇 세기 동안 잊혔고 위험한 국경에 가까워 종종 침탈당했지만, 인근의 비옥한 와인 지역과 강가라는 입지 덕에 언제나 번성했다. 요즘은 주요 경로에서 좀 떨어져 간과되지만, 베로나나 아를처럼 훌륭한 로마 폐허가 있고 그중에는 짙은 돌 색깔 때문에 포르타니그라Porta Nigra라 이름 붙은 유명한 문도 있다. 문을 둘러쌌던 벽은 없어졌지만 다른 중요한 구조물은 남아 있다. 더 최근의 명소로는 박물관 으로 보전된 카를 마르크스 생가가 있다.

트리어는 인구 10만 남짓에 작고, 멋지지도 서두르지도 않는 도시다. 콘스탄티누스대제가 살았던 시절 거주민이 거의 8만 명이었으니 규모나 주변 환경이 딱히 변하지는 않았다. 대성당 은 예수그리스도의 원래 의복이라 주장하는 걸 보유해 매 일 이십 년마다 공개한다. 내가 처음 트리어를 방문했을 때 홍합 을 사곤 하던 해산물 가게가 있었다. 사실 그때 처음 홍합을 먹어보았다. 포르타니그라 바로 길 건너에 있던 동명의 호텔도 기억한다. 크고 오래되었으며 맨사드 지붕mansard roof. 상부와 하 부로 나눠 2단으로 경사지게 만든 지붕과 지붕창이 잔뜩 있어 카이로 나 나이로비, 퀘벡의 유명한 호텔처럼 마을의 상징이었다.

이번에 미슐랭가이드에서 포르타니그라의 전화번호를 찾으 니 이제 상호가 도린트 호텔 포르타니그라로 바뀌어 신경 쓰 지 않았다. 안내 데스크 직원은 완벽한 영어를 썼지만 방이 없 어 우리는 역 근처 작은 호텔을 예약하고 파리에서 기차로 가 기로 정했다.

아침에 파리 동東역에서 떠났다. 평소 같은 인파, 헤드라인 의 까만 비명, 정거장까지 물러나 대기 중인 기차. 기차는 새 것이고 칸막이가 없었다. 바로 덜컹이며 움직였다. 여행 준비 가 끝났다. 교외는 서서히 사라지고 우리는 시골로 접어들어 아름다운 마을을 뚫고 동쪽으로 달렸다. 해가 빛났다. 푸른

강이 마을 너머에서 잠들었다. 언제나처럼 나는 모두의 질서와 고요함에 감동받았다. 너른 들판. 담장 두른 초원. 고랑. 태곳적 부디의 사냥감이었던 늙은 토끼와 여우. 빨리 지나쳐 시골의 외로움은 못 보고 질서와 매력만 본다.

오후에 트리어에 도착하자마자 나는 기억에 사로잡혔다. 역, 플랫폼, 심지어 시계조차 알아볼 수 있었다—나는 근처에서 전투 편대로 주둔했으며, 미국에 돌아갈 동료들을 비번일 때 만나곤 했다. 그럼에도 불구하고 별로 바뀌지 않았다. 새로운 메르세데스 택시가 역 바깥 길가에 주차되어 있었고, 환전 창구의 여자가 돈을 유리 아래로 미끄러뜨려 넣는 나를 원망의 눈으로 바라보았다.

"달러 안 좋아요."

"안 좋다고요? 무슨 말이죠?"

"가치가 떨어져요." 그녀가 즐겁게 말했다. "이제 3마르크도 안 돼요."

늦은 오후 우리는 포르타니그라로 걸어갔다. 거리는 병원이 많았고 드문드문 은행도 보였다. 나무가 거리 한가운데 심어져 있었고 곧 그 위로 진한 갈색 석재의 로마 대문이 나타났다. 독일에서 가장 크고 중요한 로마 기념물로 높이는 거의 10미터였고 3층 반짜리 커다란 결혼 케이크 같았다. 하지만 건너편의 유명한 호텔은 사라졌다—1967년에 헐렸다고 누군가 나중에 말해줬다. 그 자리에 상자 모양의 새롭고 실용적인 체인 호텔이 들어섰다.

그것이 포르타니그라의 뒤편에 나 있는 새로운 트리어의 첫

인상이었다. 고대 시장과 그 너머로 요란한 가게가 빼곡히 줄지어 선 보행 상가. 인파로 붐볐으며 칙칙하고 낡은 것과 천박한 것이 안타깝게 섞여 트리어의 중심은 이제 큰 쇼핑몰 같아 보였다. 958년에 제 개성과 십자가를 얻은 중앙광장Houptmarkt 한 구석엔 심지어 친숙한 노란색과 빨간색의 맥도날드도 있었다.

"예전엔 이렇지 않았다오." 나는 말했다. "영문은 모르겠지만 바뀌었소."

많은 이야기와 책의 경고에도 불구하고 나는 젊었던 과거로 귀환하길 기대했는데, 사라졌음에 실망했다. 다음 날 아침 비가 내리는 가운데 나는 진짜 트리어를 찾아 나섰다.

트리어는 강 쪽으로 더 내려가면 있는 와인 마을 베른카스텔Bernkastel처럼 명백하게 아름답지는 않다. 트리어는 시간과 인내심이 좀 더 걸린다. 프랑크푸르트나 르아브르Le Havre. 프랑스 노르망디 주에 있는 항구도시처럼 특별한 매력이 없는 도시다. 안개나 빗속에서 더 나아 보인다. 발견될 필요가 있다—보물은 찾아 나서야 하고 직접 파헤쳐야 한다. 정원이 딸린 수려한 바로크양식의 대성당이 있고 중앙광장 안팎으로는 특히 오래된 집들을 품고 있으나 그 외에 볼만한 건 본질적으로 로마 유적이다. 로마 유적들은 포르타니그라에서 시작해 310년경에 지은, 바실리카Basilica라 불리는 솟아오른 벽돌 건물에서 끝나는 뚜렷한 남북 축을 따라 늘어서 있다.

길이 60미터에 높이 30미터 그대로도 거대한 바실리카는 왕궁의 유일한 부속 건물로 공식 알현실이라 여겨진다. 내부는 장식이 되지 않아 더 크고 넓은 듯 보인다. 기둥도 지지체도 없고 오직 완벽하게 텅 빈 공간의 위엄만이 전체 길이와 치솟은 천장까지 채운다. 내부 장식인 모자이크와 대리석은 사라졌고 벽돌 외장도 미친거지다. 다른 건물에 재료를 빼앗겨 여러 용도로 쓰였는데, 이제 부분적인 복원을 거쳐 단순해진 바실리카는 괴이한 장엄함을 풍긴다.

나는 바실리카는 초행이었고 기하학 정원을 거닐다 보면 닿는 로마 목욕탕들의 폐허는 기억 못한다. 그것들은 제국의 쇠락기에 시행했던 거대한 건축 프로그램의 일부로, 같은 시기의 산물이다. 기념비적이고 엄숙해, 남아 있는 것들은 사라진 두개골의 어금니 같다.

*

무엇보다도, 언덕바지에 노천극장이 있다. 그때나 지금이나 도시 어귀에 마지막으로 남은 깔끔한 집들 너머에 있다. 노천극장을 지나면 포도밭이 열린다. 로마 노천극장이라 알려진 열일곱 군데 가운데 열 번째로 큰 곳으로 2만에서 3만 석 규모다. 순전한 내력벽과 궁륭 통로의 입구는 여전히 감동적이지만 좌석은 사라졌다. 그 자리에 경사진 풀밭이 있다. 보슬비 속에서 위쪽 가장자리를 따라 걷는 건 훌륭했다. 로마나 님Nîmes, 프랑스 남부 도시의 훌륭한 석재 경기장 수준의 감흥은 아니지만 크고 신비로운 공원, 일종의 무덤 같은 느낌이 들었다. 로마 몰락 이후 노천극장은 해체돼 채석장으로 쓰였다. 다른 대규모 구조물—아를의 공동묘지, 렙티스마그나Leptis Magna와

사브라타Sabratha의 열주列柱—처럼 역사의 바람에 흩날려 성의 기초나 주택, 정원, 학교 같은, 좇을 수 없는 파편으로 자리 잡았다.

노천극장 위로는 포도밭이다. 그 사이로 걸으면 세월을 버텨낸 진짜 트리어를 볼 수 있다. 토양은 가파르고 점판암이 널브러져 있다. 포도 넝쿨은 측량사의 선만큼이나 진실하게 줄지어 있다. 안개 낀 갈색 도시의 경치가 멀리 보인다. 비옷을 입고 넝쿨에 거의 숨다시피 한 가족 무리, 포도 따는 사람들의 목소리를 들을 수 있다. 모젤 와인은 세계적으로 유명하다. 가볍고 알코올 도수가 낮으며 섬세한 신맛으로, 덜 숙성된 걸 마셔야 가장 좋다. 최고의 모젤은 트리어 근처에서 시작해 코블렌츠Coblenz 쪽으로 둑 양쪽을 따라 옥수수밭처럼 끝없이 펼쳐진, 육칠십 킬로미터의 포도밭에서 나온다.

건축과 음식. 중앙광장에서 멀지 않은 곳에 벽을 두르고 수도원이 딸린, 파스벤더의 센트럴 호텔이 있다. 주요 부분은 1268년 개인 주택으로 지었다가 베네딕트회 수도원이 되었다. 주인이자 요리사인 찰리 파스벤더는 거의 옛날처럼 호텔을 유지한다. 깊은 목소리와 덥수룩하고 굽은 눈썹에 분홍색 거구인 그는 대개 식당에서 주 복도 바로 맞은편이며 배식구를 통해 보이는 주방에 있다. 아버지에게 호텔을 물려받은 파스벤더는 트리어 호텔 소유주 연합회 회장이며 지역 인기인이자 레스토랑 첫 방문 손님에겐 흥을 북돋아주는 존재다.

센트럴 호텔 식당은 크고 천장이 높으며, 형편 좋고 옷 잘 입으나 고루하지는 않은 지역 단골들을 잡아끈다. 음식은 훌룡하고 가격은 합당하다. 파스벤더는 이탈리아에서 함부르크를 거쳐 뉴욕을 지나 서인도로 향하는 배의 요리사로 일을 시작했다. 이 경험은 그의 진실에 더해졌을 뿐 아니라 그에게 일종의 느긋함도 주었다. 영국인들이 호텔을 많이 찾는다. "영국인들은 이런 오래된 집들의 공기를 좋아해요" 하고 그는 말한다. 그들은 그가 첫 수습을 시작한 옛 포르타니그라 호텔도 찾곤 했다.

트리어는 겨울에 정말 별일이 없다. 춥고 얼어붙는 날씨가 찾아오면 관광객은 사라지고 마을은 스스로에게 집중한다. 중심가의 식당이 등대로 남는다. 그날 저녁 식사를 한 손님 다수를 아느냐고 묻자 그는 잠시 둘러보았다. "그럼요, 압니다. 그들에 대해 배울 만큼 충분히 시간을 보냈죠."

마지막 날 아침은 란데스무제움Landesmuseum. 국립 박물관에서 보냈다. 고고학 박물관으로 외관은 끔찍하지만 내부는 멋있다. 건물 자체, 전면부, 석상, 제단의 일부 등 굉장히 인상적인 수집품이 많고 한때 존재했던 도시 주요 구조물의 축소 모형도 전시한다. 인상 깊은 건 그 거대함으로, 로마는 야망과 함께 발굴되었다. 이젠 과거의 가장 작으면서도 파손된 일부만이 남았지만 그마저도 경이롭다. 우리는 로마를 다른 국가에는 쓰지 않는 의미로 제국이라 여긴다. 나머지는 흉내쟁이다. 로마는 독보적이다. 유럽, 북아프리카 그리고 근동까지 폐허가 여전히 여행자를 끌어모아 잊히지 않는 메시지를 전한다. 이것은 제국이었고 오래 지속했으나 지금은 사라졌노라고.

트리어에서 배를 타고 강을 내려가 코블렌츠까지 갈 수 있고, 기차를 타고 라인 강을 따라 바젤까지도 갈 수 있다. 강 한가운데 뜬 섬의 성, 언덕바지의 성, 포도밭, 아름다운 마을. 모두 어린 시절의 사진과 동화 속 그림으로, 유럽의 과거이며 그 유물이다.

다운스 걷기

사람들은 걷기가 좋다고 말한다. 나는 트위드 재킷에 오래된 모자를 쓰고 흡족한 표정을 지은 채 홀로 영국 시골을 산책하는 모습을 품고 있었다. 가능하다면 개와 함께. 개도 없었고 3월 말의 영국 날씨는 최고가 아니었지만 나는 어쨌든 가기로 결정했다. 배낭을 메거나 천막에서 잠자는 것은 원하지 않았다. 너무 열렬한 건 싫었다. 희미하고 우아하며 체스터턴이 『피크윅 클럽 기록The Pickwick Papers』찰스 디킨스의 첫 소설에서 찾아낸 "끝없는 젊음─신이 잉글랜드를 방황할 때의 느낌"과 가까운 감정을 원했다.

영국 관광청의 남자를 만나러 갔다. 사무실은 찾기 어려웠다. 마크스앤스펜서 뒤의 높은 건물에 있었다. 그는 묘사를 못했는데, 전화기에 대고 "나조차도 어떻게 찾아야 할지 모르겠습니다"라고 말했다.

꼭 맞는 회색 정장에 뾰족한 깃, 느슨하게 맨 넥타이에 은제 외눈 안경까지, 알고 보니 그는 영국인다운 영국인이었다. 애완견 페키니즈가 의자에 묶여 있었다. 아, 네, 걷기요. 걷기는 예전 세대의 일이라고 그는 설명했다.

"1920년대와 1930년대에 사람들은 음, 들판을 걸어 누볐죠. 버지니아 울프, 맬컴 머거리지Malcolm Muggeridge, 1903~1990. 영국 저널리스트 모두 걸었습니다만 지금은 물론 표지판과 지도 따위가 있으니 걷지 않죠."

그 자신은 걷기를 좋아했다. 작년에 코츠월즈Cotswolds를, 정말로 모든 마을과 동네를 걸었다고 말했다. "우리 같은 사람들이 망친 곳이죠" 하고 그는 덧붙였다. 이제 큰 주차장, 기념품점이나 보이고 모든 진짜는 사라졌다. 다만 하나 다행스러운 게 있었다. 걸어서 들어갔다가 걸어서 나오면 마을이 그대로라는 것.

나는 일단 문학작품이 필요하다고 느꼈다. 시골 걷기를 좋아하는 이들의 전국 조직인 산책자연합Ramblers' Association에서 팸플릿이나 등사지를 고르기 힘들 만큼 많이 찾을 수 있었다. 나는 그런 걸 전문적으로 다루는, 코번트가든 근처 스탠퍼즈Stanfords 여행책방에서 서너 권의 안내 책자와, 전문가들이 이것 없이는 걸어봐야 무용할 거라 경고하는 육지측량부 지도Ordnance Survey Landranger map. 영국 정부 후원하에 제작되는 매우 정교한 지도를 샀다. 평소처럼 읽을 생각으로 사지만 몇 년 뒤 가격표가 붙은 채로 발견되는, 이를테면 벨로크Hilaire Belloc, 1870~1953의 『로마로 가는 길The Path to Rome』과 영국 유명 묘지

안내서 같은 책도 몇 권 샀다.

나는 지역로나 샛길에서 헤매느니 장거리 경로를 일부 도전하는 게 낫겠다고 결정했다. 그런 길은 잉글랜드와 웨일스에 열세 군데가 있는데 가장 유명한 건 페닌Pennine으로 영국 북부의 가장 외진 지역을 따라 400킬로미터나 뻗어 있다. 이 길은 어렵다고 설명돼 있었다. 나는 더 즐길 만한 쪽에 끌려 결국 바다가 보이며 완만한 서식스를 가로지르는, 고작 130킬로미터인 사우스다운스웨이South Downs Way를 선택했다. 아마 몇천 년 된 아주 오래된 길일 텐데, 런던 거의 정남쪽인 멋진 해변 휴양지 이스트본에서 시작해 북쪽으로 브라이턴, 서쪽으로 치체스터를 지나 피터스필드 인근에서 끝난다. 나는 절반은 걸을 수 있으리라 생각했다. 내가 느끼는 것보다 더 옛날 일이 돼버린, 30킬로그램 군장을 메고 전통적으로 50킬로미터 행군을 하던 보병 훈련을 떠올리며 안심했다.

장비는 많이 필요하지 않았다. 나는 배낭과 물병, 최신이라 보장받은 이탈리아제 경량 도보 여행용 장화를 샀다. 런던에서 장화를 신고 며칠 돌아다녀 길들였다. 잉글랜드에 머문 두 주 동안 비가 오락가락 내려 방수 상태를 염려했지만 내부는 완벽하게 보송보송했다. 방수 파카와 코듀로이 모자, 면바지, 셔츠, 스웨터를 쌌다. 마지막으로 화장실 읽을거리와 잭나이프, 하루 지난 〈파리트리뷴〉과 오렌지 몇 알을 챙겼다. 다음 날 아침 일찍 빅토리아 역에서 이스트본행 기차를 탔다. 승무원이 새된 호루라기를 불었다. 객실 문을 소리 내어 닫고 모두에게 작별을 고했다.

런던은 안개에 씌어 회색이었다. 템스 강을 건너 발전소, 직칙한 공업지역, 아무도 방문하지 않을 끝없는 교외를 지나쳤다. 1만 개의 굴뚝, 끝없이 줄지어 선 주택, 그러다 갑자기 한가운데에 에메랄드 같은 운동장이 나타났다. 존 베처먼John Betjeman, 1906~1984의 시구가 머릿속을 흘렀다. "늙은, 엄청나게 늙은 영국이여 / 오래된 전신주와 쓰레기통의 (…)." 「링컨셔 교회」 일부. 개트윅Gatwick을 지나니 다시 시골이었다. 늘어선 나무, 푸른 들판, 오소리와 여우의 집. 마침내 넓고 열린 해안이 나타났다. 바다였다.

이스트본 역에서 해변으로 걸어 내려가다가 『서식스 워드록 레드가이드Ward Lock Red Guide to Sussex』를 사려고 멈췄다. 이미 『사우스다운스웨이』와 휴대판 『완벽한 낚시꾼The Complete Angler』, 그리고 시골위원회Countryside Commission에서 발간해 걷기 규칙의 개요를 서술한 『아웃 인 더 컨트리』를 챙겼다. 예를 들어 교차로가 있는 들판에 황소를 방치하면 징계 가능한 위반이었다. 물론 예외는 있었다. 11개월 미만이나 확실한 품종이 아닌 것, 각각의 경우 암송아지나 다른 소와 함께 있지 않다면……. 나는 걸으며 규칙을 되새겼다.(걷기 얼마 전 『워드록 레드가이드』의 무게를 달아보았다. 340그램이었으니 무겁지는 않지만 필요 없으면 10그램짜리도 들고 다니지 말라는 주요 규칙을 확실히 위반한 것이었다.)

이스트본의 넓은 해안가를 걸어 내려가는데 차가운 비가

내리기 시작했다. 곧 나는 멋진 삼나무와 소나무에 둘러싸인 채 바위 해안을 굽어보는 바다 위 산책로에 있었다. 눈앞에 안내 책자에서 언급한 매점과 경로의 시작인 풀 언덕이 보였다. 군에서 작전 투입 직전에나 느낄 미미한 불안을 느꼈다―길을 찾아 어두워지기 전에 어딘가 이를까? 나는 언덕을 올랐다. 넓고 공허한 평원에 떼까마귀가 나는 고요한 시골, 나아지지도 망가지지도 않은 채 변함없는 시골이 바다까지 이어졌다. 발밑의 풀은 부드럽고 아주 짧았는데, 양이 뜯어서 길이를 유지했다. 비록 나는 훨씬 더 내륙에서나 양을 보았지만.

이스트본의 거리와 집 들―그중 한 곳에서 다윈은 『종의 기원』을 일부 집필했다―이 뒤에서 보였다. 왼쪽으로 백악질 절벽이 운하가 높아짐에 따라 가파르게 깎여 있었다. 울타리도 치지 않고 지키는 이도 없는 세계의 끝이었다. 수십 미터 아래 파도가 스스로 절벽에 부딪쳐 부서지고 있었다. 몇 킬로미터 멀리에는 150미터 아래 유명한 외딴 등대를 둔, 가장 높은 지점인 비치헤드Beachy Head가 있었다. 가파른 경사로를 따라 서쪽으로 3킬로미터를 내려가면 이제는 사유지가 된 다른 등대 벨투트Belle Tout에 닿고 거기서 바다를 따라가면 자연 절리인 벌링갭Birling Gap에 갈 수 있었는데 나는 높은 곳을 포기하기가 께름칙했다.

벌링갭에는 작은 호텔과 펍이 있었다. 점심을 먹고 전기 벽난로에서 몸을 덥혔다. "어디에서 걸어오는 길이세요?" 그들이 물었다.

"이스트본입니다."

"그리로 돌아갑니까?"

"아뇨, 앨프리스턴Alfriston으로 갑니다."

정오를 조금 넘긴 시각이었다

"걸음이 빠르십니까?" 그들이 다시 물었다.

벌링갭을 지나면 장엄하게 치솟은 백악질 절벽인 세븐시스터스Seven Sisters가 나오는데 3킬로미터나 깎아지르다가 쿠크미어Cuckmere라는 조그만 강이 바다로 흘러들어가는 계곡에서 끝난다. 거기에서 길은 내륙으로 웨스트딘West Dean, 더 멀리는 앨프리스턴까지 이어진다. 이제 잉글랜드에서 시작하지 않으면 볼 수 없는 걸 본다. 담벼락, 보도, 벽돌로 모퉁이를 한 멋진 수석燧石 주택, 목재로 지붕을 얹었고 거의 1000년간의 신부들 이름이 기록된 마을 교회. 모든 교회가 석판과 동판을 깎아 1915년, 1916년, 1918년에 죽은 아들과 남편을 기리고, 수천이 죽은 프랑스의 이름 없는 마을을 기린다. 당시 영국에서는 결혼하지 않은 소녀, 자매, 부모의 시간이 멈추었다. 한때 유명했던 노엘 카워드Noel Coward, 1899~1973의 〈캐벌케이드Cavalcade〉를 보면 어느 가정의 여주인이 전후 몇 년이 지난 어느 새해 전날, 그녀의 아들들과 "그들과 함께 죽은 우리의 마음"을 기리며 잔을 치켜든다.

빗속에서 나는 교회와 빈 영지가 보이는 담장을 따라 서성거렸다. 몇 세대, 심지어 몇 세기는 되어 보이는, 요즘의 표준과 다른 훌륭한 주택이 있었다. 정원에 석재 비둘기 집은 물론 경사진 잔디밭을 갖췄으니, 오랜 세월 그 자리에 있는 연철 담장이나 입구를 통해 엿볼 수 있었다.

그때 그곳에서

일몰에 다리를 건너 앨프리스턴으로 접어들었다. 회진주색 롤스로이스를 포함해 저쪽에 차가 몇 대 놓여 있었다. 나는 롤스로이스를 문명의 상징과 편의의 어떤 표준으로 여기는데 역시 내가 맞았다. 앨프리스턴은 묵을 장소가 넉넉했다. 중심가의 올드에이피어리Old Apiary라는 곳에 묵었다. 편의 시설 목록에 "끊이지 않는 온수"가 있었다. 강을 굽어보는 창문이 딸린 크고 좋은 방을 얻었다. 뜨거운 목욕을 오래 하고 바로 근처의 펍에서 기억에 남을 최고의 사치라도 되는 양 와인 반병과 치킨 파이를 먹었다. 비가 쏟아지는 가운데 침대에 쓰러졌다.

*

갠 하늘과 새소리로 아침이 찾아왔다. 떡 벌어진 영국식 아침이 식당에서 기다렸다. 투숙객은 나까지 둘이었지만 다른 한 사람을 보지는 못했다. 방은 오직 둘뿐이었으며 7, 8월 주말을 빼고는 예약 없이 묵을 수 있는 확률이 높다고 들었다.

에이피어리는 몇 세기나 묵었는지 모를 곳이다. 몇 년 전 지붕을 수리할 때 수리공은 가능한 최선의 짝을 찾아 250년 묵은 타일을 썼다. 근처의 스타인Star Inn은 더 오래 묵어 15세기까지 거슬러 올라가며, 17세기 난파선에서 건진 사자상의 머리가 밖에 놓여 있다. 방은 현대적이고 식당도 커서 먼저 보았더라면 거기 묵었겠지만 14파운드(25달러)인 에이피어리의 나흘 치 숙박비였다. 앨프리스턴의 강 근처엔 사우스다운스 대성당이라 불리는 세인트앤드루스가 있는데 이곳은 14세기까지 거슬러 올라가며 수석 공예의 유명한 예다. 그 근처엔 초가 지붕을 얹은 목사관Clergy House. 목사나 사제가 머물던 집으로 중세의 소박한 기슭 형태를 필 보여준나이 있나. 대성당만큼 오래된 것으로, 국민신탁National Trust. 잉글랜드, 웨일스, 북아일랜드의 역사 유적을 관리하는 민간단체에서 첫 번째로 얻은 자산이다. 1896년의 일이다. 가격은 10파운드였다.

버웍Berwick까지 몇 킬로미터를 걸어 쿠엔틴 벨과 버네사 벨의 한때 불미스러웠던 벽화가 딸린 작은 교회를 보러 갔으나 잠겨 있었다. 제의실 문을 두들겨 열쇠를 얻으라는 안내 쪽지가 붙어 있었지만 아무도 없었다. 해가 솟고 있었고 길이 눈에 들어왔다.

길을 따라 완만한 언덕을 가로질렀다. 나는 발굽 자국은 많이 보았지만 말이나 기수는 보지 못했고, 사실 정오쯤 남편과 아내와 그들을 따라나선 다 자란 아들, 이렇게 셋으로 이루어진 도보 여행객을 볼 때까지는 오후에도 인기척이 없었다. 개와 함께 나선 나 자신을 상상하기를 잘했다. 하얀 가슴팍에 햇빛에 타오르는 아름다운 코기가 종종걸음으로 그들을 따라가고 있었다. 나중에 앞쪽에서는 소녀가 홀로 개를 데리고 텅빈 구릉을 걸어가는 것도 보았다. 좀 이따가 그녀는 사라졌다. 언덕 꼭대기에서는 바다가 보였다—날씨 좋은 구름이 긴 둑 위에 얹힌 터키색 영국해협. 나는 배낭에 담아 온 금방 구운 롤과 과일을 걸어가며 거의 다 먹었다. 멈추고 싶지 않았다. 길고 호사스러운 여정에 잠기고 싶었다.

종종 봉분—고대 무덤—이 보였다. 사우스다운스에는 청

동기시대의 무덤인 커다랗고 둥근 봉분이 거의 1000개나 있다. 한때 높이가 4.5에서 6미터였지만 세월이 흘러 모두 닳았고, 통상적으로 윗부분을 통해서 도굴당해 죄다 가운데가 파여 있다.

이 모두의 상속자라는 생각이 들기 시작한다. 뻗어 있는 숲, 그 아래 불규칙한 마을, 조용한 지붕. 귀족층은 운전—그들은 일면 좋은 옷을 입고 재규어에 앉아 푸르스름한 앞 유리창을 통해 우아한 얼굴로 힐끗거린다—을 하지만 요즘은 누구나 차를 몬다. 진짜 호사는 그 모두와 동떨어진 것으로, 가로지를 순 있지만 가질 순 없는 땅 위에, 바람 소리만 남은 고요함 속에, 저무는 태양을 제외한 영구함 속에 있다.

*

언젠가 오후에 나는 중반쯤 로드멜Rodmell 근처 우즈Ouse 강과, 버지니아 울프가 1919년부터 1941년 죽을 때까지 살았던 몽크스하우스Monk's House에 이르렀다. 길의 오른쪽에 있는, 전면에 물막이판을 대어놓은 집은 온실이 딸렸고 뒤로는 긴 정원이 있는데, 수요일과 토요일 오후 2시부터 6시까지 개방한다는 안내문을 달아놓았다. 어쩌다 보니 목요일이었다. 방문 시기를 잡는 데는 『대영제국과 아일랜드의 역사적 주택·성·정원Historic Houses, Castles, and Gardens in Great Britain and Ireland』 같은 책을 가지고 다니는 게 좋은데, 어느 서점에서나 찾을 수 있으니 오다가다 참조만 하는 편이 낫다. 오직 교회만

이 규칙대로 문을 연다. 몽크스하우스에 들어갈 수 없어 강으로 걸어 내려가기로 했다. 울프가 걸었을 바로 그 길, 우울하고 두려워서 광기가 그녀를 지배할까 봐 물에 몸을 던지려고 걸었던 길이다. 나는 언제나 몽크스하우스가 실제로 강둑에 있고 그 운명적인 걸음은 잔디밭 같은 걸 따라 내려가리라고 생각했다. 사실 강은 멀어 목초지의 흙길을 따라 도보 30분 거리다. 강은 진흙탕으로 운하에 가까우며, 인공 둑은 높고 헐벗었다. 낮은 농지 너머를 돌아보니 몽크스하우스가 거의 보이지 않았다. 일렁이는 갈색 물을 천천히 거슬러 올라가는데 백조 한 마리가 나타나 둑을 따라 먹이를 찾고 있었다.

나는 둑을 따라 루이스Lewes, 영국 남부 서식스의 주도로 걸었다. 몇 세기에 걸쳐 우즈를 앞질렀던 멋지고 오래된 시장 도시로 한때 넓었으나 이제 좁아진 하구다. 저녁 식탁을 차리는 하이High가의 프랑스 식당에서 근처에 괜찮은 숙박 시설이 있는지 물어보았다. 나는 언덕 아래로 약 5분 거리인, 로튼로Rotten Row라는 굽잇길의 민박집 힐사이드에 짐을 풀었다. 각각 은퇴한 교사였고 홀린스라는 급식 업체에서 일한 두 자매가 꾸리는 민박집이었다. 부모님 집이었는데 최근 몇몇 방을 민박으로 돌렸다. 두 여인에게서 나는 로튼로가 아마도 루트뒤루아Route du Roi―노르만족 침략 시기 프랑스 왕이 루이스로 이동한 경로였던―의 잘못된 발음이리라 배웠다. 잉글랜드의 이 지역은 300년 동안 통치당했고, 정복자 윌리엄은 가장 좋아하는 동반자에게 서식스를 하사했다. 이곳은 프랑스식 이름이 많고, 건물이나 길에도 프랑스 양식이 보인다.

아침에 비가 다시 내렸고 내 무릎이 기억에 남을 50킬로미터짜리 보병 행군은 오래전 일이라고 알려 루이스에서 쉽게 하루를 보낼 수 있었다. 『역사적인 루이스』라는 작고 훌륭한 안내 책자를 읽고 나는 마을을 굽어보는 성의 폐허와 정복자의 딸 중 하나의 무덤이 있는 교회, 16세기 목재로 짜 맞춘, 클리브스의 앤헨리 8세의 네 번째 왕비에게 속한 주택 안의 보석 같은 박물관, 조지 왕조 양식에 느낌상으론 귀족적인, 새뮤얼 존슨 박사가 머물렀고 다음에 내가 머물 셸리스Shelleys라는 훌륭한 호텔을 보러 갔다. 비를 피해 교회 근처 킹스헤드라는 펍에서 점심을 먹었다.

*

루이스와 런던을 오가는 기차는 매시간 운행한다. 나는 오후 늦게 기차로 올라갔고(한 시간 여정이다) 미국에서 온 친구와 그날 저녁을 먹었다. 저녁은 코노트The Connaught에서 먹었는데, 런던에서 가장 훌륭한 음식을 낸다는 점을 빼놓는다면 잉글랜드에서 묵을 수 있는 민박 가운데 가장 멀었다. 코노트에 가기 전 나는 뜨거운 물에 다리를 담그는 동안 지도를 보고 그동안 얼마나 걸었는지 확인했다. 약 7.6센티미터였다.

어파크Uppark라 불리는, 사우스다운스웨이 서쪽 끝에 있는 주택을 대략 목표물로 삼아 더 멀리 갈 심산이었다. 그 집은 1690년에 지어졌고 이후 학살과 방탕한 파티의 현장이었는데, 한번은 에마 하트라는 어린 소녀를 런던에서 데려와 노리개로 삼고 전라로 춤추게 만들었다고 전한다. 그녀는 탁자에서 늙은 윌리엄 해밀턴 경에게 환심을 사 보호자의 빚을 갚았고, 경이 영구 대사로 주재한 나폴리에서 함께 살았다. 몇 년 뒤에는 그와 결혼해서 해밀턴 여사가 되었다. 그녀는 나중에 영국 제독 허레이쇼 넬슨을 만났는데, 이후 이야기는 잘 알려져 있다.넬슨은 이혼까지 강행하며 죽는 순간까지 에마 해밀턴과 연인으로 남았다.

어파크와 그 18세기 가구 및 사진은 그대로 남아 있다. 너그러운 정부가 웰링턴 공작에게 하사했으나 언덕바지인 걸 본 그는 보존에 반대하며 차라리 매 1년 반마다 같은 비용을 새 말에 쓰는 게 낫겠다 말했다고 전해진다.

*

일주일 뒤 템스 강을 따라 런던에서 윈저를 거쳐 메이든헤드Maidenhead로 향하는 도보 여행에 한 번 더 나섰다. 사흘이 걸렸다. 영국 최고의 강을 따르는 느긋한 여정이라 목가적이고 역사적일 거라 생각했다. 길을 따라가면 헨리 8세가 대수롭지 않다는 듯 착복해서 더 고귀하게 증축한, 추기경의 훌륭한 궁전 햄프턴코트Hampton Court가 있다. 윈저 또한 똑같이 흥미롭지만 여정만 놓고 보자면 대부분 실망스럽다. 한때 메트로랜드Metroland라 불렸던 곳을 지나는데, 이곳은 시골 생활의 즐거움이 칙칙한 주택과 우울한 마을에 밀려 사라진, 제멋대로인 교외 주택가다. 강은 싼 주거 시설과 시끄러운 보트로 붐비고, 걷기는 뉴욕 JFK 국제공항에서 맨해튼까지의 여정에 비할 만하다. 펍에서 길을 물으면 바텐더들은 각기 다른 방식으로 이 고장 출신이 아님을 사과할 것이다. 히스로 공항을 오가는 비행기가 채 1분도 안 되는 간격으로 머리 위를 지나간다.

윈저를 지나서는, 좋은 호텔에서 묵고 강가의 레스토랑에서 먹을 여유만 있다면, 뭔가 개선된 점이 있을 것이다. 못생긴 방갈로와 오두막은 사라진다. 트인 들판이 있고, 진흙이 덕지덕지 않은 조랑말이 목을 담장 너머로 내민다. 길을 따라 덤불, 수양버들, 잔디 테니스장이 있고, 메이든헤드가 가까워지면 브루넬Isambard Kingdom Brunel, 1806~1859이 1839년에 건설해 터너의 대담하고 인상주의적인 〈비, 증기 그리고 속도Rain, Steam, and Speed〉에서 불멸로 각인된 길고 낮은 아치형 벽돌 교량의 멋진 광경이 펼쳐진다. 그림은 영국국립미술관에 여전히 걸려 있고, 다리 또한 우아하고 매끈하게 시멘트 풀로 마감해 150년 전과 마찬가지로 아직 쓰이고 있다. 차갑게 다가오는 기차 소리를 듣고, 푸른색의 매끈한 도시 간 열차가 완벽하게 경간이 짜인 폭을 미끄러져 나아가는 것을 보는 건 엄청나게 즐거운 일이다.

내가 템스 경로를 다시 시도한다면, 런던에서 큐가든Kew Garden과 리치먼드를 거쳐 다음 날 기차로 햄프턴코트에 들렀다가 윈저로 향할 것이다. 걷기는 거기서 출발해야 한다.

해밀턴 여사의 어린 시절 이야기는 알려진 바가 별로 없다. 그녀는 거의 문맹이었고 열여섯에 아이를 가졌던 것 같다. 해군 장교의 정부였다가 의사 그리고 좋은 가문에서 태어난 이들과 자기 시작했다. 그 과정에서 약간의 지식을 얻고 노래와

춤, 연기를 배웠다. 그녀는 아름다웠고 활기찼다. 나폴리의 천재적인 부도덕성이 사치를 가르쳤고, 대체로 영광스러운 삶을 산 후 가난하게 죽었다. 나는 드라마의 사상 극적인 전환 가운데 한 장면이 벌어진 어파크를 아름다운 입지에 우아하고 창백하게 서 있으리라 상상한다. 오래된 나무의 어슴푸레함, 잘 만든 가구의 빼어난 선, 그러한 지위와 부를 지닌 이만이 누릴 수 있는 커다란 창과 경치. 큰 방들은 보는 이의 마음을 행복감으로 채우고, 마땅히 살아야 할 삶의 이미지들을 막연하나마 불어넣는다. 나는 꽤 가파른 언덕을 올라야 한다는 걸 알고 그날 마당이 개방되지 않을 수도 있다는 걸 알지만, 언젠가 그곳을 걸어보고 싶다.

포마노크

나는 로스앤젤레스의 침실에서 깨어났다. 커튼이 드리워져 어두웠다. 멍한 상태에서 듣느라 누군지 모를 목소리가 말하고 있었다. 어찌된 영문인지 분간할 수 없었다. 작고 붉은 빛이 보였다. 흘깃 보니 라디오 시계의 숫자가 떨리고 있었다. 9시를 몇 분 넘겼고 나는 꿈의 문턱에서 떠다녔다. 깊은 목소리가 말하기를,

라일락 향이 공기에 배고 5월의 풀이 자라는 때 포마노크에서는 (…)

이게 뭐지, 하고 나는 생각했다. 뭔지 아는데.

앨라배마에서 깃털 단 손님이 함께 오면 (…) 그리고 매일 수새가 왔다 갔다 하고 (…) 매일 암새는 고요하고 밝은 눈으로 둥지에 옹그리고. 그리고 매일 호기심 많은 소년인 나는 너무 다가서지도 그들을 방해하지도 않고 (…)

서서히 차양과 완벽한 잔디밭이 사라지고 사무실 건물과 야자수와 도로 들이 나타난다. 나는 갈망으로 벅차다. 휘트먼

그때 그곳에서

의 위대한 가사, 내 청춘의 노래가 집의 어둠을 선언문처럼 채운다.

(…) 여름내 바다의 소리에 잠기고 밤이면 만월 아래 (…) 거칠게 치솟아 오르는 바다. 또는 낮에 찔레 덤불 사이를 휘저으며 나는 때때로 남은 것들의 소리를 듣는다 (…)

거기 누운 내 얼굴에서 핏기가 가셨다. 포마노크Paumanok. 뉴욕 주에 있는 롱아일랜드의 토착명으로 시인 월트 휘트먼의 고향. 길고 황량한 동부의 해변과 들판, 비바람에 씻긴 주택을 나는 다시 보았고, 그들의 부름을 느꼈다. 사막, 목초지, 강, 중서부의 도시 너머로. 눈을 감는다. 5월 31일. 월트 휘트먼의 생일이었고, 나는 사령관 옆에 누워 비탄에 잠긴 군인처럼 그의 곁에 누워 고향을 꿈꿨다.

포마노크는 롱아일랜드의 아메리카 원주민 이름으로, 동쪽 끝인 그 지역은 내게 언제나 기만적인 날씨에 생활이 그리 현대적이지 않은, 푸르른 섬 잉글랜드 같았다. 농장과 주택은 오래되었고 잘 갖춰져 있다. 그것들은 풍경 속에 놓인다기보다는 풍경 자체를 만든다. 그곳은 잉글랜드처럼 문학적 토양이 강해 작가와 편집가가 아주 많이 나왔다. 도로가 하나뿐인 브리지햄프턴은 그들의 런던이다. 나는 그곳 주택에서 책의 일부를 쓰고 편집자를 만났고, 아침 창문으로 거위가 서 있는 빈 들판을 내다보았다.

잊을 수 없는 바다 곁의 나날. 사구, 푸른 대서양, 아침이면 고작 차 몇 대만이 모래로 덮인 도로에 주차된다. 저 아래 안개 속 큰 집 앞에 붉고 희고 푸른 하늘만큼 순수한 깃발이 나

부낀다. 공허함을 아직 간직했던 1920년대의 프랑스 남부 같다. 멀리서 보이는 깃발은 머피의 빌라아메리카Villa America일지도 모른다. 자산가인 제럴드 머피와 세라 미피 부부는 1920년대에 파리로 이주해 '빌라아메리카'라는 살롱을 마련했고 '잃어버린 세대' 예술가들을 후원했다. 시간은 사라지고 태양은 진다. 때때로 작은 비행기가 지나간다.

바다의 맛만 한 맛이 없다. 일정한 간격으로 파도가 들이친다. 물은 무겁고 시멘트처럼 굽이친다. 가끔가다 바다가 거대한 파도를 치려고 무릎 높이도 안 되는 물을 남겨둔 채 뒤로 물러서면 등골이 서늘해진다. 낮이 최고조에 이른다. 수평선을 마주한 의자에 팔다리가 날씬한, 뒤로 머리를 묶은 소녀가 앉아 책을 읽는다. 나중에 그녀는 기대어 눕는다. 태양 아래 몸이 오일로 반짝인다.

사람들은 예상 가능한 이유로, 요트를 타고 테니스 치고 다른 이들을 만나기 위해 이곳을 찾아온다. 여름은 연애, 소설 쓰기, 맨발의 삶을 기대하게 한다. 여름은 무언가 단순하고 가능하게 만드는 것 같다. 저녁이면 여전히 태양에 달아오른 피부로 넙치, 감자, 차가운 화이트 와인의 정찬을 먹는다. 낙원의 음식이다. 더 이상 존재하지 않는, 풍성한 추수와 고요한 나날을 보냈던 인상주의자들의 세계에서 온 것 같다. 길가에는 차양을 쓴 염소가 나무 밑에 나른하게 누워 있고, 아침에 딴 옥수수가 나무 식탁에 쌓였다.

8월의 저녁 식사. 무사카다진 고기와 채소를 볶아 화이트소스를 뿌린 그리스 전통 요리는 끝냈고, 에세조Echézeaux 지역의 와인 두 병이

그때 그곳에서

있다. 사람들은 오래전 루이 필리프의 좌초에 대해 이야기한다. 시르카시언Circassian. 시르카시아는 체르케스로도 불린다호의 좌초로 남은 인도인 선원 40명이 폭풍이 아직도 극성이고 배가 서서히 뒤집힐 때 다시 항해에 나섰다. 인도인들은 삭구索具로 기어 올라갔지만 결국 익사했다. "불길한 시르카시아인" 하고 어느 브라만은 말했다. 보비밴스Bobby Van's에서의 저녁 식사. 글로리아 존스의 크고 목쉰 웃음, 그녀의 격정적인 외침, "Jamais de ma vie!(내 삶에선 절대로!)". 천둥 치고 어둡고 바람 불며 빛 한 줄기 없는 바다에서 수영을 하고, 외침 속에서 파도에 나뒹굴며 옷을 찾던 새그로드Sagg Road에서 먹는 저녁.

*

그렇게 막은 내린다. 주말의 긴 교통 행렬이 떠나간다. 길가 풀밭에서 개가 자기를 버린 사람들을 찾아 걱정스레 종종거린다. 저녁 해변의 마지막 소풍, 바닷물에 담갔다가 재에 구운 옥수수, 버터 바른 쪽이 모래에 떨어진 마지막 빵 조각. 오래된 집들은 빈 것 같다. 첫 낙엽이 길 따라 날린다. 그날 저녁 거위들이 고르지 않은 V 자를 그리며 목을 뻗고 찾아온다.

계절의 끝이 왔다. 고요하고 완벽한 나날, 아마도 최고의 시간. 바닷가에서 보내는 마지막 한 시간. 거의 텅 빈 모래사장에는 게의 집게발, 두 어린 소년과 엄마, 시가 밴드, 반라의 소녀. 아베.(안녕.)

역설적인 영원함

책은 언제나 쌓인다. 주기적인 정리가 필수다. 어느 날 정리하다가 기억에 전혀 없는 책을 발견했다. 제임스 설터, 『가벼운 나날』. 어떻게 내 손에 들어왔지? 속표지를 펼쳐보고야 과정이 아주 어렴풋이 떠올랐다. 아아. 잡은 김에 책장을 제목처럼 '가볍게' 넘겨보았다. 단문 위주의 문장들이 그대로 가슴에 턱턱 박혔다. 책 정리도 잊고 선 채로 한참을 읽었다. 그렇게 그를 알았다. 더 알고 싶었다. 번역본은 물론이고 『스포츠와 여가』 등은 원서로도 읽으며 그의 세계를 누볐다.

쓰기를 업으로 삼다 보니 좋은 작가를 대하면 언제나 자괴감과 질투, 경외와 같은 감정들이 복잡하게 얽혀 몰려온다. 이렇게 쓰고 싶고 더 잘 쓰고 싶은데 왜 진작 몰랐을까. 설터도 그런 작가였다. 따라서 『그때 그곳에서』의 번역을 의뢰받았을 때 단 1초도 망설이지 않았다. "건축과 음식은 내 여행의 진짜 동기다"(224쪽)라는 문구가 건축을 전공하고 음식 평론을 쓰

253

는 나에게 새삼 크게 울리기도 했다.

『그때 그곳에서』는 여행기를 모은 책이다. 유럽을 비롯해 일본, 오스트리아, 콜로라도 등지를 여행한 기록을 한데 모았다. 세월도 지역도 다소 산발적인 듯 보이지만 막상 읽으면 전혀 의식하지 않게 된다. 시대나 지역에 상관없이 흐르는 일관된 정서가 뚜렷하니 궁극적으로는 그의 또 다른 소설(집), 좀 더 정확하게 말하자면 외전 같은 인상을 남긴다. 이유가 뭘까. 작업 내내 지울 수 없는 질문이었는데, 실마리는 「불멸의 나날」 맨 마지막에서 얻을 수 있다. 그는 "우리가 사는 것은 삶이 아니다. 영원해 보이지만 그렇지 않다는 걸 잘 알기에 아름다운, 삶의 보상 같은 것이다"(183쪽)라고 술회한다.

그가 고른 여행지는 개인에게 초월적으로 또는 압도적으로 다가올 수 있는 요소를 모두 품고 있다. 축적된 세월일 수도 (유럽), 그 안에서 덧없어 보이는 생사의 흔적일 수도(유럽의 공동묘지), 거대한 규모의 풍광(콜로라도)일 수도 있다. 생사를 가를 수 있는 빠른 속도(오스트리아의 스키 관광지)나 고립감(암벽등반)의 원천도 마찬가지다. 서양인으로서, 게다가 제2차 세계대전 참전자로서 스며들듯 이해하기 어려운 일본도 있다. 그의 여행은 이런 환경에 유한하고 따라서 한없이 작을 수 있는 개인을 노출시키고 확인하는 과정이다. 그래서 정확하게 아쉬움과 결을 같이하지는 않지만 회한이라고 규정할 수 있는 감정이 대체로 짧은 문장의 행간마다 응축되어 도사리고 있다. 그 감정을 맛보는 일이 작업의 보람이자 즐거움이었다.

시대는 정확하게 맞지 않지만, 그렇게 행간을 읽고 감정을 맛보면서 여행의 기억이 떠올랐다. 2003년 파리에서 아주 우연히 보았던 앙리 카르티에 브레송의 전시였다. 흑백으로 고정된 시간이 역설적으로 드러내는 영원함. 이 책은 시대를 추측할 수 있는 실마리가 곳곳에 담겨 있다. 그렇지만 이야기는 때로 그런 세부 사항마저 초월하겠다는 의지를 드러내며 울린다. 전통의 부재를 의식하는 미국인이 기원으로 삼기를 주저하지 않는 유럽이, 그에 대한 경외심이 주로 담겨 있기 때문이리라.

하필 작업을 시작하고 얼마 지나지 않아 설터의 부고를 들었다. 그래서인지 맨 마지막 글인 「포마노크」의 마지막 문단이 유난히 사무친다. "계절의 끝이 왔다. 고요하고 완벽한 나날, 아마도 최고의 시간. 바닷가에서 보내는 마지막 한 시간. 거의 텅 빈 모래사장에는 게의 집게발, 두 어린 소년과 엄마, 시가 밴드, 반라의 소녀. 아베.(안녕.)" 그가 아직 살아 있을 때 그를 누리던 '계절'의 '끝'이 하필 독자의 영역을 넘어 역자로서 작업하는 동안 찾아왔다. 어쨌거나 '고요하고 완벽한 나날, 아마도 최고의 시간'이었다. 아베.

2017년 5월
이용재